W0029942

S. FISCHER

Ulrich Peltzer

DAS BIST DU

Roman

S. FISCHER

Aus Verantwortung für die Umwelt hat sich der S. Fischer Verlag zu einer nachhaltigen Buchproduktion verpflichtet. Der bewusste Umgang mit unseren Ressourcen, der Schutz unseres Klimas und der Natur gehören zu unseren obersten Unternehmenszielen.
Gemeinsam mit unseren Partnern und Lieferanten setzen wir uns für eine klimaneutrale Buchproduktion ein, die den Erwerb von Klimazertifikaten zur Kompensation des CO_2-Ausstoßes einschließt.

Weitere Informationen finden Sie unter:
www.klimaneutralerverlag.de

Originalausgabe
Erschienen bei S. FISCHER
2. Auflage April 2021

Satz: Dörlemann Satz, Lemförde
Druck und Bindung: GGP Media GmbH, Pößneck
Printed in Germany
ISBN 978-3-10-002466-4

MIND'S HEART

Mind's heart, it must
be that some
truth lies locked
in you.

Or else, lies, all
lies, and no man
true enough to know
the difference.

Robert Creeley

An einem dunstigen Sonntagmorgen Ende August fahre ich unter den Yorckbrücken hindurch zur Arbeit, dünne Lichtstreifen fallen quer über die verschattete Straße.
In Rot hat jemand *Caro, ich liebe dich* auf eine Brückenbrüstung geschrieben, auf einer anderen steht in Weiß *Freiheit für alle Gefangenen*, Sterne aus Dreiecken vor und hinter den Worten.

Um elf eine Matinee, danach das Tagesprogramm, die Spätvorstellung endet weit nach Mitternacht. Vier lange Schichten im Monat, und ich habe fast das Geld zusammen, das ich fürs Notwendigste brauche.
Während die Filme laufen, lese ich, mache mir Notizen, denke über das Buch nach, das ich schreiben will. Was ein Roman wäre. Manchmal verpasse ich die Blende, man hört dann, wie das lose Ende der Filmrolle gegen den Projektor schlägt, der Ton setzt aus.

In jenem Sommer, zwei Jahre später.

Es gibt kein Zurück, das muss man sich immer wieder ins Gedächtnis rufen. Nichts dauert ewig, selbst der Schmerz vergeht.

Plötzlich vorbei, und man kann nur noch davon erzählen. Man weiß nicht genau, warum, und auch nicht, warum jetzt, so lange danach. Vielleicht, weil man erstaunt ist, dass einem Dinge im Leben zwei Mal passieren, und man versuchen will, das erste Mal zu verstehen. Als würde sich daraus ableiten lassen, wie es weiterging, irgendein Muster. So deutlich mir aber manches immer noch erscheint, bleibt in meiner Erinnerung eine seltsame Fremdheit zurück, die nicht mehr abzustreifen ist. Und zugleich das nagende Gefühl, nichts sei zu Ende, nichts gelöst.
Wann fing es an? Mit Nils, mit Leonore? Ohne ihn hätte die Geschichte eine andere Wendung genommen. Ohne sie auch. Doch zu glauben, Ereignisse ließen sich streng voneinander trennen, ist eine Illusion. Selbst wenn die Reihenfolge halbwegs klar ist, erst dies, dann das, Nils tritt auf den Plan. Er trug einen schweren Silberohrring, dessen Loch er mit einer Nietenzange vor dem Spiegel selbst ausgestanzt hatte. Wir würden mehr als ein Jahr lang unzertrennlich sein.

I was happy to fall / So happy to fall

Wie fing es an? Es war, daran ist kein Zweifel möglich, im alten Dschungel, nach dem Konzert von Joe Jackson, als ich bei Karla am Tresen stand, und unablässig über ihre Schulter zu dem Ecktisch starrte, wo eine Frau allein vor einem fast leeren Bier saß. Dabei trug Karla einen ultrakurzen Rock und schwarze Strumpfhosen, zu allem bereit … aber nein, erst versenge ich ihr mit meiner Zigarette die Strümpfe, dann bin ich wie ein Schlafwandler quer durch den Raum gegangen und habe zu der Frau irgendwas gesagt, worauf sie erwiderte, ich solle nicht soviel reden, sondern ihr lieber ein neues Bier bestellen. Als ich nicht zurückkam, ist Karla abgehauen, hat sich monatelang nicht mehr gemeldet.

Alles nur, weil Leonore ein Buch bei mir vergessen hatte, in dem mit Kuli ihr Nachname stand, L. Rother, im Telefonbuch fand ich die Nummer. Es war *Rom, Blicke*, eingeklemmt zwischen Matratze und Wand. Vergessen? Wahrscheinlich ist verloren das bessere Wort, wie Schal, Mantel, Pullover, Schuhe, Hose, die ich auf der Treppe hinter ihr einsammelte, bis sie im vierten Stock vor meiner Wohnungstür beinah schon ganz ausgezogen war.

Es hatte zu schneien begonnen, als wir in der Nacht zu mir liefen, betrunken, eng umschlungen, nach Flocken schnappend, und es schneite weiter, hörte überhaupt nicht mehr auf, Dezember, Januar, den Dreck, das Grau der Stadt, immer wieder in ein märchenhaft glitzerndes Weiß hüllend.

Winter genug, die noch kommen würden, schlimmere, mildere. Andere Menschen, andere Orte, Wohnungen, Zimmer, Hotels, es ist unmöglich geworden, eine durchgehende Linie durch die Zeit ziehen. Du warst das, du bist das, muss man sich zuflüstern, fast wie eine Beschwörung.

Pläne, irgendwelche Ziele, die im Leben zu erreichen wären, hatte ich nie. Ich dachte nicht darüber nach, über die Zukunft, fragte mich aber manchmal, was aus mir werden würde. Wo ich sein würde in zehn Jahren, in zwanzig, als was, ohne eine mögliche Antwort auf diese Frage mit einem Traum oder einer Hoffnung verbinden zu können.

Alles immer sehr vage gewesen, jeder Appell an sich selber eine Stunde später vergessen.

Als ich *Céline und Julie fahren Boot* gesehen hatte, bin ich kurz darauf und mitten im Semester nach Paris. Ein verranztes Hotel am Gare de Lyon, Schnellrestaurants, billige Bars, deren Boden von Zuckertütchen und Lotteriescheinen übersät war, ein nächtliches Schwirren französischer und arabischer Stimmen im Licht von Neonreklamen, grell, bunt. War das das Leben?

Acht Tage ungefähr, dann hatte ich kein Geld mehr, bin zurück nach Berlin gefahren. Und habe mit den anderen weitergemacht, Vor-Diplom, Delegiertenrat. Der Mensch ist das Ensemble der gesellschaftlichen Verhältnisse. Ich kaufte mir eine Polaroid-Kamera und fing an, Freunde und Bekannte zu fotografieren, Straßen, Gebäude. Und immer wieder mich selber, was ich seitdem nie mehr getan habe. Was würde dadurch schon dokumentiert? Wo ich physiognomisch gelandet bin? Wo überhaupt?

Als ich beim Umsteigen nach Avignon Zeit hatte, vor ein paar Jahren, bin ich um den Bahnhof herumgestreunt, um nichts mehr von dem zu finden, was mich hätte an etwas erinnern können, an, sagen wir, meine eigene Vergangenheit, wie ausgelöscht. Mit Sandstrahlgebläsen die Fassaden poliert, jede Tür gesichert durch Zahlencodes, die man eintippen muss. Das war die Gegenwart, kein Entrinnen, wie auch? Den Wunsch, etwas zurückzuholen, habe ich nicht. Allerdings … verpasste Gelegenheiten … *aussätzig, am Fuß einer von der Sonne zernagten Mauer.*

Mit Kamm und Nagelschere hatte ich mir eines Nachts in der Küche meine Haare immer weiter abgeschnitten, bis sie raspelkurz waren. Ein Zimmer, Innenklo, Hinterhaus. Am nächsten Tag zersägte ich das Holzregal und reihte die Bücher längs der Wände auf dem Boden auf. Ein Tapeziertisch, den ich schwarz sprayte, ein Stuhl, Matratze auf zwei Paletten, die ich von einer Baustelle mitgenommen hatte, Plattenspieler und Platten, mehr war zu viel. Über dem Tisch eine Neonröhre, schattenloses Licht. Für den Rest, Sachen zum Anziehen, hatte ich im Flur einen schmalen Stahlspind, der kaum die Treppen hochzutragen war. Hartwig half mir. Er hatte sein Studium abgebrochen und arbeitete in einem Kino, wo mehrmals in der Woche Konzerte stattfanden. The Mo-dettes, Gang of Four. Ich kam umsonst rein, hing da häufig rum, saß dann hinter der Kasse, weil meine Halbwaisenrente auslief. Mit dreiundzwanzig, ich werde also dreiundzwanzig gewesen sein, nicht viel älter. Meine Tage verbrachte ich … ich ging in ein Seminar bei den Soziologen, traf mich mit einer Gruppe, die sich »Wir sorgen für Strom« nannte … *Es funktioniert überall, bald rastlos, dann wieder mit Unterbrechungen. Es atmet, wärmt, ißt. Es scheißt, es fickt. Das Es* … aber sonst? Im Bett liegen bleiben, weil ich Kopfschmerzen hatte, ein dröhnender, hämmernder Schmerz, der nur nachließ, wenn man nach dem Erwachen sofort ein Bier trank. Später dann Kaffee, dann Stirn und Schläfen und das Gesicht unter den Wasserhahn halten. Ich hab's nicht gezählt, oft nach Abenden und Nächten im Shizzo. Mit Stiften beschmierte Wände, zwei, drei Stehtische, ein Flipper. Dazu immer die neueste Musik in erheblicher Lautstärke. Schlau sein, dabei sein. Die richtigen Namen wissen, sich keine Blöße geben, keine Therapiegespräche. Pia, die ich beim Flippern kennengelernt hatte, verrieb am nächsten Tag vor dem Spiegel in meiner Küche Nivea-Creme in ihren schwarz gefärbten Haaren, um sie dann in die entsprechende Wirrnis zu bringen. Siouxsie and the Banshees. Wochen danach habe ich sie wiedergesehen, im Café Central, das gerade eröffnet hatte, doch da war sie in Begleitung.

Gespenster, alle, wie sie immer in der Cafeteria des Instituts zusammengluckten. Das war nicht länger zu ertragen gewesen und möglicherweise ein Fehler von Anfang an. Psychologie zu studieren, die gesellschaftliche Funktion der Wahrnehmung, soziale Bedürfnisse und Affektstruktur, Denken und Sprechen, Statistik … wo die Arbeiterklasse benachteiligt wird. Eine Welt aus Verboten und erzieherischen Maßnahmen, Fußnoten zu Fußnoten, Anmerkungen, bis man plötzlich beginnt, jeder und jede, sich zur Analytikerin, zum Analytiker, ausbilden zu lassen. Oder was anderes, dynamische Meditation, Pilgerreisen nach Fernost. Ganz ohne Sinn für das Jetzt, für die Schönheit einer flüchtigen Geste, eines kurzen schnellen Songs, von dem man auf der Stelle mitgerissen wird. Aus sich heraus, und nach drei Minuten ist nichts mehr wie zuvor. Hartwig, der in einem völlig rotten Haus auf der Liegnitzer Straße wohnte, zweiter Hinterhof, Außenklo mit Kerzenbeleuchtung, hatte sein Zimmer bis auf eine Matratze ganz leer geräumt, selbst die Platten von früher bei einem Trödler verscherbelt und mit schwarzem Autolack *It's a rat trap and we've been caught* auf eine der tapetenlosen Wände gesprayt. Ob er noch las? Bis heute besitze ich ein dünnes Paperback von *The Waste Land And Other Poems*, das ich ihm nie zurückgegeben habe, keinen Schimmer mehr, wann genau er mir's geliehen hat, aber mir scheint, es muss um diese Zeit herum gewesen sein. Als wir eines Nachmittags beschlossen, nach Hamburg zu fahren, die ganze Nacht von Lokal zu Lokal zogen, in einer Absteige auf St. Georg den Vormittag verdämmerten, um uns dann wieder auf den Rückweg zu machen. Mit dem letzten Geld, gerade Benzin genug im Tank für die Transitstrecke. Ein Variant 1600, mit dem Hartwig sonst Plakate ankleben fuhr, Bier kaufen, so etwas. Eine Arbeit, die ihn auf Trab hielt, als ein abrupter Abschied von allem Theoretischen, Akademischen, schließlich auch von allen poetischen Anwandlungen. Bald hatte er, Management, ein kleines Büro hinter der Bühne, wo er schlief, wenn er's nicht mehr nach Hause schaffte. Wodka auf Eis, willst du 'ne Line? Was für eine Frage, aber … wie abgeschnitten, unser Zusammenhalt. Jenseits von Vernunft und Bedenken, eine Erwartung, die wir beide hatten. Selbst wenn man den ganzen Abend nur am Flipper stand, es könnte etwas passieren, es würde etwas passieren, mit dem nicht zu rechnen gewesen war. Ein Blitzschlag aus dem Nichts.

Dass ein neues Wort eine neue Welt bedeuten kann, und nicht nur bedeuten, daran glaubten wir fest. Ich glaubte daran. Glaube ich immer noch, jedes Mal, wenn ich ein Buch aufschlage oder ins Kino gehe oder eine neue Platte höre, dieses Unbedingte, das ich erhoffe. Worte, Bilder, Klänge, die das Denken, das Fühlen in eine andere Richtung lenken. Die einem plötzlich etwas klarmachen, das man vielleicht schon geahnt, aber nicht gewusst hat. In einem Museum in Köln eine Installation von Renée Green, in der Lupe am Olivaer Platz *Die Mama und die Hure* von Jean Eustache. Im Nachtprogramm wahrscheinlich. Nach vier Stunden Film dann auf die dunkle Straße zu treten, in einem traumartigen Zustand, und halb benommen herumzulaufen, nicht ganz bei sich und doch bei sich wie sonst kaum, besaß eine Überwältigungskraft, eine Eindringlichkeit, die man immer wieder haben wollte … ein Stich ins Herz, Axt und Eis, dagegen kam nichts an. Wie konnte man nach *Birdland* oder *Pissing in a River* weitermachen wie zuvor, wie stumpf musste man sein, mit den ewig gleichen Gedanken, den üblichen Gewohnheiten?

Voices voices mesmerize

Weil ich *Rom, Blicke* auch las, oder gerade eben gelesen hatte, und das Buch vor Leonore auf dem Tisch lag, erinnere ich mich jetzt genau, im alten Dschungel am Winterfeldtplatz werden wir darüber gesprochen haben. Ich war von Brinkmann gebannt. Er beschrieb Landschaften, Zustände, Verlorenheiten, in denen ich mich wiederfand, wiedererkannte, trotz des Altersunterschieds teilten wir die Herkunft aus den Trümmern einer Geschichte, die nicht aufgehört hatte fortzudauern. Seine Sucht nach Gegenwart war meine Sucht, wie sie auf andere Weise auch Peter Handke verkörpert hatte. Aber vielleicht hatte sich die Gegenwart verändert und verlangte jetzt nach einem Ton, der so unerbittlich war wie der Brinkmanns mit seinem Rasen, seiner Kompromisslosigkeit. Vielleicht. Denn andererseits, falls das ein Gegensatz ist, las ich Pavese, zuerst drei schmale Romane in einem Pappschuber, die ich mir in Ost-Berlin gekauft hatte, um den Zwangsumtausch loszuwerden. Doch nahmen mich die Geschichten, als ich zu Hause anfing zu blättern, sofort gefangen. *Der Teufel auf den Hügeln*, *Der schöne Sommer*, *Die einsamen Frauen*. Mir kam das alles vertraut vor, diese Künstler, Pseudo-Künstler, Drifter, die im Turin der Nachkriegszeit Tage und Nächte totschlugen mit ihrem Gerede, mit Träumen und Grübeleien. Wie soll man leben, wie lieben, was ist Verantwortung? Wenn man aufhöre, sich Illusionen zu machen, sagte jemand irgendwo, erst dann sei man wirklich frei. Wie Ginia, die Heldin in *Der schöne Sommer*, eine junge Näherin, die einen Maler liebt, betrogen wird, aber eine innere Kraft besitzt, die stärker ist als jede Enttäuschung, die sie erleiden könnte.

Dafür war ich empfänglich, ich wäre gerne jemand wie Ginia begegnet. Als fehlte mir etwas, das sie be-

saß, in ihrer stoischen Hingabe. Irgendwie auch unbedarft, aber von einer Offenheit, die mich beeindruckte. Oder sagen wir … sie urteilte nicht, nicht vorschnell, sie glaubte, sie staunte, sie vertraute. Ein Vertrauen in die Welt, in die Menschen, die Dinge, das scheinbar vor aller Erfahrung liegt und nicht zu zerstören ist. Wie ein unverrückbarer Schwerpunkt, der ihr eine Souveränität, eine Art von Unabhängigkeit verlieh, die kein Mann hatte, keiner von denen, die ich kannte, mich eingeschlossen.
Dann las ich Brinkmann wieder, hörte Lou Reed, Television, von dem Gebot, absolut modern zu sein, vollkommen überzeugt. Es trieb mich raus, Entscheidendes könnte verpasst werden. Ohne mir die Frage zu beantworten, was das wäre, genauer gesagt, was ich eigentlich wollte. Eigentlich und nicht als Teil von irgendwas. Aber dazu hätte ich mir die Frage ernsthaft stellen müssen, doch wer tut, wer tat das schon? Und zieht die Konsequenzen, gegen jeden Widerstand, ein Künstler? Heute weiß ich, dass es oft purer Zufall ist, der ein Geschehen in Gang setzt, das unabsehbare Folgen haben wird. Man kommt ein paar Minuten zu spät oder zu früh, geht auf ein Konzert statt ins Kino, und schon dreht die Welt sich andersherum, alles fängt an zu schwanken, ja.

Hatte Leonore das Buch geklaut? Hatte sie mir das einmal erzählt? Weil sie immer ziemlich knapp war, sich von Job zu Job hangelte, um studieren zu können. Von ihrem Vater bekam sie nichts, sie prozessierte gegen ihn, aussichtslos, er ignorierte Briefe und

Beschlüsse. Ich glaube, ich habe nie verstanden, wie das für Leonore gewesen sein muss, nicht allein wegen des Geldes. Geld hatte ich selber oft keines, zu wenig, hatte es verschleudert, doch das war meine Sache, mein Leichtsinn, und nicht das Resultat einer gebrochenen oder rüde aufgekündigten Verpflichtung. Die Tochter unumwunden wissen zu lassen, sie sei einem gleichgültig, sei irgendwer, mit dem man nichts zu schaffen haben wolle, nichts teile, wie mit dem Rest der Familie, Mutter und älterer Bruder, lag jenseits meines Horizonts, als menschliches Verhalten. Wovon ich sowieso aber nur begrenzt Ahnung hatte, wie ich mir heute eingestehen kann. So eine Niedertracht. Rücksichtslosigkeit. Dass alle für Geld alles tun. Fast alle, ich nicht. Weniger aus hochmoralischen Gründen, sondern weil ich kein Verhältnis dazu habe, zu Besitztümern. Unverstand? Oder weil man mich nie entschieden genug angespornt hat, Geld zu verdienen? Als sei es zu Hause reichlich vorhanden gewesen, stimmt nicht. Aber es war da, ein kleiner Handel, der lief. Kein Wert an sich, Geld, außer es hätte gefehlt, man entsann sich noch.

Eines Mittags ein mit Lippenstift auf meinen Küchenspiegel geschriebener Name, der mit D anfing, möglicherweise Diana, darunter eine Telefonnummer. Verschmiert. Nicht lange danach entpuppte sich das Jucken als Läusebefall. Bevor ich die Apotheke betrat, sagte ich mir, dass ich nicht der Erste wäre, der nach einem Mittel fragen würde, so etwas passiert. Richtig, die Apothekerin verzog keine Miene, das Shampoo

fünf Minuten einwirken lassen, zwei bis drei Anwendungen genügen.
Dieselbe Apothekerin, die sich später weigerte, Nils und mir eine Packung Appetitzügler zu verkaufen, ihr müsst nicht abnehmen, sagte sie, ihr seid schlank genug. Mussten wir auch nicht, abnehmen, es ging ums Ephedrin, das in den Pillen war. Man könnte mal einen Versuch starten, hatte Nils vorgeschlagen, ob sich ein Effekt einstelle. Wie viele von denen man einzuwerfen habe. Eine reine Kosten-Nutzen-Rechnung, für Captagons zahlte man fünf Mark das Stück, und Lieferquellen unsicher. Durch die Nacht rauschen, nicht mehr an Leonore denken.

Immer ein Leben in Wohnungen, die anscheinend nur zum Arbeiten und Lesen taugen … was keine Frage der Größe ist, nicht der Größe. Bei Leonore eine Récamiere, die eine neue Polsterung nötig hatte, davor ein niedriger Tisch. Oder? Zwei, drei Stühle, Bücher, eine aufgebockte Platte zum Schreiben. Das gehörte ihr.

Alles daransetzen, dass einen die Traurigkeit nicht auffrisst. Woanders sein.

Die Befürchtung, man könnte mir in Prüfungen übel wollen, weil ich zu den Aufrührern gehörte, hatte ich nie. Ein Überlegenheitsgefühl, das sich daraus speiste, die richtigen Texte gelesen zu haben, die richtigen Schlüsse zu ziehen. Unser Pensum bestand aus dem Studienstoff und dem, was diesen Stoff kritisierte, im Prinzip doppelte Arbeit. Mehr oder weniger, das hing erstens vom Dozenten, whose side are you on?, zweitens von der Gruppenstärke ab, mit der wir in Seminaren auftauchten. Um eine Diskussion einzufordern über Annahmen, von denen die Psychologie, die bürgerliche, wie selbstverständlich ausging. Dass der Mensch in Tests zu verziffern wäre, dass mit naturwissenschaftlicher Präzision entschieden werden könnte, was normal ist und was wahnsinnig.

Ob das für Anke noch irgendeine Rolle spielt, bei ihrer Arbeit in einer Kinderklinik in Würzburg? Habe ich mich gefragt, als Google mir Auskunft gab, wo sie gelandet ist, nicht Professorin geworden. Daran hatte für mich nie der geringste Zweifel bestanden, wer denn sonst, wenn nicht Anke, Studienstiftlerin des Deutschen Volkes, akkurat, klug, ruhig. Mit ruhig meine ich unaufgeregt, bei allen Aktionen dabei, aber frei von jenem Überschwang, der sich auf Flugblättern und Vollversammlungen breitmachte. Anke war sorgfältig, las immer genau, ich nicht so, oder nicht immer vollständig, Hauptsache, es passte am Ende zusammen. Sie hatte wunderschöne grüne Augen, muss man sagen, auch der Sex und so weiter, aber es hakte zwischen uns, nach einem Jahr war es vorbei. Es gab bei ihr eine Reserve, eine Grenzziehung, die sie nie antastete, nie ausblenden konnte. Und ich schien jemanden zu brauchen, oder zu suchen, der einen offenen Sinn hatte für all das, was hinter der Wissenschaft lag, hinter einer Ordnung, die fast schon reflexartig meinen Widerspruch hervorrief.

Bis zum Vor-Diplom hielt ich durch. In der mündlichen Prüfung in Persönlichkeitspsychologie eine Exegese der sechsten These über Feuerbach. Das menschliche Wesen ist kein dem einzelnen Individuum innewohnendes Abstraktum … man ließ sich das gefallen, hatte dem auch wenig zu entgegnen. Wollte man's noch? Offenbar nein, die Fragen zum Schluss eher fürs Protokoll als eine Kampfansage, Ich-Entwicklung, affektive Störungen. Meine Claqueure hockten hinter mir im Büro des Professors, ich glaube, ich war nicht schlecht. Und zugleich fühlte ich mich beschämt, ich wusste schon, dass das alles nicht genug war, jenseits des Fachlichen, von Begriffen, die einen taub machten.

Eine Reise mit Anke nach Kopenhagen, unglaubliche Hitze, jeden Tag sind wir für zwei, drei Stunden an den Strand gefahren. Auf dem Rückweg in die Stadt saß uns einmal im Abteil der S-Bahn ein altes Paar gegenüber, sehr gepflegt, sehr elegant. Wohlhabend seit Generationen, das sah man, beide sicher noch im 19. Jahrhundert geboren. So diskret es ging, scannte ich sie wieder und wieder, schrieb Stichworte in ein Vokabelheft, das ich wie nebenher aus Ankes kleinem Rucksack geholt hatte. »Tweetsakko, trotz der Hitze, Tüchlein um den Hals, im Hemdkragen, sie trägt eine Perlenkette, formell, Pumps, ein leichtes Sommerkleid.« Ich hatte begonnen, mir Dinge zu notieren, die ich bemerkenswert fand, einen Vorsatz verfolgte ich dabei nicht. Am Kinn des Mannes war seitlich eine Stelle, die er übersehen hatte zu rasieren, wie ein Fleck auf einer sonst tadellosen Erscheinung. Ein Alterszeichen, hatte ich gedacht, man kriegt das plötzlich nicht mehr mit, und im selben Moment der Impuls, es aufzuschreiben, meine Beobachtung, wie die beiden da vor mir saßen, sich aufrecht haltend, zu bewahren, die ganze Situation, in seinem Gesicht die blauen Äderchen, das leichte Zittern ihres Kopfes, Anke neben mir, die Seeluft, die durchs Abteil zog, »wir waren in Klampenborg, waren schwimmen«.

Eine verschwundene Rolle Super-8-Film, Leonore in meiner Küche, am Tisch, ohne ihre Brille aus hellem Horn, ein bisschen verschlafen, ihre schulterlangen braunen Haare ungekämmt. Sie sagt etwas, schüttelt den Kopf, lacht. Dann streckt sie den Arm aus, verdeckt das Objektiv. Was meiner Erinnerung eingebrannt ist wie die folgenden Bilder von Hartwigs Ladenwohnung in Schöneberg, ein kleiner begrünter Vorplatz, die riesige Schaufensterscheibe, innen ein hohes Podest zum Schlafen, darunter auf einem Rollwägelchen, hinter einem Paravent, Synthesizer und Drum Machine. Ein Synthesizer mit Kabeln, die man in irgendwelche Buchsen stecken musste, vorsintflutlich. Damit experimentierte er herum, seitdem wir Throbbing Gristle gesehen hatten, nachts, für sich, wenn er von der Arbeit zurückkam. Das Hinterhaus in der Liegnitzer Straße war abgerissen worden, und Läden standen genug leer.

Die Unfähigkeit, für sich selbst einen Platz zu schaffen, von dem man sagen könnte, er gehöre einem, so bin ich, hier, schaut her.

Aber schließlich muss man nichts, ein Wohnzimmer mit ererbten Empiresesseln neben dem allermodernsten Kram. Ligne Roset. Spätere Jahre, die schon wieder verblichen sind, ein dünnes Flackern am Rand des Bewusstseins.
Das Schreiben als Schutzwall, gegen den die Scheiße der Welt brandet, Flauberts Elfenbeinturm. Ist es das?

Einmal, in einem der letzten Schuljahre, als der Englischlehrer fragte, ob er nicht auch etwas zum Thema beitragen wolle, neigte Hartwig schweigend den Kopf. Sein Gesicht war nicht zu sehen hinter einem Vorhang langer blonder Haare, seine Jeans wurden nur noch von Flicken zusammengehalten, die Fingerspitzen seiner rechten Hand waren gelb vom Rauchen filterloser Zigaretten. Er las Burroughs und Huxley, *Die Pforten der Wahrnehmung*, verbrachte viel Zeit mit Kiffen und Dylan und den Doors. *Sad Eyed Lady of the Lowlands.* Wir beide waren die Einzigen in der Klasse, die unbeirrbar Dylan hörten, sonst verband uns, denke ich heute, die Auflehnung gegen jede Art von Gängelei. Das Pensum, das man uns ungefragt vorsetzte, Lektionen fürs Leben. Ästhetische und politische. Nur dass ich mich ständig in Kämpfe stürzte, die es ihm nicht wert schienen, wiederholt wurde ich während des Unterrichts vom Hausmeister ins Büro des Direktors bestellt, v. i. S. d. P.
Für mich sprach, dass an meinen Leistungen schwer zu rütteln war, außerdem wollte sich kein Lehrer eine Blöße geben. Was man alles wusste. Der Einzige, dessen Vorrang ich anerkannte, unterrichtete Philosophie,

nicht zu schlagen. Kam man ihm mit Rosa Luxemburg, referierte er aus dem Stegreif das Für und Wider spontaner Massenmobilisation, Partei, Avantgarde, syndikalistische Opposition. Diskussionen über den Staat, die durch die Bank ausuferten. Manchmal trug er Trainingshosen zu Straßenschuhen, man ahnte, dass in seinem Hintergrund irgendwas zusammengekracht war.

Seitdem ich mich mit zwölf oder dreizehn geweigert hatte, weiter bei meinen Großeltern zu Mittag zu essen, blieb ich bis in den Abend hinein mir selbst überlassen. Dass ich drei Jahre nicht beim Friseur war, das zugerauchte Zimmer, die Musik, nahm mein Vater mit melancholischen Blicken hin. Was mir ein schlechtes Gewissen bereitete, das ich nach Kräften unterdrückte, ich war für seine fragile Gesundheit nicht verantwortlich. Da keine blauen Briefe kamen, Anrufe, ermahnte man mich auch nicht mehr besorgt, früher ins Bett zu gehen, obwohl es morgens häufig kaum für eine Tasse Kaffee reichte. Ich las ja, nichts weiter, das konnte man unter Bildung verbuchen, deren Wert unantastbar und unbezahlbar war. Wichtiges unterstreichen, Randnotizen. Ich prägte mir Begriffe und Formulierungen ein, die sich als Argumentationshilfe verwenden ließen, *restringierter Code, elaborierter Code,* braucht man noch einen Beweis? Wie schon Kinder sprachlich aussortiert werden, Sprache als Herrschaftsinstrument. Wogegen nur Aufklärung half, verbunden mit einem grundlegenden Umsturz der Verhältnisse. Als hätten Verbote und Zwänge jemals etwas anderes hervorgebracht als verkrüppelte Seelen, die schließlich der eigenen Unterwerfung auch noch zustimmen. Eine psychologische und eine gesellschaftliche Frage, es war nicht einfach, beides zusammenzubringen, das Individuum und die Masse. Wo steht man selber, wessen Interessen vertritt man, wer braucht hier überhaupt wen?

Die Innenwelt der Außenwelt der Innenwelt, Seite für Seite mit Bleistiftanmerkungen übersät. Die Fotos in *Die Chronik der laufenden Ereignisse.*

Eigenkapital, Ratenvertrag, festverzinslich, Ausschüttung, Depotgebühren, Zugewinngemeinschaft, Ehegattensplitting, alles das sind Worte, die mir bis heute fremd geblieben sind … outlandish beings. Als wäre mit einem Mal ein modernes technisches Gerät, ein Rührstab, auf einem Bild Vermeers oder Reynolds zu sehen. Nicht dass ich in der Vergangenheit lebe oder in einer Phantasiewelt, gar nicht, glaube ich, dennoch scheint meine Gegenwart, die Art und Weise, wie ich mich zu orientieren versuche, wie ich denke, Lichtjahre entfernt zu sein von einer Rationalität, die nicht zu mir spricht. Mir nichts bedeutet. Die etwas völlig Synthetisches für mich hat. Ich verurteile oder verwerfe diese Rationalität nicht, ich kann nur nichts mit ihr anfangen. Immer brauche ich jemanden, der mir hilft, der mich anstößt, bestimmte Dinge nicht aus den Augen zu verlieren.

Als sei einmal noch nicht genug gewesen. Als müsste sich ein Ereignis mit allem Schmerz wiederholen, um es verstehen zu können. Das erste Mal.

Was werde ich gesagt haben, zu Leonore, um ein Gespräch anzufangen? Als ich *Rom, Blicke* auf dem Tisch liegen sah an jenem Abend. Liest du das? Und sie: Bestell mir lieber mal ein neues Bier!
An Karla keine Sekunde länger gedacht, keine Wahl.

Sicher für Monate, für ein Jahr, hatte ich keinen Fuß mehr ins Psychologische Institut gesetzt, ab und zu telefonierte ich mit jemandem. Als wollte ich den Kontakt nicht ganz verlieren, mir fehlte Hartwigs Entschiedenheit. Alles hinzuschmeißen … tilt.
Was ich bisher gemacht, gelernt hatte, kam mir mechanisch vor, als würde man von oben herab auf eine Tabelle schauen, die man Punkt für Punkt durchgeht. Mich interessierten die Ränder mehr als das Zentrum, Abweichungen. Als sei ein Traum, den man geträumt hat, weniger wirklich als das Fließband, an dem man steht. Jeder Rausch bloß ein Symptom, jedes Gedicht nur der Ausdruck von irgendwas, das dahinterliegt. Die Basis. Forget it.

Wenn der Flipper im alten Dschungel besetzt war, spielte ich Space Invaders, man musste die Aliens abschießen, bevor sie einen selber erwischten. Als ersten Namen gab ich immer Kong ein, bei einem neuen High Score King. Frage des Abends war, ob es jemand schaffte, sich dazwischenzudrängen, 1. King, 2. Izmir, 3. Kong.

Am liebsten wäre mir ein Fernsehprogramm rund um die Uhr gewesen, neben der Matratze auf den beiden Paletten ein kleiner Schwarzweiß-Apparat mit gesprungenem Plastikgehäuse, den ich manchmal gleich nach dem Erwachen einschaltete. Auf DDR 1 Wiederholungen vom Vorabend, *Verkehrskompass*, hin und wieder Spielfilme, ohne Ton.

Beim Hauswart, einem älteren Spätaussiedler, der mit seiner Frau im Parterre des Hinterhauses in einer Einzimmerwohnung lebte, hatte ich mir einen Fuchsschwanz geliehen, um klein zu sägen, was sich klein sägen ließ. Zuerst das Stellregal für die Bücher, aus einem Geschäft für skandinavische Anbaumöbel, dann die altertümliche Kleiderkommode im Flur, die ich auf dem Flohmarkt gekauft hatte, dann einen Hängeschrank in der Küche, der noch vom Vormieter stammte. Die Arbeit eines geschlagenen Tages, zum Verfeuern in dem Kachelofen, der in einer Zimmerecke stand, samt Schrauben und Beschlägen. Nur von den Büchern konnte ich mich nicht trennen. Auch nicht von den Platten, natürlich. Die Bastmatten, die auf dem Boden lagen, schnitt ich auf und steckte sie nachts in zwei der Mülltonnen auf dem Hof. Bis obenhin, who cares? Als ich dem Hauswart die Säge zurückgab, brachte ich ihm zum Dank eine Flasche Kümmel mit, ich wusste, dass er Kümmel trank. Unglaublich der Geruch, der aus seiner Wohnung durch die geöffnete Tür ins Treppenhaus zog.

In der Nacht zuvor hatte ich mir die Haare abgeschnitten, immer kürzer. Als träte ich einem Orden bei, jeder konnte das Zeichen lesen. Der Buchhändler am Savignyplatz, als ich nach *Die Mikropolitik des Wunsches* fragte. *Der Faden ist gerissen.*

Eines Abends kamen sehr spät drei Araber herein, nur noch wenige Gäste im Raum. Zwei der Männer gerieten in Streit, plötzlich fing der eine an, auf den anderen einzuschlagen. Gebrüll, das die Musik übertönte, Barhocker fielen um. Der, der geschlagen worden war, kroch mit blutigem Gesicht über die Erde, der dritte versuchte den Schläger davon abzuhalten, ihn zu treten. Herbert kam mit einem Geschirrtuch hinter dem Tresen hervor, schrie sie an, Drohungen wechselten hin und her. Hoffentlich hat keiner ein Messer, sagte jemand neben mir am Spielautomaten, ich dachte das auch. Der Schläger lief hinaus auf den Winterfeldtplatz, wo die ersten Marktstände aufgebaut wurden. Die beiden anderen folgten ihm, der Verletzte mit dem Geschirrtuch vor Nase und Mund. Schließ mal ab, rief einer, ich schließ ab, wann ich will, rief Herbert zurück, spindeldürr, in Tigerhosen aus Kunstfell.
Mir machte das Angst, ebenso groß war meine Neugier. Keine Zeit für lange Überlegungen, diese Momente, wie man dann reagiert. Ob jemand Mut hat oder nicht. Ich. So vieles, das im Alltag unter der Oberfläche blieb, um eines Nachts unkontrolliert hervorzubrechen. Leugnen half nichts, die Augen verschließen, verdrängen, es war da, immer. Gewalt, die sich blindlings entlädt, Schmerzensschreie, Tränen, die entglei-

senden Gesichtszüge eines Mannes, dem gerade die Wahrheit enthüllt wird. Ich habe dich nie geliebt. Er trinkt, bis er zu Boden sinkt und vors Lokal geschleift wird. Rasende Gefühle, offene Aggression, die Bereitschaft, Risiken einzugehen, über die man bei Tageslicht nur den Kopf geschüttelt hätte, gehörten einer Welt an, die mich verwirrte und dennoch von übermächtigem Reiz war. Dinge, die sich nicht wegerklären ließen mit Soziologie, Psychologie, eine Schicht im Menschen, von der die Lehrbücher nichts wussten. Nichts wissen wollten. Als könnte man sein Leben ohne Einbuße auf der sicheren Seite verbringen, wie auf einer Linie, die nie abreißt, ohne Ausschläge ins Unvorhersehbare. Scheiße, sagte der Mann neben mir, da sind sie wieder. Du kriegst hier nichts, rief Herbert dem Schläger zu, kauf dir woanders ein Bier. Lass mal helfen, sagte der Mann, schon etwas älter, in einer Motorradlederjacke, und machte eine Kopfbewegung zum Tresen hin. Ich weiß nicht, wie, aber ich überwand die Lähmung, die mich befallen hatte, und setzte mich einen halben Schritt hinter ihm in Bewegung. Mein Gesicht vor ihm nicht zu verlieren, auf immer, obwohl ich ihn gar nicht kannte, schien für mich Antrieb genug zu sein, stärker als meine Angst. Raus hier, rief Herbert, alle drei. Der Schläger ergriff einen Barhocker, hob ihn hoch. Die beiden anderen waren bei der Tür stehen geblieben, der eine noch mit dem Geschirrtuch vorm Gesicht. Stell den Hocker wieder hin, sagte der Mann, entspann dich, Alter. Ein Blick voller Hass traf mich, nicht ihn, ihr Scheißwichser, wurde in unsere Richtung gebrüllt, plötzlich flog der Barhocker durch die Luft und zerschmetterte das Flaschenregal neben Herberts Kopf. Jetzt ging alles ganz schnell, Herbert stürzte hinter der Theke hervor, eine kurze Stahlrute in der Hand, der Schläger rannte zur Tür, den anderen hinterher, die sich schon auf den Platz davongemacht hatten, ich sah, wie Herbert ihn noch knapp mit der Rute an der Schulter erwischte, bevor er auch draußen war.

In der Morgendämmerung nach Hause laufen, selbst weite Wege. Als müsste ich mich von der nächtlichen Energie befreien, von den Bilderfluten, die durch meinen Kopf rauschten. Refrains, Satzfetzen.
Einmal hat mich eine ältere Dame wach gerüttelt, ich lag rücklings in einer Schneewehe.
Nach der Cocktailparty im Shizzo, ich bin mir sicher, auf der Bar drei Plastikkanister mit roter, blauer und grüner Flüssigkeit, das waren die Cocktails. Weil die Gastgeber zu wenig Eiswürfel besorgt hatten, verklebte einem bald der Mund. Man musste unaufhörlich weitertrinken, Speed löste jede Zunge. *I want money, that's what I want* peitschten die Flying Lizards aus den Boxen, dann die Young Marble Giants, Joy Division. Gefeiert wurde die erste Ausgabe einer neuen Zeitschrift, an eine zweite kann ich mich nicht erinnern. Für die hätte ich etwas schreiben sollen, ich galt als jemand, der schrieb.
Eine Behauptung, die so stichhaltig war, so aufrichtig, wie andere von der Gründung einer Band, von Filmprojekten, die halb in New York, halb in Berlin spielen würden, Modelabels, einem Musikkassettenvertrieb. Jeder und jede schien irgendetwas zu machen, eine

Art Beschleunigung, die unabwendbar war. Als hätte man eine Ewigkeit in schlammigem Gelände festgesteckt, Gedankenschwere, überall ornamentaler Zierrat. Ab jetzt musste es schnell gehen, musste Härte haben, keine Zeit mehr zu verlieren. Man notiert sich ein paar Stichworte auf einem Kneipenblock, schon ist das Gedicht fertig. Ein ganzes Drehbuch, Songtexte. Heute zu wissen, dass es anders funktioniert, verkleinert nicht das Gefühl. Die Notwendigkeit, mit der eigenen Vergangenheit zu brechen.

Vielleicht vergisst man das später zu leicht.

Sich zu verausgaben war die Grundbedingung, keine Frage, nur so konnte Neues entstehen. Umherschweifend, sich jeder Erfahrung öffnend. Anstatt Klage zu führen über den unhaltbaren Zustand der Welt oder sich in sich selbst zu versenken. Als Vorwand dafür, die Gegenwart immer nur als Beweis zu betrachten, als logische Folge, um sich ihr nicht mehr aussetzen zu müssen. Dem Schmerz und der Lust, die sie entfachte, Kollisionen, Schönheit. Das im Dunkeln überirdisch leuchtende Blau an einem Tankstellendach, der Augenaufschlag einer Unbekannten in einem Waschsalon, nachdem man ihr ein Bier angeboten hat, man selbst nichts anderes als das Geschreibsel an einer verlassenen Lagerhalle, in einem U-Bahn-Eingang, Unkraut in den Betonfugen einer Autobahnbrücke, über die der Verkehr rast.

Mit den Utopien musste Schluss gemacht werden, mit diesem Kiffertraum von einem Leben ohne Konflikt. Ohne Spannung, ohne jemals an die Grenzen zu gehen. Die Mittellage war der Tod, Betrug und Selbstbetrug. Was gab's denn Bequemeres, als sich in der Verneinung einzurichten, ein Wohlfühlprogramm, das keine neuen Gedanken zuließ, Intensität. Als könnte es Politik ohne Poesie geben, ein anderes Sprechen, andere Worte als die, die man viel zu oft gehört hatte und nichts mehr erklärten … die Farbe der Vokale, die Bewegungen der Konsonanten.

Wilfried arbeitete als Spüler in einem Restaurant am Ludwigkirchplatz. Als ich ihn zwanzig Jahre später auf der Straße traf, erzählte er mir, dass er jetzt als Briefsortierer bei der Post beschäftigt sei. Seine Plattensammlung war die größte, die ich kannte, Platten und Playboyhefte und eine Matratze auf weiß gestrichenen Dielen, ein heruntergekommener Hinterhof in Charlottenburg. Warum er in dem Job als Spüler arbeitete, habe ich nie verstanden, war das Dealen so eine Art von Zubrot für ihn? Oder war er nur derjenige, der gegen eine geringe Provision die Briefchen übergab? In dem Gang zwischen Küche und Gastraum, zweihundertfünfzig Mark für ein Gramm. Ist Wilfried da, fragte man die Kellnerin, wenn man mit ihm eine Verabredung hatte, und ging dann nach hinten. Als müsste man zur Toilette oder telefonieren. Er selbst nahm nichts, hielt sich auf Konzerten den ganzen Abend an einem Bier fest. Klare Sache, klarer Kopf. Wobei es sich fragt, was mit Klarheit gemeint ist. Wo zu finden, wie. Sie gleichzusetzen mit Nüchternheit ist ein Irrtum, andersherum aber auch. Rausch, Erkenntnis.

Ein sehr schmaler Grat zwischen gesteigertem Bewusstsein und Bewusstlosigkeit. Dass man sich vollends abgeschossen hat, natürlich Alkohol noch dazu, merkt man ja immer erst zu spät, am nächsten Tag, Nachmittag. Unfähig, irgendetwas zu tun, aufräumen, spülen, in einem Buch weiterlesen, das auf dem Tapeziertisch liegt.

Abgewrackte Stadt, wie die Welt, keine Täuschung möglich.

An den leeren Zimmerwänden hingen zwei, drei Fotos, zwei, drei Blätter mit Ideen. Nicht nur in meiner Wohnung ... im Flur neben dem Spind eine Dartscheibe, in der Küche über dem alten eingegilbten Gasherd ein Plakat von *Pierrot le fou*, das ich in einem Kinofoyer abgerissenen hatte, der Kassierer war mir bis auf die Straße nachgelaufen.

Den Kopf zum Explodieren bringen, bestand nicht darin die Kunst? Wenn es Kunst ist, wenn es mich herauskatapultiert aus allem, was ich zu wissen glaube, worin ich mich eingerichtet habe. Die Vorschriften der Vernunft, der Ausgewogenheit ... nur andere Worte für das krude Faktum, sich ans scheinbar Unvermeidliche angepasst zu haben. Dagegen der Irrsinn des Nomadisierens, fremder Sprachen, die sich in der eigenen verbergen, wie anders sollte man die Wahrheit zu fassen bekommen?

Kann man das sagen?

Ein Kampf gegen sich selbst, der nicht zu gewinnen ist. Kleinigkeiten, die einen immer wieder daran erinnern, an die Scham, die der Angst zugrunde liegt.

Die Scham, das schrieb doch Marguerite Duras, in der wir vereint sind, das Leben leben zu müssen. Kein Exzess, keine Übertretung von Regeln, keine Auseinandersetzung, Sieg oder Niederlage, hat daran etwas geändert. Keine Anerkennung, keine Mutprobe, kein Gebet. Trotzdem nicht umsonst, glaube ich.

Mit einer gebrauchten Super-8-Kamera nahm ich zuerst nur Straßenszenen auf. Oft Straßen, die fast leer waren, an der Mauer, oder wo nachts Reklametafeln leuchteten, Neonschriften. Wie die Hochbahn zwischen den Häusern auftaucht.
Ich hatte die Kamera und einen Filmbetrachter von einem der Zocker gekauft, die nach Betriebsschluss in der Konzerthalle, in der ich jetzt manchmal hinter der Kasse saß, Groschenskat spielten. Oder gleich Schieberamsch, zweihundert Miese in einer einzigen Runde. Und vor der Abrechnung immer die Frage: doppelt oder quitt? Es gab Aufbauhelfer, die arbeiteten mehr als einen Abend ohne Lohn, weil sie sich verkalkuliert hatten.
Für mich war das nichts. Vielleicht tat's mir auch um das Geld leid, das ich ein paar Mal verloren hatte, aber ich verstand, dass es für die meisten an dem kleinen Bistrotisch im Foyer um etwas anderes ging als Verlust oder Gewinn ... es wurde immer weitergespielt, Kaffee und Weinbrand, Zigaretten ohne Ende, Wurst und Pommes aus einem Imbiss am Stuttgarter Platz. Ich konnte lange dabei zuschauen, der feine Schweißfilm auf dem Gesicht des einen, Kopfschütteln, leise Flüche. Wenn im Morgengrauen die beiden Putzfrauen

eintrafen, Ria mit ihrem Junkiefreund im Schlepptau, wechselte man oft in eine Kneipe, die 24 Stunden geöffnet hatte.
Auf die Idee, die Runde zu filmen, kam ich erst gar nicht, ich hätte auch nie gefragt. Teils aus Schüchternheit, teils aus dem Gefühl heraus, dass man unter sich bleiben wollte, ich wurde akzeptiert als Mitarbeiter. Der Student, der es nicht mehr sein wollte. Die Polaroidfotos, die ich zuvor gemacht hatte, füllten einen Schuhkarton, was fing man damit an? Ich mochte die leicht künstlichen Farben, Blau, das immer einen Stich ins Türkise hatte. Eine Serie der Neuen Nationalgalerie unter dramatisch bewölktem Himmel, von Gesichtern, Hartwig, Karla, meins, die lange abschüssige Gerade der Bismarckstraße mit der Siegessäule als Goldfleck weit hinten. Was man nicht sah, war die Fahrt dort hinunter, war Bewegung … *Radio on*. Eine Reise quer durch die USA, die Super-8-Kamera auf dem Armaturenbrett befestigt, wäre etwas gewesen, Tag und Nacht und Tag, in Echtzeit projiziert. Es dauerte einige Zeit, bis ich auch Menschen ins Bild nahm, Bekannte, Unbekannte, ohne aber je einen Gedanken an irgendeine Handlung zu verschwenden. Als würde ich nur Material sammeln. Für was, wusste ich nicht, ich sah mir die entwickelten Rollen einmal auf dem Filmbetrachter an und legte sie beiseite.

Monatelang fiel es mir schwer aufzustehen. Auch ohne unterwegs gewesen zu sein. Bevor ich ganz wach war, schlief ich wieder ein. Oder ich wurde wach, las, schlief weiter. Oft bis in den Nachmittag. Ich ging

dann ins nächste Hallenbad, schwamm ein paar Bahnen, stellte mich unter die heiße Dusche. War das Willensschwäche? Eine Kraft, eine Macht, deren ich mich nicht erwehren konnte, ein anderer Wille. Als würde ich vor einer Herausforderung zurückschrecken, die keinen Namen hatte, keine Gestalt.
Ich sitze am Küchentisch und schreibe auf, was ich vor mir sehe. Leere Bierdosen, Geschirr, Zeitungen, Zigaretten, zerknüllte Zigarettenpackungen, ein Metalldeckel als Aschenbecher, irgendwelche Blätter, zwei, drei Taschenbücher, Streichhölzer, Stifte …
Ich höre über Kopfhörer Musik, so laut wie möglich. *Pink Flag* von Wire, *Drumming* von Steve Reich.
Es wird kalt, ich heize mit dem geöffneten Backofen. In einem winterfesten Schlafsack schlafen.
Zum Lesen gehe ich in ein Café. *Der Wendekreis des Steinbocks*. Weil ich sonst nichts bei mir habe, schreibe ich mit einem vom Nebentisch geliehenen Kuli die Innenseiten des Einbands voll, dann noch den Rand der ersten Seiten. Wäre das eine Geschichte? Müsste sie ein Ende haben?

Eddie, die Assel. Eddie trug immer Jackett, eine Stoffhose mit Schlag, Stiefeletten. Er war dünn, groß, blass, hielt sich, wahrscheinlich wegen seiner Größe, stets leicht nach vorn gebeugt. Hereinkommen sah man ihn nie, plötzlich war er im Foyer unter den anderen. Stellte oder setzte sich dazu, schwieg, bis ihn einer fragte: Eddie, was gibt es? Was er zu verkaufen hatte, fand selten Abnehmer, mal ein originalverpackter Verstärker, ein Satz T-Shirts, ein unbenutzter Werk-

zeugkasten. Eddie sammelte 16-mm-Kopien, angeblich stapelten die sich in seiner Wohnung. Woher er sie bezog, erzählte er nicht, aber es interessierte auch keinen. Warum, wieso, weshalb. Dann war er wieder verschwunden, als hätte er sich in Luft aufgelöst. Ich schätzte ihn auf Mitte dreißig, höchstens vierzig.
Duje. Duje war manchmal schlecht zu verstehen, weil sein Deutsch einen schweren Akzent hatte, er stammte aus Jugoslawien. Selbst frisch rasiert, hatten seine Wangen einen Schatten, dichte buschige Augenbrauen, etwas kleiner als die meisten von uns. Duje war schon in Karatschi und Afghanistan gewesen, auf der Route über Teheran, als das noch ging. Den Caravan hatte er in Kabul verkauft und war dann mit dem Geld mehrere Monate durch Indien gereist. Monsun sei Scheiße, zu große Hitze ohne Regen für einen Europäer aber auch. Ihm zuzuhören machte mir Spaß, er schien nur darauf zu warten, dass ihn jemand ansprach. Beziehungsweise ihn nicht unterbrach oder stehen ließ, wenn er wieder im Quasselmodus war, einen Pappbecher Kaffee in der Hand. Ein Autokonvoi nach Syrien, Damaskus, fünf Daimler, von denen zwei in Anatolien schlappmachten. Hätten sie die Zylinderköpfe selber zugeschliffen. Die Wagen nicht abzuliefern, nicht fristgerecht, wäre tödlich geworden, verstehst du, die waren für den Geheimdienst. Es gab keinen Grund, die Geschichten für erfunden zu halten, Duje sprach immer wie nebenbei, ein wenig monoton, manchmal in sich hineinlachend, als könne er's selbst nicht glauben. Mit seinem Bruder hatte er eine Zeitlang einen Kiosk in der Leibnizstraße betrieben, jetzt

arbeitete er nachts als Brotfahrer. Trat ins Foyer und fragte laut, ob jemand Brot wolle, trank einen Kaffee. Das Brot sei übrig, Toastbrot, Pumpernickel. Aber was sollte man damit? Mit zwei Packungen Golden Toast unterm Arm in den Dschungel gehen?
Mäuschen. Mäuschen war nicht mehr jung. Auch noch nicht alt, irgendetwas dazwischen. Sie sah bieder aus, knielanger Rock, im Winter ein Felljäckchen, nur war sie immer auffällig geschminkt. Wie Mäuschen eigentlich hieß, weiß ich nicht mehr, Birgit hatte sie so genannt. Birgit stand hinterm Tresen. Wenn keine Konzerte stattfanden, kam Mäuschen im Lauf des Abends ein-, zweimal herein, um ein Glas zu trinken. Sich bei kaltem Wetter aufzuwärmen. Birgit war jemand, dem man schnell vertraute, sie brachte die Leute zum Reden. So erfuhr man, dass Mäuschen einige Jahre im Gefängnis gewesen war, sie hatte alle Schuld auf sich genommen. Hatte den Versprechungen von einem neuen gemeinsamen Leben geglaubt, von dem Geschäft, das man eröffnen würde, dem Penthouse. Jetzt ging sie wieder auf den Strich, Ecke Weimarer Straße, der Stuttgarter Platz war für sie tabu. Mäuschen hatte etwas von einer Hausfrau aus einfachen Verhältnissen, man konnte sie leicht übersehen. Eine Hochsteckfrisur wie aus den sechziger Jahren, eine Handtasche mit Henkeln, Zigaretten in einem Lederetui. Als hätte sie jeden Versuch aufgegeben, die verlorene Zeit noch einmal einzuholen. Sie wirkte weder glücklich noch unglücklich, Schichtanfang, Schichtende, was die anderen machen, wie sie durchkommen, interessiert mich nicht. Aber vielleicht dachte ich das auch nur,

dachte mir das so aus. Etwas, das man zu einem Bild dazuerfindet, um es sich zu erklären. Logik oder Psychologie. Dabei sich selbst ein unauflösliches Rätsel, eine Folge von Buchstaben, die kein sinnvolles Wort bilden. Das bist du.

Vor Leonore, nach Leonore.
Ins eigene Leben nicht mehr zurückfinden. Als hörte man sich mit einer winzigen Verzögerung beim Sprechen zu, immer ein anderer.

Was wünschte ich mir? Wovon hätte mich das befreit?

Die einzige Frau, die ich damals häufiger traf, war eine Französin, die für ein Jahr an einem Gymnasium in Tiergarten unterrichtete. Valérie. Sie hatte in Nantes Deutsch studiert, war gerade fertig, kam irgendwo aus der Provinz. Arbeiterklasse, sagte sie, ich solle nicht glauben, bei ihnen zu Hause sei es besonders kultiviert zugegangen. Essen zum Beispiel, was ich mir denn unter französischer Küche vorstellen würde? Ravioli aus der Dose? Sie hatte eine Wohnung, ein Zimmer, zu dem von der Eingangstür ganz merkwürdig eine enge Treppe hochführte, in einem Backsteinhaus hinter der S-Bahn-Station Bellevue, das der katholischen Kirche gehörte. Ausgerechnet, ein Hang zur Geistlichkeit. Eine ihrer Phantasien war, einen jungen Priester zu verführen, er musste aber eine Soutane tragen. Sie schrieb mir schöne Briefe, in denen sie mich Paul nannte, *Cher Paul,* immer mit Füller und immer so eben am Wahnsinn vorbei. Robert Desnos war ihr

Lieblingsdichter, sie zitierte ihn mehr als einmal, auf Französisch, ich übersetzte mir das dann … so viel hab ich von dir geträumt, Wort für Wort. Ohne eine Verabredung getroffen zu haben, sahen wir uns nur unregelmäßig, vielleicht spürten wir beide, dass es anders nicht ginge.
Weil wir doch zu verschieden waren? Weil ich zu starre Ansichten hatte, wer zu mir passt? Weil sie mehr wollte als ich, auch wenn Valérie das nie sagte oder mir eindeutig zu erkennen gegeben hätte? Auf beiden Seiten eine Scheu, sich festzulegen … ein Spiel, kann sein. Und zu wenig darüber hinaus, um eine Entscheidung zu treffen, die verbindlich gewesen wäre, für mich, ab jetzt diese Richtung im Leben. Valérie bereitete sich auf den Concours für eine Lehrerstelle vor, sie war schon einmal nicht genommen worden, obwohl sie glänzend deutsch sprach, der Wettbewerb schien hart zu sein. Dann hätte man sie irgendwo hingeschickt, so ist das in Frankreich, sagte sie, sicher nicht nach Paris. Oder Marseille. Auf meine Frage, ob es ihr gleichgültig sei, hob sie die Schultern, lächelte, es war nicht zu ändern. Valérie hatte rötliche kurze Haare und Sommersprossen, war nicht sehr groß, nie sehr modisch gekleidet, also in Schwarz, mit einem Nietenarmband, Nietengürtel, man denke es sich aus. Was für mich eine Rolle spielte, als ließe sich daraus Gewichtiges folgern. An den Augenblick gebunden, teilte ich Menschen nach Kleidung und Frisur ein, normal, zu normal, auf der Höhe der Zeit. Selbst wenn sich in einem Gespräch herausstellte, dass das Makulatur war, konnte ich mich lange nicht davon lösen. Wie eine Wand, durch

die man hindurchmuss. So war es bei Valérie nicht, außerdem hatten wir praktisch schon auf der Party, auf der wir uns kennenlernten, Sex, aber doch … eine eigene Welt, in der sie lebte, in ihrer Versponnenheit. War es das, in letzter Instanz? Was hatte denn gefehlt? Wenn ich's von heute aus betrachte, neues Jahrtausend, bin ich nüchterner geworden? Meine Erfahrung sagt mir, dass nein, trotz der Erfahrung. Mit dem Leben und allen Theorien, all den Konstruktionen, die man sich zurechtlegt.
Ein unbeschreibliches Mehr, das keine weitere Frage erlaubt … und sei es, dass man dann blind in sein Verderben stürzt, genarrt wie der Chevalier des Grieux. Als hätte man je glauben können, die Geschichte, diese Geschichte, nähme ein gutes Ende. Doch von der ersten Seite an nicht.

Valérie hatte Ferien, als sie wieder in Berlin auftauchte. Sie wolle vorbeikommen, sagte sie am Telefon, es hörte sich bedrückt an. Seit einiger Zeit war sie zurück in Frankreich, unterrichtete in einer kleinen Stadt am Rand des Zentralmassivs. Nicht so schlimm, hatte sie geschrieben, die Kollegen, das Wetter, eine günstige Wohnung. Kaum saßen wir bei mir auf dem Bett, berichtete Valérie, dass sie im Krankenhaus gewesen sei, die gleichen Symptome wie bei ihrer Mutter. Und ich wisse ja … ihre Mutter war an Krebs gestorben, ein Horror. Nein, sie schüttelte den Kopf, hatte Tränen in den Augen, Krebs habe sie nicht, noch nicht. Sie solle nicht pessimistisch sein, sagte ich und nahm sie in den Arm, du bist nicht deine Mutter. Mein Vater war auch an Krebs gestorben, nach einer Operation, die zu überleben es einer anderen Natur als seiner bedurft hätte, aber er war schon älter gewesen, alt, fast siebzig. Und ich war jung, ich sah keine Verbindung zwischen uns, dem alten Mann und dem jungen Mann, die mich hätte ängstigen können.

So kläglich wie an diesem Abend hatte ich Valérie nie erlebt, so schutzbedürftig. Ihre traumwandlerische Art hatte für mich immer eine große Sicherheit ausgestrahlt, als könne sie von den Fährnissen des Lebens gar nicht berührt werden. Tränen liefen ihr jetzt übers Gesicht, sie drückte meinen Arm, ich legte meine Wange auf ihren Kopf, ihr Haar. Weißt du noch, sagte ich, wie du mal Béchamelsoße gemacht hast? Valérie drehte sich zu mir. Man habe immer zwei Versuche, sagte sie, und beim zweiten Versuch werde es dann perfekt. Sie sah mich lange an, was nun? Ich fühlte mich verlegen, ich wollte nicht, nicht das. Als könne man durch die Zeit springen nach Belieben. Anfang, Mitte und Ende vertauschen, um so vielleicht Fehler zu vermeiden, von denen man im Nachhinein glaubt, es seien welche gewesen. Man würde nur neue Fehler begehen, andere, ohne jemals an ein Ende zu kommen. Im Konjunktiv gibt es kein Leben. Wie es kein Maß für Glück gibt, keine Skala, Gedankenspiele überflüssig. Vor allem solche, die man sehr viel später anstellt, Valérie und ich in Frankreich, was wäre daraus geworden? Was wäre aus mir geworden? Ein glücklicherer Mensch, als ich es bin? Reifer, gefestigter? Nichts als fromme Wünsche, denkbar nur, dass ich heute nicht mehr so leicht nachgeben würde, aber auch das weiß ich nicht genau ... Valéries Oberschenkel, der plötzlich auf meinem Schoß lag, ein tränenverschleierter, begieriger Blick, ihr Busen schmiegte sich an meine Rippen ... nein, dachte ich und tat es dann doch, oder sie oder wir, komm zu mir, flüsterte Valérie, mach ...

Später an dem Abend wollte ich noch zu Leonore, sie wusste nichts von Valérie, Verrat, war es mir durch den Kopf geschossen, du Verräter. Ich konnte mich zurückhalten, immerhin, aber das änderte nichts. Ich fühlte mich mies, völlig niedergeschlagen.

Nie habe ich sonst an eine andere Frau gedacht. Leonore mit jemandem verglichen, Vorzüge aufgezählt. Alles war mir selbstverständlich erschienen, von dem Moment an, als sie mich im Schneetreiben vor dem Cinema Paris auf dem Ku'damm fragte, ob ich nicht friere. Ein paar Sekunden hatten wir schweigend voreinander gestanden, ich mit ihrem Buch unterm Arm, die Hände in den Jacketttaschen. Was gab es da zu antworten? Kopfschüttelnd reichte ich Leonore das Buch, sie steckte es in ihren Campingbeutel. Dann hakte sie sich bei mir ein und zog mich die Stufe hoch ins Kino.

Kann man sich *so* täuschen?
Obwohl ich in Wirklichkeit ein ängstlicher Mensch bin und ängstliche Menschen zu Vorsicht neigen. Oder gilt das Gegenteil? Weil sie ängstlich sind, schenken sie zu schnell und zu viel Vertrauen, achten nicht mehr auf Signale. Als Leonore mir sagte, sie fahre zu Büroarbeiten nach Lichtenrade ... in dem Aufzug? Vorher kam

sie zu mir, warum? Damit ich einen Streit vom Zaun breche, was soll das, spinnst du?

Wahrscheinlich würde ich ihr auch heute alles glauben, jede Erklärung. Wenn ich gefragt hätte. Als reiche mein Vorstellungsvermögen immer noch nicht aus.

Die Befürchtung, zurückgewiesen zu werden, allein gelassen zu werden, die mich seit Anbeginn begleitet. In einem dunklen Zimmer voller Dämonen, warum ich? Was habe ich euch getan? Kindliche Fragen, die der Erwachsene nicht beantworten kann. Nicht für sich.

Scientia est potentia hatte ich als Elfjähriger mit Filzstift auf ein Blatt meines Zeichenblocks geschrieben und mir übers Bett gehängt. Schreibt das auf und hängt es euch gut sichtbar an die Wand, so die Worte meines ersten Lateinlehrers, der furchterregende Autorität besaß. Was davon geblieben war, einige Schulstreiks und Demonstrationen später, war mein Glaube an die Wissenschaft, nichts in der Natur und im Leben der Menschen, das sich nicht irgendwann aufklären ließe. Die Erde kreist um die Sonne, die Dinge bestehen aus Atomen, das Unbewusste treibt uns vor sich her. Meistens jedenfalls, zu oft. In einem Nachmittagskurs, der freiwillig war, lasen wir den *Abriß der Psychoanalyse*, danach *Massenpsychologie und Ich-Analyse*, auch hier kannte sich Herr Moldenhauer, der Philosophielehrer, der manchmal in Trainingshosen zum Unterricht kam, im Detail aus. Die verschiedenen Modelle des psychischen Apparats. Es und Ich. Das Über-Ich, das die gesellschaftlichen Normen vertritt, dieses hast du zu tun und jenes zu unterlassen. Die Frage, wem das nutzt, wen oder was es ausblendet, unterdrückt, war legitim, wir sollten nicht denken, sagte Moldenhauer, seelische Vorgänge liefen unabhängig von der konkreten sozialen Situation ab. Seien etwas Ahistorisches, Kleinfamilie und so weiter, verstehen Sie? Nichts und niemand bleibe verschont von den Gesetzen des Kapitalismus, und die Psyche schon mal gar nicht.

Wie ich sie gelernt hatte, waren wissenschaftliche Verfahren für mich unanfechtbar, fast heilig, auf jedem Feld. Man beobachtet, beschreibt, entdeckt Wiederholungen, Regeln. Um daraus Theorien abzuleiten, die in sich schlüssig sein sollten. Kommt zu Formeln, die Ereignisse vorhersagen, man führt Experimente durch, und, ja, die Formeln sind richtig … bis man auf neue Zusammenhänge und Gleichungen stößt, neue Theorien, immer weiter. Auch was die Gesellschaft betraf, die der Vergangenheit und die, in der wir gerade leben, man besaß Kategorien, mit denen sich bestimmte Erscheinungen erklären ließen. Warum es Herrschaft gibt, Klassen, und wer davon profitiert. Und wer nicht, nie. In der Theorie, die ich lange als gültig begriff, war die Welt klar eingeteilt, Materie und Geist, in Hauptsachen, die einem wie Tonnengewichte an den Füßen hingen, und Nebensachen, über die man hinweggehen konnte, die später zu erledigen seien. Sich von allein erledigen würden, wenn man demnächst die Macht erobert hätte. Ein Garten Eden ohne die Probleme, mit

denen man sich sonst herumschlug, niemand wäre mehr arm, niemand verrückt, keine Irrtümer mehr, kein Begehren. Im Grunde ein Pflanzendasein, vegetatives Leben.
Unerträglich. Wie eingemauert fühlte man sich in diesem Denken, von Hohepriestern überwacht … anstatt es als Tun zu verstehen, das nicht zu zügeln war, *Sprung, Tanz, äußerstes Abseits*, sich allen despotischen Maschinen widersetzend. Als fröhliche Wissenschaft, die Schluss machte mit dem Terror der Repräsentation, dem Bühnenzauber vorherbestimmter Abläufe. Den Abzweigungen folgen, sich auf die Flucht zu begeben immer besser, als in falschen Refugien zu verharren. In Scheinsicherheiten, der lähmenden Didaktik großer Begriffe. Man musste anfangen, ganz anders zu denken … dass alles Produktion ist, Strom und Einschnitt, innen wie außen, kein Gegensatz zwischen dem Privaten des Wunsches und der Objektivität der Gesellschaft, das eine unmittelbar im anderen und umgekehrt. Die Massen sind nicht betrogen worden, sie schrien danach, unterdrückt zu werden, panische Angst vor der Flucht, der Fluchtlinie aus dem Territorium der Schuld, des Gerichts, technischer Vernunft. Nur das Unmögliche verdient es, gedacht zu werden, allein da findet man das Leben.

In einem alten Notizbuch blätternd, wird mir schmerzhaft deutlich, wie viele Wege es gab, die ich hätte einschlagen können. Wie man nicht wusste, was als Nächstes geschehen würde oder könnte und welche Freiheit das bedeutete. Ein in alle Richtungen unbegrenzter Horizont, die Zukunft als völlig offener Raum. »Die Zeit vergeht, die Tage ziehen vorbei«, steht als letzte Zeile auf irgendeiner Seite, besorgt schien ich darüber nicht zu sein. Nicht so, dass ich etwas unternommen hätte, um die Zeit zu nutzen … mit einer gewissen Systematik. Was mein Gefühl bis heute ist, die Tage ziehen vorbei, nur dass der Horizont nicht mehr unbegrenzt ist.

»Brigitte Fossey in ›Les Valseuses‹, in einem leeren Triebwagen, ein Baby auf dem Arm, die blonden Haare hinten zusammengebunden.«
»Den ganzen Tag im Bett gelegen.«
»Pavese: Man erhält das, was man nicht sucht. Immer. (17. Juni 1944)«
»Fast sommerliche Schwüle. Mattes Licht in den Straßen. Im roten Waschsalon die dumpfe Wärme der Maschinen und Trockner. (13:45)«

Als ich Karla, die zwei erwachsene Söhne hat, vor ein paar Wochen sah, erzählte sie mir, dass ich damals mit Entschiedenheit verkündet hätte, ich würde Schriftsteller werden. Stimmt nicht, Karla, sagte ich, never ever, sie lachte, doch, doch.

Lesen … war das Glück? Und wenn nicht Glück, was dann? Auf einer Reise durch England nach der Schule hatte ich mir in einem Buchladen in Oxford einige Taschenbücher mit Gedichten von Dylan Thomas gekauft, die mich beim Rumblättern vor dem Regal angesprungen hatten, geradewegs, und für den Rest der

Fahrt nicht mehr losgelassen. Ich verstand das nicht alles, aber Zeilen wie *Though lovers be lost love shall not* oder *And I am struck as lonely as a holy maker by the sun* verwandelten den mir unbekannten Dichter in einen Wissenden, Wissen um ein Reich jenseits der Sprache, das zugleich ganz Sprache war, eine Wahrheit, die mich direkt zu betreffen schien.

Wie erhoben fühlte ich mich, schon beim Lesen, auf der Straße plötzlich. Als hätte ich etwas erkannt, das sich anders nicht erkennen ließ, etwas Unveränderliches und Unveräußerliches, das dem Leben zu eigen war. Das Gewebe des Lebens ... was ich nie so ausgedrückt hätte mit zwanzig, und auch heute ... aber geht es nicht immer darum? Wenn es sich um Kunst handelt, wenn es mehr sein soll als nur eine Abbildung des Offensichtlichen. Etwas, das sichtbar macht.

Frage ich mich, wonach ich Bücher aussuchte, die ich las, fällt mir keine plausible Antwort ein. Es gab kein Programm, keine Liste, die zu erledigen gewesen wäre. Ein Hang zur Opposition, zum Widerwort, der mir vielleicht angeboren ist. Den Ketzer gegen den Klerus verteidigen, die Dissidenten gegen den Apparat mit seinen verführerischen Versprechungen. Ich entdeckte Pasolini als Schriftsteller ... bei *Salò* war ich aus dem Saal gegangen, das erste und einzige Mal, dass ich einen Film nicht mehr ertragen konnte, von Ekel und Empörung geschüttelt. Anderes hatte ich in Spätvorstellungen gesehen, Ödipus, der auf der Leinwand slapstickartig vor seinem Schicksal davonläuft, bis es ihn einholt, die Furie Medea, und dann dieser Unternehmer, der den Arbeitern seine Firma überlässt und

sich im Hauptbahnhof von Mailand nackt auszieht …
Gedichte und Romane und Zeitungsartikel, die sich immer gegen die Mehrheitsmeinung richteten, immer Pasolini gegen die, die sich auf der richtigen Seite wähnten, des Fortschritts, der Geschichte, moralisch. Und dabei so oft grundlos, weil sie nicht weit genug gedacht hatten, nie darüber nachgedacht hatten, was es eigentlich bedeutet, wenn die Glühwürmchen verschwinden. Für die meisten eine Nebensache … durch die sich aber das ganze Elend offenbarte. Als seien nur die Ränder noch nicht leer geträumt.
Hier Gleichgesinnte zu finden, war schwierig, manchmal ergab sich ein Gespräch. Begeisterung, die man teilen konnte, liest du das auch? Was mich an *Rom, Blicke* faszinierte, waren die Beschreibungen von Wolken, von Landschaften, von Stille, viel mehr als die Hasstiraden, Brinkmanns Wut auf die Ödnis der Warenwelt. Dass Leonore etwas damit anfangen konnte, dass sie so etwas gut fand, überdies *Keiner weiß mehr*, machte sie in meinen Augen zu einer Verbündeten, Seelenverwandten, falls man das Wort noch gebrauchen würde. Genauer fragte ich mich nicht, eine Tatsache, die ich für selbstverständlich nahm. *Das* könnte uns nicht trennen. Leonore kritzelte auch immer in ihrer flüchtigen, schwer lesbaren Schrift in Buchdeckel und Einbände, und sei es Ort und Datum irgendeines Termins. Wie ich, Übereinstimmungen, durch die man sich bestätigt fühlte, bei ihr stieß ich in einer gebundenen Ausgabe auf das Tagebuch von Samuel Pepys, das Leonore für ein Seminar gelesen hatte … vornedrin der mit Bleistift skizzierte Umriss eines Männerkopfes,

hervorstehende Wangenknochen, wirre Haare, wer war das?, auf der nächsten Seite ein zeitgenössisches Porträt von Pepys mit einem Notenblatt in der Hand. Dessen akribische Aufzeichnungen aus dem 17. Jahrhundert erweckten den Eindruck von Nähe und Ferne zugleich, mir kamen die Gedanken und Launen dieses englischen Flottenbeamten sehr vertraut vor, wie sie dann wieder bizarr waren, von jemandem stammten, der mit mir wenig zu tun hatte. Zur Schau gestellte Gelüste, Verkehrsformen, die heute unbegreiflich sind. Einfach davon auszugehen, dass seine Natur und die unsere identisch seien, war ohne Frage mutwillig, war nur ein althergebrachter Glaube, dem die Phänomene widersprachen.
Und sonst? Bücher als Konterbande. Für die Eingeweihten. Diejenigen, die bereit waren für eine neue Art zu denken. Ein Denken, das keinen Unterschied mehr machte zwischen Kunst und Wissenschaft und Philosophie. Zonen der Unbestimmtheit, die Frage, wie eine Sache funktioniert, wichtiger als die nach ihrer Bedeutung. Um sich nicht dauernd in mythologischem Firlefanz zu verstricken, unser Unbewusstes ist eine Fabrik und kein Theater, kein griechisches Trauerspiel. Was mir einleuchtete, davon gibt es nichts zurückzunehmen. Und nichts zu bereuen, vieles von dem, was ich zuerst in Sammelbänden las, besitzt für mich nach wie vor Gültigkeit. *Die Couch des Armen*, ein Aufsatz von Félix Guattari übers Kino, den ich buchstäblich verschlungen habe. Auf so holzhaltigem Papier gedruckt, dass man beinah schon die Fasern sah. Wie die Produktion des Unbewussten sich mit der Pro-

duktion der Bilder verkettet, *Filme, die die Anordnungen des Wunsches verändern, die Stereotype durchbrechen, die Zukunft eröffnen …*
Leonore kannte ich da noch nicht, das war in dem Jahr zuvor.

Überall, wo man nachts hinging, war es hell, als könnte niemand mehr gedämpftes Licht vertragen. Als müsste alles öffentlich sein, wie man gekleidet ist, mit wem man spricht, in welcher Verfassung. Weiße kahle Wände, Spiegel, Neonröhren, Kacheln. Dazu passte es auf seine Art, dass Hartwig, wenn wir wieder zusammen unterwegs waren, Wodka auf Eis trank, ich dagegen meist Bier, erst später, gleichsam als Brandbeschleuniger, Tequila.
Im Dschungel stand man im vorderen Raum an eine der Säulen der Galerie gelehnt, beobachtete die anderen Gäste, wurde beobachtet. Man wusste, wer eine Platte machte, bald machen würde, wer Geld für einen Film aufgetrieben hatte. Eine geschwungene Treppe führte nach oben, wo es Cocktails gab, die uns zu teuer waren, man blickte von dort herunter wie in ein Terrarium. Dann und wann kam es zu Stürzen auf den Stufen, Abstürzen, bei denen sich aber nie jemand verletzte, ernstlich, nicht in meiner Erinnerung. Man wandte den Kopf, ein Runzeln der Augenbrauen, Scherben wurden weggekehrt, man redete weiter, als sei nichts geschehen. Was im Kino läuft, ein Konzert, ob man die Ausstellung im Haus am Waldsee gesehen habe, du warst schon? Und?
Mir hatten die Bilder ungeheuer gefallen, die Mauer,

Tanzende, Straßenecken, nackte Körper in wilden breiten Pinselstrichen, oft liefen Tropfenspuren die Leinwände herab, wie gerade eben gemalt. Alle sprachen davon, und nicht nur, weil man den oder den Künstler vielleicht persönlich kannte. Gestern noch hier als Kellner, heute ein Star … nein, es war … genau die Welt, die einen interessierte, was man für schön hielt. Für wert, dargestellt zu werden. Dieses gelbe, sich durch die Dunkelheit schneidende Licht eines Peitschenmastes, Graffiti, der Rausch elektrischer Nächte. Keine Parolen mehr, keine Anklagen, alles, was man sah, stand für sich selbst und nichts sonst. Die Leere des Potsdamer Platzes, zerbröckelnde und zerschossene Fassaden, der sich langsam um die eigene Achse drehende Stern auf dem Europacenter.
Vom Leben, setzte sich in meinem Kopf fest, wie es einem täglich begegnet, wäre zu erzählen. Statt zum einhundertsten Mal das Leiden am Großen und Ganzen auszubreiten, plus der unentbehrlichen Fingerzeige auf die Schuldigen, Zigarre im Mund. Als hätte die Kunst einen Auftrag. Hat keinen, außer dem, aufrichtig zu sein. Zu schildern, wie sie die Nächte durchspielen, die Hast, die Besessenheit all der Glückssucher, der Fiebernden … der Verweigerer, die für die Angebote der Gesellschaft nur ein Kopfschütteln übrig haben … ein sicheres ruhiges Plätzchen gegen Wohlverhalten. Anpassung. Ein einziges Spiel mit der Angst, das man nicht mitmachen wollte, auch wenn die Angst nicht verschwand und man sie immer wieder spürte. Man lässt sich nichts anmerken, trinkt was, nimmt was, bis der eigne Film ins Laufen gekommen ist.

Ein Barmann in Gummistiefeln mit Gasmaske über der Stirn, ein anderer in weißem Hemd und schwarzer Hose, dem eine Haarsträhne wie Bryan Ferry ins Gesicht hängt, jemand wird zum Eingang getragen, er wehrt sich, kann aber nicht mehr alleine stehen und fällt in den Paravent vor der Türe, bekommt einen Stilettotritt verpasst, man drängt sich durch, im Keller hinter der zum Ersticken vollen Tanzfläche sind die Klos, Hartwig hat etwas dabei, oder ich, wir verschwinden in einer der Holzkabinen, fickt zu Hause, ruft einer …

Nächte, in denen man den Absprung schaffte, Nächte, die heillos endeten. Aus einer Wohnung auf die Straße taumeln und nicht wissen, in welchem Stadtteil man ist. Kein Geld mehr für ein Taxi, die U-Bahn. Später wird klar, dass man sich zweimal quer durch Berlin bewegt haben muss, ins Shizzo bin ich noch mit, sagt Hartwig am Telefon. Oder es war irgendeine andere Bar, Fragen der Chronologie, der Begleitung. Seltsam erscheint es mir jetzt, dass ich fast nie Schmerztabletten nahm … als würde ich mich bestrafen wollen. Leonore hatte immer etwas im Schrank, weshalb sich quälen? Wenn die Übelkeit wieder auszuhalten war, lief ich lange herum, Stunden, von Wilmersdorf zum Hermannplatz. Und zurück, auf einem anderen Weg, über die S-Bahn-Brücken in Schöneberg. Der Versuch einer ersten Zigarette.

Was machte es mir so schwer, normal zu leben? Warum ging das nicht mit Anke? Als müsste ich wie aus einem Zwang heraus gegen jegliche Einhelligkeit anrennen. Beweisen, vor allem mir selber, dass dies nicht genug war, jenes nicht, es immer mehr gab. Ein Versprechen, bei dem schattenhaft blieb, wie und wann es einzulösen wäre. Nur im Kino fand ich mich befreit von dem, was an mir zerrte. Wenn ich aus dem Saal auf die Straße trat, ganz gleich, aus welchem Film, war ich auf magische Weise versöhnt mit der Welt. Ein Gefühl, das für Tage andauerte, nachdem ich *Chronik eines Sommers* von Jean Rouch gesehen hatte. Obwohl der Film, ein Dokumentarfilm aus den sechziger Jahren, bestimmt keine Einladung war, alles um einen herum und sich selbst zu vergessen. Vielleicht ist es diese eine Szene gewesen, die mir noch deutlich vor Augen steht, als ein Moment der Überwältigung, der Schönheit, an dem nichts peinlich war, nichts Effekt … eine junge Spanierin, eine Gastarbeiterin, in ihrem Mietzimmer in Paris, die vor Glück weinen muss, weil sie jemanden getroffen hat … und man war plötzlich ganz auf ihrer Seite, man verstand alles, wie eine Offenbarung dessen, was ein Mensch sei. Dafür einen Ausdruck zu finden, durch jede Gegenwart hindurch, mit den Mitteln der Gegenwart, war das nicht die Kunst? Wie sollte man sonst begreifen können, was gerade passiert? Was die Zeit mit uns macht, fortwährend.

Es gibt Filme, Bücher, Bilder, Objekte, die nicht altern. Die ich auch heute noch so bewundere wie mit zwanzig oder dreißig. Anderes irritiert mich, erschreckt mich manchmal, und es kostet mich Mühe nachzuvollziehen, was ich daran fand. Warum ich eine Passage wieder und wieder las, mich nach dem Verlassen des Saals sofort aufs Neue an der Kasse anstellte. Weil ich keine Verbindung mehr empfinde zu Gefühlslagen, über die Jahrzehnte hinweggegangen sind? Weil sich die Gründe geändert haben, aus denen mich ein Film oder ein Buch in seinen Bann zieht, Fragen von Wissen, von Praxis? Durchaus möglich, sich selbst dated vorzukommen bei der Erinnerung, *Im Lauf der Zeit* in drei Tagen fünfmal gesehen zu haben. Obwohl ich den Film noch mag, irgendwie. Während mich Rimbaud nach wie vor umwirft, dieser Amok gegen alles. Nur habe ich nicht mehr das Verlangen, es ihm gleichzutun. Ein Vorrecht, das man verliert, damit muss man sich abfinden. Sofern es ernst gemeint war, sofern man den nötigen Mut besessen hätte, die eigenen Grenzen mit offenen Augen zu überschreiten. Im Rückblick stellt es sich mir so dar, als sei ich in Geschichten meist hineingeraten, von bewusster Wahl kann man nicht sprechen. Entschlüsse, ohne länger nachgedacht zu haben, überhaupt nachgedacht. Es ist zu spät, sich das heute vorzuwerfen, ich bin zur Voraussicht unfähig. Mir auszumalen, wie es nächstes Jahr wäre, im Juli. Ich kann Vorsätze fassen, so viele ich will, das Leben konsumiert sie alle.

Ich las, ging ins Kino, auf Konzerte. Ins Kino oft nachmittags, ich mochte es, geblendet zu werden, wenn man wieder nach draußen trat. *Palermo oder Wolfsburg*. Sonntags fuhr ich manchmal auf die Trabrennbahn in Mariendorf, stromerte da zwischen den anderen Besuchern herum, schloss ein paar Dreierwetten ab. Den letzten Fünfer setzte ich immer auf Sieg, immer auf den größten Außenseiter. Einmal gewann ich fast zweihundert Mark, ich steckte das Geld ein und machte mich sofort auf den Weg zurück in die Stadt. Als dürfe man sein Glück nicht auf die Probe stellen.

Wahrscheinlich habe ich das meiste in den folgenden Nächten ausgegeben, eine Platte gekauft, ein, zwei Bücher. Ich kam mit wenig aus, wenn ich nichts hatte, dann hatte ich eben nichts. Es widerstrebte mir, Freunde anzupumpen, nach Entschuldigungen zu suchen. Die Rettung war gar nicht selten ein Brief meiner Mutter, in dem ein Geldschein lag, ich schämte mich kurz. Obwohl sie nie nachfragte, wie es mit dem Studium stehe, mich nie ermahnte, ihr auch zu schreiben, häufiger. Ich verfluchte mein schlechtes Gewissen ... du bist niemandem verantwortlich, du entscheidest, was das Beste ist.

Ich verfasste ein Dutzend Gedichte, eine Reihe von Erzählungen, die den Titel ›Nachts im amerikanischen Sektor‹ trugen. Die Gedichte habe ich bei einem Umzug bis auf vier oder fünf weggeschmissen, die Erzählungen nicht. Aber auch nicht mehr gelesen, sie stecken irgendwo in einem Karton. Es kann sein, dass Leonore die letzte Leserin war, auf ihrer Récamiere unter den Fenstern zum Hof. Bambusrollos. Ich weiß nicht mehr, was sie dazu gesagt hat, vielleicht hat sie Verbesserungsvorschläge gemacht. Worte durchgestrichen, etwas am Rand vermerkt. Als sie meine Abschlussarbeit ins Reine getippt hat, veränderte sie Formulierungen nach Gutdünken, mit ihr darüber zu reden war nicht einfach. Papperlapapp. Nein. Verlass' dich auf mich.

Bei Konzerten stand ich nie in der ersten Reihe, ich fand es albern, sich vorzudrängen, immer mitten in der Menge. Oder hinten, wenn ich an der Kasse gearbeitet hatte und erst später in den Saal kam. Mekanik Destrüktiw Komandöh, The Cure, Abwärts. Leonores Geschmack war das nicht, wir hörten zusammen *The River*, *Nebraska*, Geschichten von Losern und Desperados. Ich achtete auf die Texte, mein Glaube an Worte ist grenzenlos. Dass sie bedeuten, was sie bedeuten, dass man eine Lüge weder beten noch dichten noch singen kann. Für mich ist Kunst nie ein Spiel gewesen, bei dem man nach Belieben einsteigt oder aussteigt, so distanziert ich meinem Leben sonst oft begegne. Mein Leben mir, eher so herum. Nur beim Lesen, beim Schreiben, wenn ich Musik höre, scheine ich mit mir eins zu sein. Oder so weit von mir entfernt, dass manche Fragen unsinnig werden. Warum man wirklich etwas tut, getan hat. Hatte ich auf Leonore gewartet? Ohne es zu wissen, als müsse einem verborgen bleiben, wozu man bestimmt ist. Als würde man allen Mut verlieren, wenn man die geringste Ahnung davon hätte.

Trümmergrundstücke, auf denen Gebrauchtwagen verkauft wurden. Die als Parkplatz dienten oder überwuchert waren von Gestrüpp. Brandmauern, Hinterhäuser ohne Vorderhaus. Kaum jemand hatte ein Bad, Trödler existierten zuhauf, Wohnungsauflösungen. Dagegen die Villen im Grunewald, Geld musste vorhanden sein, man hätte sich Zugang verschaffen wollen, mitmachen wollen. Ein nicht denkbarer Gedanke.

Ein Brief wies mich darauf hin, dass ich mich demnächst im letzten Semester der Ausbildungsförderung befände. Die Halbwaisenrente war schon ausgelaufen, mein fixes Einkommen würde binnen weniger Monate null betragen. Ich rief an und fragte, welche Möglichkeiten ich hätte, noch weiter unterstützt zu werden. Liegen gewichtige Gründe vor, das Studium nicht fristgerecht abgeschlossen zu haben? Tod des Vaters? Ein Jahr würde man verlängern können, um sich zu den Prüfungen anzumelden. Mit der Note der schriftlichen Arbeit, die natürlich fertig zu sein habe. Klar, kein Thema. Nach einem Antrag, der in den folgenden vier Wochen zu stellen wäre, entschiede das Amt dann zügig, ob ich für eine Fortsetzung der Leistungen in Frage käme. Nein, ein Empfehlungsschreiben sei nicht erforderlich, schade aber auch nie. Danke.
Das hatte ich vergessen. Total ausgeblendet. Es war nicht viel, was regelmäßig auf mein Konto floss, doch eine Sicherheit. Nachdem die Hausverwaltung mit Kündigung gedroht hatte, sah ich immer zu, dass die Miete überwiesen werden konnte, vorher hob ich nichts ab. Mein Lohn wurde mir nach der Arbeit bar ausbezahlt, steuerfrei. Ich hatte mich in diesem Modus eingerichtet, es hatte sich so ergeben, unzufrieden war ich nicht. Besser gesagt, dachte ich über meine Lage nicht weiter nach, ich stellte keine Vergleiche an, fragte mich auch nie, wohin das alles führen sollte. Als lebte ich in einem andauernden Aufschub … andererseits gleicht sich vieles aus, später weiß man plötzlich, wozu etwas gut war. Oder man bildet es sich ein, weil das Bedürfnis nach einem Zusammenhang doch un-

stillbar ist. Dass dieses oder jenes einen Sinn hat, sich einfügt in eine übergeordnete Logik, die man auf Anhieb nicht zu erkennen vermag.

Im Frühjahr vor dem Brief hatte ich ein Seminar im soziologischen Institut besucht, in dem der *Anti-Ödipus* von Deleuze und Guattari gelesen wurde; warum ich überhaupt darauf gestoßen bin, weiß ich nicht mehr, ich muss in einem Vorlesungsverzeichnis geblättert haben. Alleine war ich in dem Buch über die ersten Seiten nicht hinausgekommen, ich verstand es und verstand es nicht, obwohl ich mich unmittelbar angesprochen fühlte. *Beispielsweise die Wanderung von Büchners Lenz … Alles ist Maschine. Maschinen des Himmels, die Sterne oder der Regenbogen, Maschinen des Gebirges, die sich mit den Maschinen seines Körpers vereinigen … Ich und Nicht-Ich, Innen und Außen wollen nichts mehr besagen.*

Die Lesegruppe, der ich mich anschloss, kannte sich schon aus dem Studium, Dietrich und Bettina wohnten mit anderen in einer Fabriketage auf der Hobrechtstraße in Neukölln. Küchenzeile, eine Ecke mit zusammengeschobenen Schreibtischen, weiter hinten in einem separaten Raum lagen mehrere Matratzen nebeneinander. Sie schliefen alle dort, wurde mir erklärt, jeder, immer. Dabei waren sie ohne therapeutischen Ehrgeiz, sie hätten den Alltag eben nur in Funktionsbereiche aufgeteilt. Das Geld kam in eine gemeinsame Kasse, Entscheidungen traf man kollektiv. Was mich erstaunte, war die Ordnung, die in der Etage herrschte … als handele es sich um einen naturwissenschaftlichen Versuch. Welchen Bedingungen das Leben standhält. Die Liebe, obwohl das Wort natürlich nicht fiel. Stattdessen Ströme und Partialobjekte, Voluptas und konnektive Synthesen … *Ödipus ist zunächst die Idee eines paranoischen Erwachsenen, bevor er ein infantiles neurotisches Gefühl wird.* Weil, belehrte uns eine Lektüre des Mythos, die ganze Geschichte darauf beruhte, dass Ödipus' Vater Laios für sexuelles Fehlverhalten durch die sich erfüllende Prophezeiung bestraft wird, vom eigenen Sohn erschlagen zu werden, unwissentlich, als Vollzug einer Art von höherer Gerechtigkeit. Daher sein Verfolgungswahn, und nicht aus Gründen der Konkurrenz, Kampf um die Frau, die des anderen Mutter ist. Von hinten bis vorne hatten sie das zurechtgebogen, um die Psychoanalyse in ein Instrument der Verdunkelung zu verwandeln, das einen immer wieder aufs Neue in den Rahmen der Familie einspannte. Und nicht befreite, das Unbewusste, das gesellschaftlich ist und keine Privatsache. Nur … konnte das nicht bedeuten, dachte ich, alles öffentlich zu machen, alles gleich zu behandeln. Als käme man so jedem Geheimnis auf die Spur, der Magie, die uns erfasst in den unmöglichsten Augenblicken. Nicht zu erklären, selbst wenn man alle Details kennt, Worte und Farben, die Höhe eines Tons, man wird umgeworfen wie von einer Sturmböe, die ohne Vorwarnung niederschießt.

Leonore ist keinem aus der Gruppe je begegnet, was hätte sie gesagt? Unfug? Wovon leben die? Hauptsächlich von dem Geld, wäre meine Antwort gewesen, das Bettinas Vater, ein Radiologe aus Offenbach, ihr monatlich zukommen ließ, vierzehnhundert Mark, ein Vermögen. Zwei Nächte in der Woche arbeitete sie beim Kindernotdienst, Dietrich arbeitete nichts, ich erinnere mich nicht mehr. Oder wir haben nie darüber gesprochen, im Handumdrehen in Debatten verstrickt, die oft grundsätzlich wurden. Was zu folgen hätte, politisch zu folgen hätte, aus den Erkenntnissen eines Denkens, das nicht mehr dialektisch war. Ohne Hierarchien, Totalisierungen ... nehmt euch, was ihr gebrauchen könnt. Dietrichs Selbstsicherheit reizte mich, die Nonchalance, mit der er radikale Positionen vertrat, lächelnd, durch nichts aus der Ruhe zu bringen. Von Bettina und Richard, einem anderen Bewohner der Etage, wusste ich, dass man ihn bremsen musste, wenn es um bestimmte Aktionen ging, sagen wir, gegen den Bau eines Kraftwerks. Dabei sah er aus wie, ja, wie ein Goldjunge, halblange strohblonde Haare, die ihm in die Stirn fielen, Stoffhose, Hemd, Jackett, Schuhe ohne Strümpfe. Bei einem unserer Streitgespräche recht zu behalten war nicht einfach, aber wenn, gab er sich mit einer lässigen Handbewegung geschlagen. Meinetwegen. Insgeheim wünschte ich mir wahrscheinlich, genau so durchs Leben kommen zu können, experimentell irgendwie, mal dies ausprobieren, mal das. Er wirkte nicht wie jemand, der an eine Sache gefesselt war, obwohl er vor Risiken, die drastische Konsequenzen gehabt hätten, nicht zurückschreckte. *Es hilft nur Gewalt, wo Gewalt herrscht.* Eine Politik, die ich für falsch hielt, was ist denn *die* Macht? Was ist mit denen, die sich die Unterdrückung wünschen, so sehnsüchtig, alles fehlgeleitete und getäuschte Seelen? Irrläufer des Verstandes, die man nur richtig zu schulen habe? Sich zu befreien, die zerstörerische Anti-Produktion innerhalb einer Gesellschaftsmaschine zu bekämpfen, aus der man nicht rauskommt ... heißt?

Ein Steinbruch war das Buch, jeder machte eigene Entdeckungen, die sich bei unseren Treffen nicht in ein System bringen ließen. Wir hatten es mit einem Kunstwerk zu tun, das auch Wissenschaft war, Beckett und Artaud so wichtig wie Marx und Freud, um das gesellschaftliche Feld zu erforschen, den Körper der Erde, den Körper des Kapitals, uns selbst als schwirrende Partikel im Staub des Sichtbaren und wechselnde Plätze in einem anonymen Gemurmel. Die Frage, was sich damit anfangen ließ, stellte sich mir nicht, das ist kein Leitfaden für den Straßenkampf, sagte ich einmal zu Dietrich, was willst du? Mehr als schöne Worte vielleicht, könnte er geantwortet haben, mich zu einer aufbrausenden Replik herausfordernd. Dass er davon nichts verstehe, von Worten, dass sie etwas anderes seien als nur Werkzeuge, um sich am Tresen ein Bier zu holen. Absoluter Idealismus, hätte er dann eingeworfen, du verwechselst Dichtung und Realität. Sind Worte nicht real? Nicht so real wie ein Schlagstock. Und warum lesen wir das hier? Weil es Spaß macht. Spaß? Sicher, hast du damit ein Problem?

Wie ein Wettbewerb, den keiner gewinnen konnte. Als sei ich nicht auf genügend Demonstrationen gewesen. Oder würde einen Vertrauensbruch begehen. Wer würde denn sonst seine Stimme für die Verlassenen, die Verachteten, die zu Tode Sedierten erheben? War man, war ich dazu verpflichtet? Und immer frontal gegen den Staat, Staatsapparat … anstatt nach Verzweigungen, einer neuen Sprache zu suchen. Als seien keine Fragen mehr möglich, null oder eins, wie auf Lochkarten, mit denen man den Institutscomputer fütterte. Empirische Sozialforschung, dieser Schwindel, der alle Differenzen einebnet, alles normiert. Du bist Durchschnitt … und du leider nicht. Leute wie du gehören in eine Anstalt, Zwangsjacke, Spritze. Wer Himmelsstrahlen in seinem Arsch verspürt, kann nur verrückt sein, selbst wenn es ein Gerichtspräsident ist. Die anderen sind gesund dagegen, mag ihr Leben auch aus Ratenzahlungen und Fernsehprogramm und Schlaftabletten bestehen. Eine Ahnung hat man, aber sie lässt sich nicht in ein Bild fassen. *Es ist etwas los mit mir, weil ich / nicht fühle, dass etwas los ist mit mir* … ein lautloses Drama, bis es zur Explosion kommt und man in der Psychiatrie landet, wo die einen Medikamente durch ein paar andere ersetzt werden.
Hast du ein Praktikum da gemacht, hätte ich Dietrich fragen können, hast du mit den Genossen eine Station besetzt, bist du nach Arezzo gefahren? Wo sie gerade mit der Hospitalisierung Schluss machten, dem Schrecken vergitterter Fenster, mit Fesselungen und Elektroschocks. Und den Irren zuhörten, sie endlich reden ließen. Wenn hier, ja, wenn hier einer abgehoben ist,

dann du, in deinem revolutionären Wolkenkuckucksheim. Oder Gummizelle, in die kein Laut von außen mehr hereindringt. Schau dich um, kann ich dir nur raten, geh ins Kino, leg die richtige Musik auf.
Was uns, was die Gruppe für drei Monate zusammenhielt, war die Aufgabe, die uns das Buch stellte, wie auf den Bildern Turners *Ströme vorüberziehen zu lassen, von denen wir nicht mehr wissen, ob sie uns mitreißen zu anderen Orten oder ob sie stets wieder auf uns zurückführen*. Weil wir von Linguistik keine Ahnung hatten, von Ethnologie, von Signifikanten und Signifikaten, teilten wir uns die Arbeit auf, die einen informierten sich über dieses Gebiet, die anderen über jenes, und dann versuchten wir gemeinsam, das Ungesagte auszufüllen. Ich kam zu jedem Termin pünktlich, immer vorbereitet, einmal, an einem Vormittag, schwer angeschlagen. Ich hatte kaum geschlafen, ich war zittrig, in meinem Kopf schossen die Gedanken durcheinander. Es hatte abends damit angefangen, dass ich plötzlich, nach zwei Zeilen, schon nicht mehr weiterwusste. Wie die Geschichte, die ich zu schreiben begonnen hatte, sich fortsetzen sollte. Weil ich den Ton nicht fand, die passenden Worte. Ich schrieb einen Satz, strich ihn durch, schrieb einen neuen, strich auch den wieder durch, bis ich vom Tisch aufstand, um hin und her zu gehen. In die Küche und zurück. Meine Ratlosigkeit war so massiv wie das Gefühl, alles, was es zu erzählen gäbe, sei in mir, es sei da, aber unerreichbar, wie von einer Platte aus Blei verschlossen. Nach einiger Zeit wurde ich wütend, ich trat gegen den Spind im Flur, beschimpfte mich selber, meine Ambitionen, meine

Unfähigkeit. Wie sollte ich jemals etwas zustande bringen? Du Schwächling … los, fang wieder an.
Als ich eine oder zwei Stunden später noch immer an derselben Stelle war, hackte ich mir eine Line. Das Pulver war nicht das Beste, das wusste ich, zu viel Speed, synthetisch. Ich setzte mir Kopfhörer auf und drehte die Lautstärke der Anlage hoch. James White and the Contortions, ein quietschendes heulendes Saxophon, tiefe Bässe, die meine Trommelfelle vibrieren ließen. Als könnte ich so zu mir kommen, zerbrechen, was mich am Schreiben hinderte. Diesen Einklang herstellen zwischen Worten und Sätzen und einer Atmosphäre, die man mehr als deutlich empfindet. Ich zog die nächste Line, bald spürte ich meinen Herzschlag im ganzen Körper, in den Beinen, in der Brust, in den Armen, hinter meinen Augen breitete sich ein pochendes Brennen aus. In diesem Moment hätte ich aufhören sollen, mir sagen sollen, dass es nichts wird, nicht so, nicht jetzt.

Man könnte es als einen Trommelwirbel beschreiben, der plötzlich abreißt. Völlige Stille tritt ein, selbst bei lauter Musik, Leere. Und zugleich durchschaudert es einen, dein Herz hat gerade ausgesetzt, kein Puls mehr zu spüren. Die Knie geben nach, der eigene Köper wird zu schwer, man sinkt zu Boden. Ich streifte die Kopfhörer ab und griff nach meinem Handgelenk. Nichts, wie tot, in einem Reflex schlug ich mir vor die Brust. Was sicher nicht dafür sorgte, dass mein Herz wieder ansprang, mir kam es so vor. Ein, zwei, drei, vier stotternde Schläge, dann raste es los, ein Flimmern, bei dem es nichts zu zählen gab. Bis erneut diese Leere ... und Kälte, ein Kälteschock. Ich fühlte mich wie gelähmt, Augenblicke später Panik, die mich hochfahren ließ. Ich öffnete einen Fensterflügel und versuchte, von einem trockenen Würgen geplagt, tief ein- und auszuatmen. Sauerstoff ist gut, werde ich gedacht haben, gut für den Kreislauf, für alles. Ich weiß nicht mehr, was ich sonst noch anstellte, ob ich mich aufs Bett gelegt habe, meinen Kopf unter den Wasserhahn in der Küche hielt, doch irgendwann fühlte ich mich wieder besser, meine Panik, die nur ein anderes Wort für Angst ist, übergroße Angst, wich nach und nach einer Erschöpfung, als hätte ich den ganzen Tag Zementsäcke geschleppt.

Eine Angst, die noch einmal in meinem Leben von mir Besitz ergriff, als ich bei ablandigem Wind mit einem Surfbrett immer weiter aufs offene Meer getrieben bin, weil der Mast nicht mehr in das Lager hineinzubekommen war. Unter mir sah ich einen Quallenschwarm im Wasser schweben, die Insel hatte sich schon in einen Punkt am Horizont verwandelt. Obwohl es heiß war, begann ich stark zu frieren. Wer dazu in der Lage ist, betet in einer solchen Situation, vermute ich. Bietet Gott einen Pakt an, wenn du mir jetzt Rettung schickst, werde ich in Zukunft ... Salvo holte mich noch vor Einbruch der Dämmerung mit seinem Boot zurück, er hatte mich und das Brett am Strand vermisst, Arschgeige, sagte er, als ich an Bord war, stronzo.

Bin ich danach umsichtiger gewesen? Nein. Außer, dass bestimmte Dinge mit der Zeit ihre Bedeutung verlieren und man nicht mehr ganz verstehen kann, warum sie einmal wichtig waren. Was man sich von ihnen versprochen hat. Mythologien wahrscheinlich, denen man aufgesessen ist. Was ein Schriftsteller sei, ein Mann, ein Intellektueller. Es gibt Fragen, die ich mir nicht mehr stelle, also auch nicht beantworten muss. Wozu man taugt, in Wirklichkeit, und nicht in einer Traumwelt.

… ich bin genau die Stelle, wo die Schöpfung an sich selbst arbeitet.

Leonore hat gegrinst, den Kopf geschüttelt, als ich ihr einmal die Hausarbeit unserer Gruppe zeigte. Auf dem Deckblatt las man: *WÜNSCH DIR WAS*, darunter war das Foto eines Mädchens am Tag ihrer Einschulung zu sehen, Bettina, eine riesige Zuckertüte in den Armen, im Hintergrund bäuerliche Fachwerkhäuser. Eine Fotokopie, wie die ganze Arbeit aus Fotokopien bestand, Collagen von Buchseiten, Bildern, Passbildern, Plattencovern, Werbeanzeigen, zerschnittenen Zeitungsartikeln und einzelnen, mit einer alten Schreibmaschine geschriebenen Textzeilen, *durch alle ritzen quillt lecker welt.*
Strom, Fließen, Wunsch, Wunschmaschinen, erklärte ich ihr, und dagegen das Kontrollsystem, *Richtig einkaufen angenehm leben.* Das kann man sich auch wünschen, meinte Leonore, wünschen sich die meisten. Und du? Natürlich. So? Sie hob die Schultern, du könntest mich küssen.

Mit Bettina habe ich mich noch ein paarmal getroffen, sie war aus der Fabriketage ausgezogen und wohnte am Görlitzer Park in einer sanierten Einzimmerwohnung. Heizung, Dusche, neue Fenster. Später wurde mir gesagt, sie nenne sich jetzt Nicola und arbeite als Reiseführerin, die anderen aus der Gruppe habe ich nie wiedergesehen. Zwei verschiedene Städte, durch die wir uns bewegten, Landschaften, Wahrnehmungsweisen. Ich frage mich heute, ob sich jemand von ihnen noch an mich erinnert oder ob ich in einem jener schwarzen Löcher verschwunden bin, die auch in meinem Leben Monate und Jahre in sich hineingesogen und ausgelöscht haben. Als hätte es sie nicht gegeben, als hätte es mich nicht gegeben, *jump cuts* durch die Zeit. Wie Sternschnuppen tauchen manchmal einzelne Bilder auf, Szenen ohne Anfang und Ende, dann wieder Nacht. Wann war das? Irgendwann.

Du könntest vielleicht auch … ich habe nämlich gerade einen Wunsch. Welchen? Guck doch mal. Ich kann nichts sehen. Und jetzt? Ich glaube, ich muss näher kommen. Bist du blind?

Zerlesene Bücher, von Tesafilm zusammengehalten.
I would prefer not to. Das zu verstehen.
Dass es möglich ist, ohne Ressentiment zu leben. Ohne Dogma. Ohne Groll.

Das Problem mit dem Geld, langsam wurde es drängend. Ein Empfehlungsschreiben hatte ich nicht, und der Brief, in dem ich um eine Verlängerung der Ausbildungsförderung bat, war sehr nüchtern. Meine zwei, drei Versuche, dramatisch zu klingen, waren im Mülleimer gelandet, ich hatte mir selbst nicht geglaubt. Was sollte es die interessieren, ob mein Vater auf der Intensivstation war, welcher Tod ist nicht schrecklich? Für mich sprach mein Alter, noch jung, die guten Noten des Vordiploms und dass ich mich länger, auch wegen der Psyche meiner Mutter, in West-Deutschland hatte aufhalten müssen. Deshalb, so viel versäumt, mit freundlichen Grüßen.

Ein Jahr weiter unterstützt zu werden, diese monatliche Summe auf dem Konto, wäre ideal gewesen. Aber wozu? Was wollte ich denn? Mit welchen Konsequenzen? Das Studium abzubrechen, wie Hartwig es getan hatte, oder nicht mehr zu beenden, jetzt, kam mir wie ein Verrat vor, wenn ich auch nicht wusste, an wem. Was würde mich, würde meine Existenz, vor mir selber rechtfertigen … lief nicht alles darauf hinaus, immer? Ich war mir unsicher, was es für mich hieß zu schreiben, oft nur Entwürfe. Vor einigen Monaten habe ich in einem Umschlag zwanzig Seiten mit einer kompletten Übersetzung von *The Waste Land* wiedergefunden, am Rand Variationen einzelner Worte und Zeilen. War das eine Übung, hinter der sich eine Absicht verbarg?

Ich las, hörte Musik, ging arbeiten, mied nach jener Nacht eine Zeitlang alle Drogen. Nichts geschnupft, nichts geraucht. Manchmal überkam mich ein Gefühl von Unruhe, ich wanderte ziellos durch die Stadt. Eines Abends begegnete mir nach einem Konzert vor dem Metropol Reiner Sonnen, bei dem Anke und ich einen Kapitalkurs besucht hatten. Mit seinem wilden

Lockenkopf und der Jeansjacke fiel er in der Menge sofort auf, ein älterer Hippie. Ich hatte nur gute Erinnerungen an ihn, ein sehr kluger, sehr sanfter Mann, der Marx nicht ernster nahm, als es sein musste. Was ungewöhnlich war unter den Aposteln der Lehre. Wir gingen ins Café Central gegenüber und quetschten uns in eine freie Ecke. Er hatte sich habilitiert, war Privatdozent geworden, schlug sich mit Lehraufträgen durch. Seine Freundin praktizierte als Therapeutin, die verdient okay, sagte er, eine Professur bekäme er mit seiner Vergangenheit sowieso nicht. Oder doch? Seine Frage, ob ich noch studiere, beantwortete ich mit einem Schulterzucken, dann, erzähl' mal, sagte ich, dass mir im Prinzip … also eigentlich … nur noch die schriftliche Arbeit fehle, um mich für die Prüfungen anzumelden. Und einer der Praktikumsnachweise. Ach, Reiner winkte ab, den könnte mir Hilde ausstellen, kein Problem. Was für ein Angebot!, dachte ich, als seien wir schon Verschworene. Against the rest. Ich würde, improvisierte ich vor mich hin, am liebsten etwas über die historische Bedingtheit von Individualität schreiben, von psychologischen Begriffen, die man als universell betrachtet, es meiner Ansicht nach aber nicht sind, sagen wir … Urverdrängung. Ödipus. Oder bestimmte Affekte. Weil man bürgerliche Vorstellungen einfach verallgemeinert, anstatt sie als Gewordenes zu verstehen, wie, wie … bei Norbert Elias. Ich hatte in dessen *Prozeß der Zivilisation* zwar nur geblättert, es schien mir aber plausibel zu sein, dass die Menschen von heute sich von den Menschen in einer höfischen Gesellschaft grundsätzlich unterschieden,

nicht nur an der Oberfläche. Kleidung, wie man redet, Tischsitten.
Super, sagte Reiner, und wer betreut dich? Du, antwortete ich, vielleicht können wir uns mal im Institut treffen. Er sah mich verblüfft an, dann, als gäbe es nichts weiter nachzudenken, nickte er lächelnd. Schreibst du mir ein Konzept? Klar.
Nachdem er gegangen war, bestellte ich mir einen Wodka. Noch einen. Ich hatte gerade ... das war ein Versprechen gewesen. Ich erschrak, einen Augenblick später fest davon überzeugt, ich hätte die richtige Entscheidung getroffen. Unumkehrbar. Ich würde eine wissenschaftliche Arbeit verfassen und mich zum Diplom anmelden. Interessierte es mich denn nicht? Das Thema beschäftigte mich doch seit ... seit längerem. Und alles andere kann man nebenher, wie viele Schriftsteller hatten nicht einen Beruf ausgeübt, um zu überleben. Mit jedem Wodka wuchs meine Zuversicht, auf einem Weg zu sein, der mich vorwärtsbrachte, man muss anfangen, man muss einmal etwas geleistet haben.

Ein Gefühl, das mich nie verlassen hat. Und zugleich ein innerer Widerstand dagegen, der blindwütig ist. Sich selbst für wertlos zu halten. Wie ein Recht, das man von Geburt an verwirkt hat.

Auftrag: Dort zu sein, wo man ist.

Wie einfach für Nils alles war. Was man nicht hat, besorgt man sich. Im Notfall gelten eigene Gesetze.

Ein anderer Dozent hätte mich gebremst, als ich Reiner einige Tage später mein Vorhaben noch einmal erläuterte, hätte das Untersuchungsfeld eingegrenzt, er ermunterte mich nur weiterzumachen. Er sei kein Experte auf dem Gebiet, aber was ich vorhabe, scheine ihm vielversprechend zu sein. Spannend, sagte er, und Elias würde er jetzt selbst lesen. Ob ich zur Lippe kenne, *Naturbeherrschung am Menschen*, wenn nein, dann empfehle er's mir.

Ich begab mich an die Arbeit, mit einem roten und einem orangefarbenen Buntstift markierte ich in jedem Text, den ich durchforstete, was ich für wichtig hielt, was unter Umständen zu verwenden sei, blaue Schlangenlinien kennzeichneten Verweise auf andere Autoren. Rasch häuften sich Blätter mit zusammengehefteten Exzerpten an, bildeten kleine Stapel am linken und rechten Rand des Tapeziertisches. Hin und wieder versuchte ich mich an Formulierungen: »Daß wir nicht immer schon so waren, wie wir sind, ist banal«, wie klang das zum Einstieg?

Hartwig erzählte ich nichts davon, niemandem, als befürchtete ich, entlarvt zu werden als Schwindler, als jemand, der eingeknickt ist.

Wochenlang kam keine Nachricht, wie in meinem Fall entschieden worden sei, hätte ich nicht doch ausführlicher schreiben sollen? Ein paar Details einfügen, die ans Herz gegangen wären, und nicht nur die Tatsachen schildern. Nachfragen mochte ich aber auch nicht, konnte ich nicht, als dürfte ich kein Vertrauen erwarten. Dann bei Wilfried wieder etwas gekauft, zwei Tage verloren.

Beständig schwankte ich zwischen Kleinmut und Größenphantasien, das würde alles nichts werden, dachte ich morgens beim Blick auf die Bücher und Auszüge, um nachmittags zu glauben, ich säße über einer bemerkenswerten Arbeit. Wir sind bis in unsere Zellen hinein das Ergebnis eines Prozesses, der den psychischen Apparat erst geformt hat, nichts ist selbstverständlich, nichts allein Natur. Wovon die Wissenschaft aber ausgeht, wenn sie versucht, den Menschen zu vermessen … wie er an sich sei. Jede Humanisierung muss praktisch betrachtet werden, zum Beispiel der Strafvollzug. Als hätte man die peinlichen Strafen abgeschafft, weil sie unmenschlich waren. Vielmehr verloren die Quälereien irgendwann ihre Funktion, die Macht zu töten wurde abgelöst von der Notwendigkeit, das Leben zu organisieren. Nicht aus Erschrecken, freiwillig hat man heute zu reden, hat jederzeit Auskunft zu erteilen, was man fühlt, zu kaufen beabsichtigt. Konsumistische Geständnisse, man hört dir zu, auch du bist einer von uns.
Dass Widerstand mit der Fähigkeit zur Stille beginnt, hatte ich bei Brinkmann gelesen, der es von Burroughs hatte, der Satz erschien mir jetzt schlüssig wie nie.
Laßt das Stille-Virus frei!
Einen wiederkehrenden Zweifel, ob das, was ich machte, auch das war, was ich wollte, versuchte ich wegzuschieben. Es sprach doch nichts dagegen, Tag für Tag wissenschaftliche Bücher zu lesen, Erkenntnisse zu sammeln. Um den Nachweis zu führen, dass manche Grundannahmen falsch sind, auf denen unser Bild von uns selber beruht. Mein Bild von mir, Ideen

von Souveränität. Aber als wen sah ich mich, wo? Sicher nicht eingereiht zwischen die Großen, ich hatte keine Träume von Ruhm, der mich in einem Strahlenkranz hervorheben würde unter den Sterblichen. Auf was kam es denn an? Geld im Portemonnaie, Benzin im Tank, hätte mein Vater gesagt, anschließend widmen wir uns den schönen Dingen. Wie ich es damit halte, sei wie alles und immer meine Sache, aber man könne den zweiten Schritt nie vor dem ersten machen. Ja, ja, ja.

Reiner hatte ein kleines Büro, das er sich mit einem anderen Privatdozenten teilte, aus der Verhaltensforschung, im vierten Stock des Gebäudes waren Aquarien, wo sie irgendwas mit Fischen experimentierten. Keiner wusste, zu welchem Zweck, ich war nie dort oben gewesen. Reiner auch nicht, lass sie doch, sagte er, als ich nachfragte, der Typ kümmert sich nicht um mich und ich mich nicht um ihn. Diese Abgeklärtheit fehlte mir, schon der Gedanke, Fische und Menschen zu vergleichen, hier Rückschlüsse ziehen zu wollen, machte mir Reiners Bürokollegen zum Feind. Vermutlich trug er Hosen aus Breitcord und bunte Pullunder. Und hörte Santana, alles eins. Ich bin ihm bei meinen Besuchen kein Mal begegnet, ich hätte sofort zu streiten begonnen. Nicht hinnehmbare Positionen. Überall, im ganzen Institut, das sie aus einer alten Villa im Grunewald in einen Büroneubau in Charlottenburg verpflanzt hatten, unten drin ein Supermarkt, an der Rückfront ein dunkles Parkdeck mit Fahrradständern und Abfallcontainern, in denen man immer wieder einen Verrückten in einem blauen Overall stehen und herumwühlen und laute Selbstgespräche führen sah. Die Etagen waren mit Kunststofffliesen ausgelegt, abwaschbare Kunststofftische, in den fensterlosen Gängen künstliches Licht, das die poppigen Farben der Türen und Wände matt spiegelten. Einmal ist mir Anke über den Weg gelaufen, die wissenschaftliche Hilfskraft geworden war, in einem Projekt zur Untersuchung jugendlicher Devianz. Kriminalität, Drogenkonsum. Was mir absurd erschien, wie sie so vor mir stand, als Inbild von Bedachtheit und Anstand. Sie würden gerade, sagte sie mir, einen sprachlich neutralen Fragebogen entwerfen, auch Feldforschung betreiben, betreiben wollen, sozusagen. Die Frage, wie ich mir das vorzustellen hätte, Feldforschung, verschluckte ich, sich selber zuballern? Und zur theoretischen Einstimmung Jünger und Rudolf Gelpke lesen? Wie Hartwig, zu Schulzeiten noch, als bräuchte er eine Art von geistigem Geleitschutz für verdämmerte Wochenenden. Alles, was für mich nicht stimmte, schien mir zusammenzukommen in der Viertelstunde mit Anke auf dem Gang vor den Aufzügen, ein Leben, das vom Leben abgetrennt war. Wie ein sanft geschwungenes Diagramm, Maß und Mitte. Was sich da nicht einfügt, wird beobachtet, behandelt, resozialisiert. Und man selber vermeidet jede Abweichung, jede Anstrengung, die einen aufwühlen könnte. Auch in der Kunst ... immer auf sicherem Boden bleiben. Um ein besserer Mensch zu werden, noch besser.

Danach habe ich Anke nicht mehr gesehen, Jahre nicht mehr an sie gedacht. Sie schrieb eine Doktorarbeit, weiß ich heute, die in einem großen Verlag veröffentlicht wurde, dann muss irgendetwas schiefgelaufen sein. Anders kann ich es mir nicht erklären, dass sie an der Universität nicht weitergekommen ist. Oder sie wollte vielleicht nicht, auch eine Möglichkeit. Das wahre Leben.

Wenn ich im Shizzo oder im alten Dschungel stand, nach der Arbeit auf ein Bier, und nur eins, war ich mir meiner Rolle plötzlich unsicher, gehörte ich noch dazu? Oder war ich ein Tourist geworden, der etwas sehen wollte? Der nach Hause geht, wenn es zu spät wird, zu laut, zu gefährlich. Eh, Alter, kannst du mir ein Pfund leihen, hau ab. In die Nacht eintauchen wie in ein Gedicht, einen Song, sich mitreißen lassen vom Augenblick ... war das nun vorbei? Doch noch vernünftig geworden? Sich der Verantwortung, die man trägt fürs eigene Dasein, bewusst, Vater, Mutter, Kind. Als sei das Ausdruck genug, alles Übrige nur Beiwerk, auf das man auch verzichten kann. Flitter.

Mit Reiner habe ich nie darüber gesprochen, übers Kino oder Literatur. Selbst als ich in meine Arbeit kleine Kapitel einschob, in denen es um Robinson Crusoe und Othello ging, fragte er nicht weiter nach, und ich sah keinen Grund, ihm von meinen Schreibversuchen zu berichten. Oder ihm etwas zu zeigen, ein längeres Gedicht, auf das ich sehr stolz war. Ich befürchte, es hatte große Ähnlichkeit mit bestimmten Gedichten in *Westwärts 1 & 2*, Coolness-Behauptungen und abgelegene Wie-Vergleiche. Ein verschimmelter Joghurt-Becher im Treppenhaus, die lässige jungenhafte Kellnerin in einer Strandbar in Vlissingen, Schlackehalden neben

der Autobahn. Wer weiß, ob Reiner dem etwas abgewonnen hätte, ob er überhaupt las, Erzählungen, Romane, zumindest besuchte er Konzerte, die Stray Cats, glaube ich mich zu erinnern, als wir uns an diesem Abend vor dem Metropol trafen.
So beschäftigt ich jetzt war, blieb mir für die zwei, drei Geschichten, die ich angefangen hatte, keine Zeit mehr. Nur das Äußere zu schildern, ohne Psychologie, ohne Innensichten, war mein Vorsatz gewesen, als betrachtete man einen Film in Worten. Der sich in einer Story tatsächlich in einen Film verwandeln würde, wenn zum Schluss der Abspann über die Figuren auf der Leinwand, die der Text war, herabliefe. In einen Film geraten sein wie in einen Traum. Dazu passte es, dass ich als Ort der Handlung eine große amerikanische Stadt gewählt hatte, mit gefährlichen Ecken, einem vergitterten Schnapsladen, dann eine schnurgerade Landstraße im Licht der Scheinwerfer, obwohl ich noch nie in den USA gewesen war. Außer im Kino, in Büchern. Die beiden jungen Männer, die ein bisschen ziellos durch meine Geschichte zogen, hatte ich versucht, so objektiv wie möglich zu beschreiben, über ihre Motive wusste ich nichts. Keine Ausschmückungen, keine Hintergründe. Mein Widerstand gegen Erklärungen war beträchtlich, was man las, was man sah, sollte einfach abrollen, zufällig wird man Zeuge eines Geschehens. Dahinter steckte keine Theorie, nennen wir es eine Vorliebe, die mich gefangen hielt. Der Geist der Zeit, ein Gespenst, das hinter uns her war. Sich nicht von Gefühlen einholen lassen.

Eine Flucht vor sich selber, die plötzlich ein Ziel gefunden hatte, das man rational begründen konnte, Zeugnisurkunde, der Arbeitsmarkt. Als wären die schönen Dinge, um die Worte meines Vaters zu wiederholen, für mich jemals nur ein Zierrat gewesen, meiner Angst zum Trotz. Angst vor der Erkenntnis, dass es unmöglich ist, sich selbst zu entkommen. Auf Dauer, nicht nur für ein paar Monate. Mir fehlte auch immer der Antrieb, etwas darzustellen, in höheren sozialen Sphären. Wen oder was ich achte und was nicht, was mir gleichgültig ist, gehorcht eigenen Regeln. Wer mir nah steht, mit wem ich umgehe, Lebenden wie Toten, Büchern, Bildern, Filmen, die mich erstaunen. Als verberge sich in der Kunst, jeder Kunst, eine Wahrheit, die andere Wahrheiten übersteigt. Sehr pragmatisch ist das nicht, aber sich davon befreien zu wollen, ist gescheitert, schon früh, wenn ich ehrlich zu mir bin. Ablenkungsmanöver blieben stets Ablenkungsmanöver. Woran auch Leonore nichts geändert hätte ... oder sonst jemand geändert hat. Das ist wahrscheinlich die einzige Gewissheit, die ich heute besitze.

Dann war der Brief da. Ich stand im Hausflur und hielt das zweimal gefaltete Schreiben lange in der Hand, ohne es aufzuschlagen. Der Hauswart steckte den Kopf aus seiner Wohnungstür und sah mich an. Ja? Wegen die Einbrecher, die holen alles aus die Kästen raus. Bin nur ich. Er verschwand wieder. Ich hatte Herzklopfen, als entschiede sich jetzt alles. Und ich würde das Geld ja gut verwenden, verdammt.
In dem kurzen Schreiben war eine Datumsangabe fett-

gedruckt und fiel mir sofort ins Auge. In dreizehn Monaten ... würde ... Ihnen mitteilen, dass dem Antrag auf eine Verlängerung ihrer Ausbildungsförderung stattgegeben wird. Dass es sich um einen Kredit handelte, der vollständig zurückgezahlt werden müsste, überlas ich.

An Arbeiten war nicht zu denken, ich rief Hartwig an und fragte ihn, ob er Lust hätte, etwas trinken zu gehen, ich sei gerade schwer flüssig. Er lag noch im Bett, hatte frei, ich holte ihn ab und wir zogen los, vom Café Mitropa übers Niemandsland und etliche Zwischenstationen in Herthas Bierbar, wo ich ihm, wir waren beide ziemlich betrunken, beim Flippern erzählte, ich überlegte mir ernsthaft, das Studium doch abzuschließen. Do what you can, sagte er, damit war die Sache erledigt.

Ob es Bundesanleihen waren, festverzinsliche Wertpapiere, vielleicht Kommunalobligationen, habe ich vergessen. Einer meiner Onkel hatte sie zum Stichtag eingelöst und den Anteil meines Vaters meiner Mutter überwiesen. Die Hälfte des Geldes sei für mich, sagte sie am Telefon, kaum eine Woche nach dem Bescheid des Amtes, es würde sie beruhigen, wenn ich ein Polster hätte. Fünftausend Mark, richte dir ein Sparbuch ein. Was sehr generös war, weil sie selber nicht in Reichtümern schwelgte.

Die Zahl auf dem nächsten Kontoauszug kam mir phantastisch vor. Auf der Habenseite, im Plus, Zinsen. Wie hoch war die Inflation?

Ein paar Tage studierte ich die Börsenkurse. Wo sich

etwas bewegt. Onassis hatte doch damit begonnen, als Page in einem Luxushotel aus den Gesprächen der Geschäftsleute und Makler herauszuhören, welche Aktien vielversprechend seien, und sein Erspartes in sie investiert. Hatte mein Vater das nicht mal zum Besten gegeben, nach dem Abendessen mit der Zeitung im Sessel, so geht es, und gelacht?
Mein Interesse erlahmte rasch, mit dem Geld etwas anderes anzufangen, als es auf dem Konto liegen zu lassen, fiel mir nicht ein.

»Die Entdeckung der Perspektive als Blickpunkt der Macht. In den Augen des Königs laufen alle Linien zusammen. Die Polizei entsteht mit der Perspektive.«

Auf der Uhlandstraße war ein Gebrauchtwagenhändler, an dessen Parkplatz ich auf dem Weg zur U-Bahn seit drei Jahren vorbeikam. In der ersten Reihe hinter dem Drahtzaun standen einige Ami-Schlitten als Attraktion, ich fragte mich, ob er je einen verkaufte, es schienen immer dieselben zu sein. Ein wunderschöner Chevrolet-Combi mit Weißwandreifen, ein Lincoln, die mich an Matchboxautos erinnerten, wie ich sie als Kind besessen hatte. Ford Edsel, violett, mit Flossen wie ein Hai. Dagegen waren die deutschen Modelle mickrig, selbst große Mercedes oder Opel.
Ob ich nicht mal gucken wolle, fragte mich der Händler, der in der Einfahrt stand, als ich eines Tages wieder meinen Schritt verlangsamt hatte, um mir die Wagen anzuschauen. Er ließ mich im Lincoln Platz nehmen, erklärte mir, was alles automatisch sei, hier, die Sitze,

und man könne per Knopfdruck das Lenkrad verstellen. Nichts für mich, sagte ich, leider … was meinem Äußeren ohne weiteres abzulesen gewesen wäre, schon mein Haarschnitt mit der Nagelschere. Keine Sache, erwiderte er, in einem College-Blouson, er habe garantiert was in meiner Preisklasse da, TÜV neu, nur zufriedene Kunden.
Zwei Stunden später war ich im Besitz eines Audi 80 mit Doppelscheinwerfern, türkismetallic, Kickdown, leichte Unfallschäden, für 3500 Mark. Er hatte 299 Mark nachgelassen, weil ich bar bezahlen würde, ein echter Hingucker. Und 90 000 gelaufen heiße nichts, das Schätzchen gehe ab wie eine Rakete … wovon ich mich auf einer Probefahrt den Hohenzollerndamm hinunter über die Avus bis zur Ausfahrt Hüttenweg überzeugen ließ. Dass der Wagen Benzin fraß, geschenkt, Wasser zog, wie sich bald herausstellte, keine Sache, er hatte einen Kassettenrecorder, flache Lautsprecher, die in die Ablage montiert waren, und war wirklich schnell …

Eines Nachts fuhr ich einem Auto, das an einer roten Ampel wartete, Nürnberger Ecke Augsburger, vors Heck. Nichts Großes, Stoßstange gegen Stoßstange, aber ich hatte getrunken. Bevor ich aussteigen konnte, stand der andere Fahrer schon neben mir. Durch hektische Armbewegungen gab er mir zu verstehen, ich solle das Fenster herunterkurbeln. Keine Bullen, stieß er dann hervor, ich bin auf Pille, okay, okay? Als ich nickte, lief er zurück, sprang in seinen Wagen, und fuhr sofort los. Über die mittlerweile wieder rote Ampel.

Es wurde kühler und dann schnell kalt, Oktober, November. Länger mit dem Heizen des Ofens zu warten war unmöglich, selbst in Bettdecke oder Schlafsack gehüllt, froren meine Finger am Tisch ein, und ich konnte nicht mehr schreiben. Ich bestellte Briketts und ließ sie mir in die Wohnung tragen, eine kleine Kammer neben der Küche, den Aufpreis leistete ich mir von dem Geld, das ich noch von der Überweisung meiner Mutter hatte. War ja noch was da.

Ich bin kein Gefangener meiner Vernunft.
Ich bin zu zerstreut, zu schwächlich.

Manchmal setzte ich mich spätabends, wenn ich aufgehört hatte zu lesen, ins Auto und fuhr die langen geraden Ausfallstraßen herunter, bis es nicht mehr weiterging. Aufs Armaturenbrett hatte ich zwei Polaroidfotos aus Pamplona geklebt, die Musik war immer so hochgedreht, wie es die Lautsprecher hergaben. Ich hatte eine alte Kassette von den Faces, die ich wieder und wieder spielte, ich mochte die Stimme von Rod Stewart. Maggie Bell. Wie aus der Zeit gefallen. Und was war meine Zeit?

The Human League, sold out! Ich stand mit einer simplen Rolle Kinokarten, die mir Carlo, der Chef, in die Hand gedrückt hatte, auf der Straße und verkaufte noch dreißig oder vierzig Stück an die Wartenden. An der Saaltüre oben kam es schon zu Rangeleien, Menschengewühl auf der Treppe. Plötzlich entriss mir der Manager der Band die Rolle und stürmte damit hinein. Ich glaube, der Streit hatte sich an der vereinbarten Gage entzündet, die Hälfte der Abendkasse oder eine fixe Summe. Aber ich weiß es nicht mehr. Nur

noch, dass ich fünfzig Mark extra einstrich, auch für das Risiko, von den englischen Roadies verprügelt zu werden.
Schnee fiel früh, blieb nicht liegen. Ich besaß keinen Mantel, sondern lief in einem dicken Pullover unter dem schwarzen Sakko herum, Schal um den Hals in die Aufschläge gesteckt. Wer einen Mantel trägt, bewegt sich nicht mehr. Eine kurze alte Motorradlederjacke, wie Hartwig sie hatte, war auch in Ordnung.
Nach dem Erwachen, ob morgens oder mittags, dauerte es eine Stunde, zwei Stunden, bevor ich es in die Küche schaffte, um eine Tasse Nescafé zu trinken. Ich rauchte, sah zum Fenster hinaus, zählte die Glockenschläge der Kirche auf der Nassauischen Straße mit. Wie viel Uhr es war. Schon war. Etwas hielt mich im Bett, obwohl ich Lust hatte, weiterzulesen, Formulierungen zu finden. Hatte ich doch? Meine Scheu davor schien größer zu sein, musste gedämpft werden, verfliegen, so erkläre ich mir das heute. Weil es immer noch so ist, auf andere Art. Das Licht abends brennen zu lassen, half nicht, wie ich mir vorgestellt hatte … im Schein der Neonröhre die Trübnis draußen erst gar nicht zu sehen, das nasse Dach gegenüber, die dünne Rauchfahne aus einem Schornstein, den elendig grauen Himmel. Lag es daran, dass ich allein war? War das natürlich? Für mich? Ich musste allein sein, wenn ich zu lange mit jemandem zusammen gewesen war, Stunden oder Tage … als würde ich mich sonst verlieren. Könnte es anders sein? Mit wem?
Ab und zu nahm ich mir ein Buch oder einen Aufsatz und setzte mich zum Lesen in ein ruhiges altmodi-

sches Café. *Aufstieg und Niedergang des Individuums.* Wenn ich hochsah und mich umblickte, empfand ich immer eine Kluft, die unüberbrückbar schien. Zwischen mir und dem Buch und den Gästen um mich herum. Parallelwelten, die gegeneinander abgeschottet waren. Und es kam mir dann vor, als befände ich mich auf der falschen Seite.
Um ungestört zu sein, stellte ich das Telefon, das eine lange Schnur hatte, in den Kühlschrank und schloss die Tür zum Zimmer. Ich wollte mit niemandem reden, ich wollte keine Fragen beantworten.
Das Leben als ein Handwerk. Arbeiten macht müde.
Wo warst du? Ich habe das Klingeln nicht gehört.

»Die Tanzwut, die die Menschen zu Beginn der Neuzeit erfasste. In den höfischen Balletten werden individueller Ausdruck und Machtbeziehungen reorganisiert. Der Spiegelsaal.«

Ich wurde näher mit Lambert bekannt, dem Freund von Birgit. Er war Zeichner, kannte jede und jeden … rund um den Savignyplatz. Lambert war in Berlin groß geworden, eine Acid-Jugend in Friedenau, das Ende der sechziger Jahre. Als Kleindarsteller beim Film verdiente er nicht schlecht, nur Nazis spielte er unter keinen Umständen. An einem kalten windigen Nachmittag sind wir die Wilmersdorfer Straße heruntergegangen, um in jeder Kneipe einen Schnaps zu kippen. Frank Zappa im Sportpalast.

Es konnte im Spätherbst und im Winter mühelos geschehen, dass man das Tageslicht nicht sah. Es war noch dunkel, wenn man von einer nächtlichen Umdrehung nach Hause kam, wieder dunkel, wenn man aufstand. Die Realität verschob sich nach zwei, drei Tagen, als treibe man durch eine Zwischenwelt, in der man nicht mehr bei sich war. Wie in seinen eigenen Schatten verwandelt. Ist es sechs Uhr morgens oder abends, öffnen die Geschäfte, die Zeitungsbuden, die Bäckereien gerade, oder machen sie zu?

Ich wollte das nicht mehr, schließlich hatte ich eine Aufgabe. Ich machte mir keine Gedanken über das Danach allerdings, eine Stufenleiter, die Schritt für Schritt zu ersteigen wäre. Was ich mit einem akademischen Titel anfinge. Außer ihn zu haben, wie ein amtlich beglaubigter Schlussstrich unter … unter mein bisheriges Leben. Als hätte ich lange genug in Klassenräumen und Seminarräumen gesessen, Zeugnisse in Empfang genommen. Weil es mir immer leichtgefallen war, das Nötigste zu lernen und durch Prüfungen zu kommen, mit Mogelei, Aufschneiderei oder ohne, hatte ich mich Stunden um Stunden in meinen Tagträumen, meinem Schlafwandeln, vergessen können, ohne mit gravierenden Folgen rechnen zu müssen. Vielleicht ahnte ich, vielleicht war es auch eine Befürchtung, dass es nicht ewig so bleiben würde, dass ich mich irgendwann für eine Sache zu entscheiden hätte. So unbedingt, wie es die Sache selbst forderte.

Ich fragte mich nicht, was ich suchte, wenn ich allein durch die Stadt streifte. Ich las die Inschriften auf den Brandmauern, betrachtete die von Einschusslöchern gesprenkelten Fassaden, die auf der Naunynstraße vernagelten Fenster und Eingänge, als würden sie mir etwas sagen, das ich nicht deutlich verstand. Auf seltsame Weise fühlte ich mich aufgehoben in dieser Umgebung, in der die Vergangenheit noch nicht vergangen war. Wie abgespalten von meinem Bemühen, an der Spitze der Mode mit dabei zu sein, die neuen Symbole, die Musik. Ich spürte darin eine andere Gegenwart, so scheint mir, die mich ohne Filter berührte und die ich zu fassen bekommen wollte, auf irgendeine Art. Verbotene Kinderspiele in Trümmerkellern, Geheimtreffen hinter den Plakatwänden von Baulücken. Bunkergeschichten. Es war für mich damals, als ich das Buch kaufte, und ist für mich heute völlig einleuchtend, dass sich unter den Abbildungen in *Germania Tod in Berlin* grobkörnige Fotos des Death Valley finden, des Mörders Gary Gilmore, der vom höchsten Gericht seine Erschießung verlangte, der toten Ulrike Meinhof mit einem schrecklich aufgeschnittenen Hals ... *LACH NIT ES SEI DANN EIN STADT UNTERGEGANGEN*

Es gibt kein Zurück, das muss man sich immer wieder ins Gedächtnis rufen. Selbst der Schmerz vergeht. Was schützt einen vor Wiederholungen?

Brunhildstraße. Ich hatte an der nächsten Ecke das Straßenschild gelesen und versuchte mich zu orientieren. Es dämmerte schon, links war eine Brücke über die S-Bahn, die von huschenden Scheinwerfern erhellt wurde. Hinter der Brücke, sah ich dann, lag das

Colonna-Kino, ich war in Schöneberg, vorne der Kaiser-Wilhelm-Platz.
Nie mehr, nie, nie, nie, schwor ich bei allen Göttern, war ich so verführbar?

Ich blieb in meiner Wohnung, las, entwarf Gliederungen, sah abends fern. So macht man das, dachte ich, Wissenschaftler. Um zehn oder elf saß ich am Schreibtisch, nach der Arbeit ging ich nach Hause, keinen Drink mehr, keine Line, der Kopf bleibt klar.

Werter Mitgenosse des Ringens um Frieden und Emanzipation, stand auf einer Ansichtskarte mit dem Brandenburger Tor, die ich eines Tages aus dem Kasten holte, Hammer und Sichel mit einem Kuli über die Quadriga gemalt, ich habe ein paarmal versucht, dich anzurufen, aber vergeblich, ist das kein oder ein Wunder? Hast du Lust, mich ins Metropol zu Joe Jackson zu begleiten, am 23.? Herzen im Dreivierteltakt, rawumms, wäre doch schön, Karla.
Wir hatten uns im Sommer kurz auf der Straße gesehen, hallo, keine Zeit, bis bald, ich fragte mich, ob sie noch studierte, was überhaupt. Als wir uns kennenlernten, war Karla die Freundin von Hartwig, danach sind wir zu zweit unterwegs gewesen. Es gab immer eine gewisse Scheu, sich näherzukommen, also ist nicht viel passiert. Obwohl ... auch Karla hatte eine Mutation durchlaufen, was sie jetzt anzog, was sie las, und ihre Begeisterung für Songs ohne Dekor. Sie war schlagfertig, ließ sich keine Anmerkung entgehen, ein manchmal harscher Witz. Wer ihr zu dumm war

oder unmögliche Positionen vertrat. Mit Chemie aus der Apotheke vertrieb sie Stimmungen, immer schon, wozu forschen die sonst?
Schweigen wird oft überbewertet, schrieb ich auf eine Postkarte, oder falsch verstanden. Ich kriege ermäßigte Tickets, falls du noch keins hast. Eine halbe Stunde vorher am Eingang, Look sharp!
Ich stand während des Konzerts auf dem Balkon, von wo ich die Menge, Karla war mittendrin, hin und her wogen sah. *Throw it away* als letzte Zugabe. Oder? Dass wir hinterher in den alten Dschungel gingen, bot sich an, das Café Central war überfüllt. Kein Zufall folglich, aber auch keine Notwendigkeit. Wenn es Sommer gewesen wäre, hätten wir uns mit einem Bier an ein Auto lehnen können, auf den Bordstein setzen, auf die Treppe vom Metropol. Aber es war November, es war kalt und dunkel, und in der Luft lag Schnee.
Nachdem wir zwei Plätze am Tresen erobert hatten, erzählte Karla mir, dass sie eine Magisterarbeit über Walter Benjamin begonnen habe, der Jammer müsse ein Ende haben. Benjamin als Literaturkritiker, könnte sein. Sie stellte sich morgens den Wecker, um sofort eine Halloo-Wach zu nehmen, die sie nach einer halben Stunde aus dem Bett trieb. Sollte ich vielleicht auch mal ausprobieren, sagte ich, Percoffinedrol. Jeder ein anderes Mittel und dann abwarten, wer als Erster auf den Beinen ist. Ob das ein Vorschlag sei, fragte Karla auf ihrem Barhocker, sie zog an ihrer Zigarette, neigte den Kopf zur Seite. Ich lächelte, eine Idee. Sie legte es darauf an, unverhohlen, in einem engen schwarzen kurzen Rock, der kaum noch höher rutschen konnte.

Wohin den Blick wenden? An einem Ecktisch saß eine Frau allein vor einem großen Bier, fast ausgetrunken. Sie las in einem Buch, bis sie mit einem Mal kurz aufsah. Als hätte sie gespürt, dass ich sie beobachtete, über die Schulter von Karla hinweg, während wir uns weiter unterhielten. Nicht dass es wie ein Schlag gewesen wäre, aber von diesem Moment an, von einer Sekunde zur nächsten, konnte ich mich nicht mehr konzentrieren, nicht mehr zuhören. Ich redete irgendwas vor mich hin, wieder und wieder zu der Frau hinüberschauend ... die nun einen Stift aus einem Campingbeutel hervorkramte und eine Zeile unterstrich. Am Rest ihres Bieres nippte. Sich eine Zigarette drehte. Die Zigarette dann neben das Buch legte.

Was sie lese, könnte ich gefragt haben. Oder könnte auch, nachdem ich gesehen hatte, was sie las, gesagt haben, dass das Buch großartig sei. Genau das weiß ich nicht mehr, als sei es völlig unwichtig, wie unser Gespräch begann. Als sei in dem Augenblick, wo ich bei ihr Platz nahm, schon alles entschieden gewesen.

Ich war mit meiner Zigarette an Karlas Bein gekommen, au, schrie sie und beugte sich vor. Weiße Haut unter einer Laufmasche. Vielleicht habe ich noch eine Entschuldigung gemurmelt, bevor ich ohne ein weiteres Wort quer durch den Raum zu Leonore (ja, Leonore) gegangen bin. Ohne zu wissen oder mir überlegt zu haben, was ich sagen sollte. Brauchst du Feuer? Ganz schön laut hier, um was zu lesen. Kann ich mich setzen? Hast du einen Wunsch? Oder ich begann, von dem Konzert zu erzählen, *Is she really going out with him*, das Stück würde sie bestimmt kennen, laufe ja überall.

Red' nicht so viel, bestell mir lieber mal ein neues Bier, sagte Leonore und zündete sich die selbstgedrehte Zigarette an. Ich bin sofort zurück, sagte ich schnell … als befürchtete ich, sie könnte hinter meinem Rücken aufstehen, ihre Sachen packen und gehen.

Total respektlos, anders kann man mein Benehmen Karla gegenüber an diesem Abend nicht nennen. Aber es hatte nichts mit ihr zu tun. Dass ich mir etwas ausgerechnet hätte da gegenüber und sie deshalb einfach sitzenließ. Wie ein Rüpel, der an nichts als Sex denkt. Der ohne Skrupel jedoch mit ihr zu haben gewesen wäre, nehme ich an. Morgen ist morgen und heute ist heute.
Ich war sprachlos, hob vielleicht die Schultern, als ich Karlas halb überraschte, halb erzürnte Miene sah, stammelte dann möglicherweise etwas von alter Bekannter, Kommilitonin von ganz früher, irgendeine fadenscheinige Ausrede, und kehrte mit zwei Bieren an den Ecktisch zurück.
Prost, sagte Leonore, wir stießen an.
Bist du nicht in Begleitung?
Nein, sagte ich, log ich, sie, ich deutete flüchtig auf Karla, ist noch mit jemandem verabredet.
Eine Erklärung, mit der sich Leonore zufriedengab, glaubte sie mir? Oder war es ihr gleichgültig, hätte ich mich das fragen sollen?

Wir sahen uns schweigend an, Leonore schien so verwundert zu sein wie ich, sie rückte ihre Brille zurecht, trank noch einen Schluck. Als hätte man uns aus dem Raum ausgeschnitten, aus dem Lärm, der Musik, den Stimmen um uns herum. Ob ich mir eine Zigarette drehen könne, fragte ich aus Verlegenheit, meine Schachtel lag auf der Theke. Sicher, sagte Leonore, mich weiter anblickend, bitte, und schob das Päckchen über den Tisch.

Ich werde dann, so gut weiß ich immerhin über mich Bescheid, das Buch angesprochen haben, wie sie darauf gekommen sei, ob sie auch die Gedichte kenne, bist du schon mal in Rom gewesen?

Anfangs war Leonore kurz angebunden, als hätte sie noch für sich entscheiden müssen, was daraus wird, entstehen kann, aus der Situation, in der wir beide uns plötzlich wiederfanden. Als seien wir platziert worden, gemäß Kärtchen, auf denen unsere Namen stehen.

Warum machst du die Zigarette nicht an?

Als hätte sie mich einer Nachlässigkeit überführt, vielleicht habe ich mich sogar entschuldigt. Leonore streckte den Arm aus und gab mir Feuer. Nach dieser Geste wurde sie gesprächiger, nicht mehr nur ein Ja, Nein, vorsichtiges Nicken. Sie sei mit der Schule in Rom gewesen, auf ihrer Abschlussfahrt. Und? Sie hob die Augenbrauen. Tagelang durch Ruinen gestiefelt, das war ein bisschen … sie schüttelte den Kopf. Es kam zum Eklat, sagte ich. Kam es, ein Lächeln huschte über Leonores Gesicht, natürlich, sie ließ Rauch aus ihrem Mund aufsteigen und sah ihm nach.

Leicht lockige, hellbraune Haare. Die auf ihre Schultern herabfielen. Eine Brille aus transparentem Horn. Oder Kunststoff. Den Kragen der Bluse trug sie aufgeschlagen über einem weitmaschig gehäkelten Pulli. Graublau? Im obersten Knopf hatte sich ein goldenes Halskettchen verfangen.
Bologna, sagte ich, das sei eigentlich die einzige italienische Stadt, die ich kennen würde. Da sei ich mal für ein paar Tage gewesen, auf einer Veranstaltung. Aber viel gesehen hätte ich nicht.
Das käme immer drauf an, sagte Leonore. Was man sehen will. Mit wem man unterwegs ist.
Wie vorhin beim Lesen schob sie ihre Brille am Rand wieder hoch, beiläufig und entschieden zugleich. War es das? Oder die Haltung, in der sie am Tisch gesessen hatte, über das Buch gebeugt. Wie sie sich die Haare aus der Stirn strich? Wie sie am Bier nippte, rauchte, dabei die Zigarette immer vorn zwischen den Fingerspitzen? Dass ich nicht mehr zurückkonnte, es für mich kein Zögern gab, kein langes Nachdenken. Etwas, das in Worte zu fassen gewesen wäre.
Sicher habe ich Leonore nach ihrem Namen gefragt. Wann? Später? Ist es nicht so gewesen, dass sie zuerst Elisabeth gesagt hat, und ich gesagt habe, das glaube ich nicht. Stimmt. Elisabeth war ihr zweiter Name, sie kam aus Bayern. Woher? Aus München. Warum sie jetzt in Berlin sei? Darum. Auch eine Antwort. Weißt du eine bessere?
Karla war gegangen, als ich uns zwei neue Bier holte, es dauerte lange, bis wir wieder miteinander gesprochen haben. Was sie sich von dem Abend verspro-

chen hatte, was ich. Nichts, ich hatte mir nichts versprochen.

Erste Schneeflocken trieben durch die Dunkelheit, wie kalt es war … es muss sehr kalt gewesen sein, so viel Schnee am nächsten Tag.
Meine Frage, ob wir nicht das Lokal wechseln sollten, hatte Leonore mit einem Nicken beantwortet, dann hatte sie gelächelt, ja, lass uns mal weg hier.
Mit einem Taxi sind wir in die Pariser Straße gefahren, schweigend nebeneinander auf der Rückbank sitzend. Warum die Pariser Straße? Warum ins Weck-Werk, ins Khan? Oder diese winzige Bar gegenüber, deren Namen ich vergessen habe? Seit Monaten war ich dort nicht mehr gewesen, vielleicht deshalb.

Das letzte Bier teilten wir uns, für das letzte Geld, das ich noch in der Tasche hatte. Leonores Brille lag auf dem Tisch, meine auch, wir hielten unsere Hände, ihre Haare in meinem Gesicht, ihre Lippen an meiner Wange.

Der Schnee fiel schon dichter, als wir zu mir liefen. Keine Frage wurde gestellt, nicht von mir, nicht von ihr, alles schien sich von selbst zu verstehen. Wir schnappten nach Flocken, küssten uns im Gehen, im Stehen, zuerst immer eine feuchte Kühle im Mund. Nach wenigen Schritten aufs Neue, lachend, küssend, eng umschlungen ein paar Meter gehend, nie sollte es aufhören. Ich wohnte nicht weit entfernt, nur den Hohenzollerndamm überqueren, aber es kommt mir vor, als seien wir Stunden unterwegs gewesen.

Im Hinterhaus drehte sich Leonore plötzlich um die eigene Achse und rannte hoch bis zum ersten Absatz, wo sie sich den Mantel auszog und einfach fallen ließ. Sie lief weiter, ich ihr nach, Treppe für Treppe ihre Sachen einsammelnd, Schal, Pullover, Schuhe, Hemd, das mir flatternd entgegenkam. Kurz vor meiner Wohnungstür holte ich sie ein, einen Haufen Kleider in den Armen, in den Händen ihre Schuhe. Der Schlüssel sei in meiner Hosentasche, sagte ich, atemlos ... schließ auf. Leonore fummelte an der Hose herum, öffnete den Gürtel. Irgendwann habe ich gesagt, wir kämen nie rein, so, ob wir nicht reinwollten. Schnell, sagte Leonore, warum machst du denn nicht auf?

Keine Notizen, kein Bild. Als hätte ich es nicht für nötig befunden, etwas von uns festzuhalten. Nicht einmal ein Polaroidfoto ... würde ich sie wiedererkennen? Könnte ich das überhaupt? Wollte ich's? Ein Misstrauen gegen die eigene Erinnerung, das ich nicht besitze. Selbst wenn sie sich als unzulänglich herausstellt. Um nicht zu sagen als Vortäuschung. Was mich aber ebenso wenig erschreckt wie die Wahrheit. Ja, so werde ich gewesen sein, auch eine Geschichte.

Vorm Fenster graues Licht, auf dem Dach gegenüber liegt ein dicke Schicht Schnee. Im Zimmer sieht man einen Tapeziertisch, einen Stuhl davor, Bücher auf dem Boden, eine Reihe Platten, einige an die Wand geheftete Blätter, ein Zeitungsfoto. Das Bett steht unter einem der beiden Doppelfenster, über dem schwarz gesprayten Tisch hängt eine Neonröhre. Untertasse als

Aschenbecher, daneben eine Flasche Mineralwasser. Mehr nicht.
Schädelbrummen, sagte Leonore, als ich sie fragte, wie sie sich fühle. So zärtlich klang das Wort aus ihrem Mund, ich kenne niemanden, der es sonst gebraucht hätte.
Sie stand nicht auf, ich nicht. Immer wieder haben wir uns stumm angesehen, reglos einander zugewandt. Als würde die geringste Bewegung jeden Zauber zerstören.
Sind wir noch einmal eingeschlafen? Haben wir Musik gehört? Kaffee getrunken, etwas gegessen? War überhaupt etwas da?

All die Dinge, die mir später abhandengekommen sind, vermisse ich nicht. Als hätten sie nie zu mir gehört. Woher die Gleichgültigkeit? Dass mir immer der Wunsch gefehlt hat, auch die Energie, etwas haben zu wollen, auf das hier und jetzt nicht zu verzichten gewesen wäre. Monatelang nach den passenden Lampen für dieses oder jenes Zimmer zu suchen, ein Bietergefecht um einen Küchenschrank aus den sechziger Jahren. Kein Streit, kein Aussortieren, was deins ist und was meins, ich werde sowieso keinen Platz dafür haben. Selbst wenn ich Platz hätte. Als sei es im Grunde unmöglich, sich irgendwo einzurichten, Wohnungen immer nur als Aufenthaltsorte, mal kürzer, mal länger. Vielleicht liegt die Kehrseite darin, dass ich mich durch Zeug nicht beeindrucken lasse, nicht mehr.
Es war hart zu begreifen, dass das für andere nicht gilt. Und mir heute noch zum Vorwurf gemacht werden

kann, so großzügig ich mit dem, was ich besitze, auch umgehen mag. Schulden einzutreiben fiel mir schon deshalb schwer, weil ich nicht Buch führe, vergiss es. An die Zukunft keinen Gedanken zu verschwenden, lautet der Vorwurf. Das Leben als eine einzige rite de passage, bei der ungewiss ist, wo man ankommen wird, morgen. Als würde es nur Gegenwarten geben, durch die man hindurchgeht und die man hinter sich lässt. Anstatt Vorsorge zu treffen, weil mit Eventualitäten zu rechnen sei. Aber bedeutet das, Plunder anzuhäufen? Was nicht heißt, ich hätte meinen Sinn für Form oder Schönheit verloren, auch nicht, was Alltägliches betrifft. Nur gelingt es mir nicht mehr, Ableitungen vorzunehmen, eine Verbindung herzustellen zwischen dem Kern einer Person und einem Außen, das ich lesen soll, um etwas über sie zu erfahren. Ein Spiel, das sich für mich erschöpft hat. Zu verstehen, dass es für die meisten kein Spiel ist, sondern heiliger Ernst, überrascht mich noch immer … wie am ersten Tag, Ausschlussmechanismen … so kommst du für uns, für mich, nicht in Frage.

Wie *Rom, Blicke* in den Spalt zwischen Matratze und Wand geraten war, bleibt ein Mysterium. Hatte Leonore das Buch aus ihrem Campingbeutel wieder rausgeholt? Warum denn? Hatte sie mir einen Satz gezeigt, vorgelesen, der ihr gefiel? Eine Fügung, ohne die mein weiteres Leben einen anderen Verlauf genommen hätte, ich säße vor einem anderen Text, in dem es keine Fortsetzung nach dieser Nacht, diesem halben Tag, den wir im Bett verbrachten, geben würde.

Es war noch hell, noch nicht dunkel, als wir aus dem Haus traten, in eine verwandelte, ganz weiße Stadt. Kniehoch lag der Schnee an vielen Stellen, auf den Bürgersteigen und Straßen eine feste Schneedecke, auf der es sich schlittern ließ, es war kalt, es war schön. Ob ich Leonore zur U-Bahn begleiten wollte, ob sie gesagt hatte, sie würde zu Fuß nach Hause gehen, wohin überhaupt, ist mir entfallen. Irgendwann stapften wir auf dem breiten Mittelstreifen des Hohenzollerndamms durch Schneemassen, uns anblickend, ohne dass einem von uns ein Wort über die Lippen gekommen wäre.

Es war etwas geschehen, aber ich wusste nicht, was. Blicke, als fragten wir uns beide, wer der andere sei. Ich spürte eine Distanz bei Leonore, die sich durch ein scheues, halb verlegenes Lächeln in eine Nähe verwandelte, die ich noch nicht erlebt hatte. Ich glaube, ich bin mir sicher, sie hatte sich ein Stirnband angezogen, ihre Haare darüber.

Lichter flammten um uns auf, schossen an uns vorbei in der aufziehenden Dämmerung. Langsam entfernte sich Leonore von mir, jetzt gehe ich in diese Richtung. Unfähig, das Selbstverständlichste zu sagen, schaute ich ihr nach. Sie wandte den Kopf … noch einmal. Ich hob die Hand und winkte ihr, sie mir auch. Als sei es ein Abschied für kurz. Sie lachte, zog sich das Stirnband hinten in den Nacken und verschwand in einer Seitenstraße, Fasanenstraße.
Werden wir uns wiedersehen?

Wie einfach die Frage ist und wie schwer, sie zu stellen. Als ich meine Wohnungstür aufschloss, wurde mir klar, dass ich einen Fehler gemacht hatte. Das Entscheidende versäumt, keine Adresse, keine Telefonnummer. Ich drehte mich um und lief zurück auf die Straße, zum Hohenzollerndamm, die Fasanenstraße herunter. Rutschte aus, fiel in den Schnee, stand dann keuchend am Kurfürstendamm. Sinnlos natürlich. *Going, going, gone.*
War es das? Sich noch einmal zu begegnen, zufällig, war nicht sehr wahrscheinlich, nicht in Berlin. Außer ... kein außer, dachte ich, am Küchentisch, ich könnte schwerlich jeden Abend in den alten Dschungel gehen, in der Hoffnung, sie säße da wieder, allein, vor einem halb getrunkenen Bier. Blieb mir nur, die letzten Stunden aus meinem Gedächtnis zu streichen, nichts sonst? Ich schlug mit beiden Fäusten auf den Tisch, du bist ein Idiot, du hast es nicht besser verdient.

Planet Waves. Easter. Nobody's Hero. Transformer ... so laut es über Kopfhörer ging.

Berthold rief mich an und sagte, er habe gehört, ich schriebe eine Diplomarbeit. Wann ich mich zu den Prüfungen anmelden wolle, ob ich darüber schon nachgedacht hätte. Hatte ich nicht, ich wusste noch nicht einmal, welche Scheine man brauchte. Er zählte sie auf, es waren nur drei oder vier, wichtig seien die Praktikumsnachweise. Würde ich mir besorgen können, sagte ich, und fehlende Scheine könnte ich mir ausstellen lassen, mit Reiners Hilfe, rückdatieren oder so.

Reiner sei ein Guter, sagte Berthold, schon immer gewesen, wie es für mich im späten Frühjahr aussehe, terminlich? Weil, er und Ignaz, sie würden mit ein paar Genossen von früher zusammen lernen, den ganzen Kram, den sie abfragten in Sozialpsychologie, Anthropologie. Jeder, hätten sie sich überlegt, bearbeitet ein Thema, ein Fachgebiet, und trägt's den anderen vor, bist du dabei? Doofe Frage, Berthold, unbedingt.

Ich versuchte weiterzumachen wie bisher, lesen, notieren. Ich schnitt mir kleine Zettel zurecht, auf denen ich einzelne Schritte meines Arguments vermerkte, pinnte sie in Abständen an die leere Wand über den Büchern. Zu ergänzende Lücken, Titel, aus denen hier noch Stellen als Zitate in Betracht kämen. *Die Geburt der Klinik.* Doch mehr als einmal überfiel mich die Erinnerung an diese Nacht vor drei, vier, fünf Tagen, und sofort war es mit der Arbeit vorbei. Wie Leonore mich angesehen hatte, als wir auf dem Hohenzollerndamm durch den Schnee stiefelten, wie sie mir zum Abschied winkte. Hatte mir je eine Frau zugewinkt? So? Ich schalt mich einen Narren, einen Blödmann, es half nichts, immer wieder tauchte ihr Bild vor mir auf. Eine Zeichnung von Leonores Gesicht misslang mir, ein ums andere Mal. Ein Gedicht. Das einfach nur schwülstig klang. Beschreib sie, dachte ich, hier auf dem Blatt. Ihre Augen waren braun. Und was für ein Braun? Dunkel, kastanienbraun. Welche Form? Groß. Das ist keine Form. Augenbrauen eher schmal, ein breiter Mund, ihr Kinn rund. Um den Hals trug sie ein Kettchen, an dem ein Anhänger war. Fein geschliffen, abstrakt, wie ein Ornament. Eine Art Schriftzeichen, nach dessen Bedeutung ich nicht gefragt hatte, als ich es kurz in der Hand hielt. Vielleicht hatte es auch keine, Schmuck. Ihre Körpergröße … nicht groß, ungefähr einen Kopf kleiner als ich.

Vollständige Sätze waren es nicht, aber ohne jedes Wort würde sie ganz verlorengehen, wie alles … ihre Hüften, ihre kleinen Brüste, die Wärme ihrer Umarmung. Wenn sie sprach, hörte man nicht, dass sie aus München kam, das Dante-Bad, hatte sie nicht davon erzählt? Aber warum? Wegen Dante? Das Gefühl, wenn ich meine Hände um ihre Taille legte, ihr vorgewölbter Bauch. Nichts schien mir falsch gewesen zu sein, als hätten wir aufeinander gewartet. Sie auf mich. Ich zeichnete ihren Umriss, kritzelte ihn sofort wieder durch. Die Farbe ihrer Lippen … Scharlach, Ziegel, Kirsch, Mohn. Wie sie begann, sich auszuziehen, als wir die Treppe hochliefen.

Ich sah auf das Blatt, las, was ich geschrieben hatte. Erkannte ich sie darin wieder? Stückwerk, höchstens der Anfang von etwas. Wenn es eine Geschichte werden sollte, in der jemand wie Leonore eine Rolle spielen würde. Und wovon handelte sie, diese Geschichte? Ein Konzert, ein Abend, eine Nacht, Schnee, Abschied. Aber ich wollte keine Geschichte schreiben, keine Worte, sondern die Wirklichkeit, in der ich sie wieder in den Armen hielte. Es wäre nur Ersatz, von ihr zu lesen, vielleicht ein Trost. Und eine Wunde, die immer offen bliebe. Willst du das?

Ich faltete das Blatt sorgfältig, dann zerriss ich es Lage für Lage, warf die Schnipsel in den Ofen.

»Die Eingrenzung des Körpers läßt sich in idealtypischer Weise aus den Courtoisievorschriften ablesen, die die Verkehrsformen des Adels am Hofe definieren. Diese Courtoisievorschriften sind zivile Einübungsmechanismen der neuen Körpergrenzen – in ihnen zeigt sich der Alltag der Triebrestriktionen.«

Ich dachte daran, Valérie einen Brief zu schreiben und sie zu fragen, ob ich sie besuchen könnte. Am Rand des Zentralmassivs, wo sie seit ein paar Monaten unterrichtete. Sie geht morgens in die Schule, ich sitze über meiner Arbeit, die Landschaft ist herrlich. Ich tat es dann doch nicht, zweitbeste Lösungen sind keine. Drittbeste, viertbeste.
Nach der Arbeit saß ich lange bei den Kartenspielern im Kinofoyer, ich wollte nicht nach Hause, ich wollte mich nicht berauschen, ich wollte niemanden kennenlernen.
Mein Großvater kam in ein Pflegeheim. Er sprach mit Menschen, seinem Bruder, die schon lange tot waren, er konnte sich nicht mehr kontrollieren. Früher hatte ich ihm heimlich Cognac gekauft.
Es schneite, es wurde schon so kalt, dass ich manchmal für hundert Meter Weg in die U-Bahn hinabstieg, um mich aufzuwärmen ... und es war erst November. Hast du keinen Mantel?, fragte mich Ignaz, als ich mich fröstelnd zu ihm und Berthold in der Kantine der Oberfinanzdirektion an den Tisch setzte. Nö, sagte ich, ich brauche keinen.
Ignaz und Berthold. Gelernter Industriekaufmann und gelernter Bürokaufmann. Aus Geretsried und An-

dernach. Ignaz trug einen Trenchcoat, als ich ihm zum ersten Mal vor dem Psychologischen Institut begegnete, er erklärte gerade jemandem seine Beziehungsproblematik, es war schwer wegzuhören. In seiner Ladenwohnung am Klausenerplatz fanden sich in einem die ganze Wand einnehmenden Regal drei Reihen von Büchern in Blau, Rot und Bräunlich, die gesammelten Werke der Patres. Stalin? Wenn schon, denn schon. Ignaz war der geborene Anführer, mit dreiundzwanzig Direktionsassistent bei einer Maschinenbaufirma in Augsburg, jedes Wochenende mit dem Sportwagen nach München, montags in aller Herrgottsfrühe zurück. Bis er eines schönen Sommermorgens in einer Leitplanke landete, der Führerschein kam weg, ein Leberschaden wurde diagnostiziert. Er kündigte und zog nach München, in den Nachtvorstellungen Eddie Constantine als Lemmy Caution vor einem grölenden Publikum. Sich die Haare wachsen lassen, sich einer umherschweifenden Gruppe anschließen, sich dazu entschließen, das Abitur nachzuholen. In einem Erwachsenenkolleg am Mittelrhein, wo er Berthold kennenlernte. Dass sie Psychologie studieren würden, war beiden klar, dafür gingen sie noch einmal zur Schule. Der eine mit dem Makel der Vaterlosigkeit bei den Großeltern aufgewachsen, der andere mit einem Albtraum von Pharmareferenten, einem Schläger und Trinker. In den ersten Semestern trug Berthold einen Vollbart, hinter dem sein Gesicht verschwand, er schrieb jedes Wort in Kladden mit. Er schrieb und schrieb. War schweigsam, während Ignaz in seinem bayrisch gefärbten Idiom lautstark aufmischte, was es

aufzumischen gab, wie Berthold acht, neun Jahre älter als ich. Immer einen Schritt weiter, er zog uns bei Aktionen mit. Streik, den von der Industrie gesponserten Fachbereich Raumfahrttechnik lahmlegen. Da, wo's Geld hinfließt. Berthold begann eine Therapie, Ignaz auch. Mittelpunkte verschoben sich, bis unsere Sprachen kaum noch Gemeinsamkeiten hatten, Begriffe, die sich nicht länger zusammenfügen ließen, Innerlichkeiten. Wobei mich der Schwenk, den Ignaz genommen hatte, mehr erstaunte, er ist eben nie etwas anderes als ein Kalkulierer gewesen, sagte mir Berthold einmal sehr viel später. Der Oberchecker auf der Couch, mit Disziplin und Selbstgewissheit in die höchsten beruflichen Stellungen.
Was ist das denn hier?, fuhr es mir durch den Kopf, als ich die Kantine in einem wilhelminischen Prachtbau am Kurfürstendamm betrat, wo die beiden sich regelmäßig zum Essen trafen, das Essen sei sehr gut. Sie schrieben zusammen eine Abschlussarbeit über die Behandlung von Drogenabhängigen im Strafvollzug, wir wollten über die Prüfungen reden, wie man den Stoff aufteilt. Ich sah Beamte in der Mittagspause, Hydrokulturen überall, man hörte das Klappern von Besteck, den Ton gediegener Gespräche. Von Oberen, die sich mit oberen Fällen beschäftigten. Ich unterdrückte den Impuls kehrtzumachen, nahm bei Berthold und Ignaz Platz.
So kann man doch nicht leben, dachte ich unausgesetzt, während wir einen groben Zeitplan entwarfen, das ist das Ende. Um halb eins lässt man im Büro den Griffel fallen und geht in die Kantine. Und dann

geht man wieder zurück. Gestatten Sie? Aber gerne. Ich spürte, wie ich wütend wurde, Ignaz ohne Grund widersprach. Wer mitmachen sollte oder könnte beim Lernen. Berthold griff beschwichtigend ein, er schlug vor, sofort eine Minute zu schweigen. Ich hatte mir nichts zu essen geholt, nur eine Cola. Die ich jetzt in einem Zug austrank. Ich rülpste, nicht laut, aber am Nebentisch hatte man es bemerkt. Als die Minute vorbei war, fragte mich Ignaz, warum ich schlechte Laune habe. Hätte ich nicht, sagte ich, ich würde nur bald keine Luft mehr bekommen. Die Prosa der Verhältnisse, Ignaz grinste mich an, wusste schon Hegel. Wer das sei, fragte ich, kennt man den? Im März oder so, sagte Berthold ruhig, erstes Treffen, ob wir uns darauf einigen könnten? Ignaz nickte, ich nickte. Ich stand auf. Mach's gut, sagte Berthold, wir kriegen das alles hin.

Hartwig brauchte Geld, er war bestohlen worden. Er hatte den Junkiefreund von Ria, die das Kino putzte, bei sich übernachten lassen, neben dem Plattenspieler lagen offen dreihundert Mark herum. Barauszahlung, wie immer, und zu bequem, es auf die Bank zu bringen. Hab ich wirklich nicht dran gedacht, sagte Hartwig, ich meine, wenn der schon bei mir schlafen kann ... Ria hatte ihn rausgeschmissen. Leichtsinnig, sagte ich am Telefon, was erwartest du von 'nem Fixer? Jedenfalls nicht, dass er mir die Kohle klaut. Die Sucht, die jede Regel durchbricht. Sich dringend etwas kaufen müssen, um nicht ins Dunkel des Entzugs zu kippen. Was noch jenseits meiner Erfahrung lag, als

die junge Frau mich fragte, ob ich ihr nicht einen Fuffi leihen könnte, sie stünde kurz vorm Turkey. Pension Eisenach auf der Eisenacher Straße, BKS-Schlösser an den Türen, im Zimmer ausgetretenes Linoleum. Hinter einem Küchentisch im Hochparterre, mitten im Treppenhaus, saß jemand, bei dem man zahlte, die Räume waren eine Etage höher. Viel billiger konnte man nicht wohnen, und woher sollte ich wissen, dass es auch ein Stundenhotel war? Das auch. Ich hatte dringend eine bezahlbare Bleibe gesucht, weil ich aus dem Untermietzimmer rausmusste und das möblierte Apartment, das ich für ein halbes Jahr beziehen konnte, noch nicht frei war. Ich kannte auch niemanden sonst, in einer großen Reisetasche alle meine Sachen.
Geheuer war mir die Gegend nicht, aber ich hatte keine Wahl. Die Potsdamer Straße lag nur ein paar Blocks entfernt, Spielsalons und Bordelle und Bierkneipen reihten sich dort aneinander, in den Aufgängen zu den maroden herrschaftlichen Häusern Tag und Nacht Prostituierte, die auf Freier warteten. Ich hätte nie eines der Lokale betreten, doch die Versuchung war groß. Diese andere Welt kennenzulernen, nicht bloß an ihren Rändern entlangzulaufen. Oder von ihr zu lesen. Als sei man in einen Traum gefallen, bedrohlich oder beglückend. Was vielleicht nicht das richtige Wort ist, wenn sich alles darum dreht, einem das Geld aus der Tasche zu ziehen. Siebzehn und vier. Eine schnelle Nummer. Trinken, bis man nicht mehr stehen kann. Vergessen. Herkunft und Hoffnung. Dass noch etwas kommen wird, mit dem nicht zu rechnen gewesen ist, ein Hauptgewinn.

Eines Abends hatte es geklopft, eine junge Frau vor meiner Tür, ob ich sie reinließe? Gab es einen Grund abzulehnen? Sie wirkte nicht wie jemand, dem es besonders schlecht ging, sie legte sich ungefragt aufs Bett und zündete sich eine Zigarette an. Seit wann ich hier wohne, wo ich her sei, wie lange ich bliebe. Was will sie, dachte ich, worauf läuft das hinaus? Der Senat zahle ihr das Zimmer, erklärte sie, übergangsweise, ob ich Siemensstadt kennen würde? Nein. Es dauerte nicht lange, und sie kam aufs Geld zu sprechen. Ob ich einen Fuffi für sie hätte? Ich wusste nichts zu erwidern, auf der Bettkante sitzend. Ich solle mich nicht anstellen, eh, ein Fuffi. Hab ich nicht, sagte ich, sah zur Schublade des Bettkästchens, in der meine Barschaft war, Superversteck. Eine Suada folgte, sie sei drauf, kurz vorm Turkey, ich solle ihr jetzt fünfzig Mark geben. Hab ich nicht, wiederholte ich, fragte mich, ob ich ihr zehn Mark anbieten sollte. Doch sie stand auf, stupfte die Zigarette aus, so ein Plastikaschenbecher mit einem Werbeaufdruck, blickte mich zornig an. Nun müsse sie einen Türken linken gehen, sagte sie, nannte mich laut ein Arschloch und verschwand.
Am nächsten Tag richtete ich mir ein Konto ein. Potsdamer Ecke Bülow war eine Bankfiliale, Deutsche Bank. Wenn es eine andere Bank gewesen wäre, hätte ich die genommen. Eurocheques bekam ich nicht, Auszahlungen nur am Schalter. Als Adresse gab ich das Untermietzimmer an, ich war dort noch gemeldet. Wenigstens konnte man mich jetzt nicht mehr bestehlen. Hätte mich jemand anderes als die Bank bestehlen wollen.

Kein Zurück. Was lernt man? Schützt mich das Schreiben?

Als Ria von dem Diebstahl erfuhr, wollte sie Hartwig das gestohlene Geld ersetzen, sie war empört. Natürlich nicht, ist doch nicht deine Schuld.

Im Kino läuft *Halloween*, ich sehe den Film nachts, in einem fast leeren Saal, mir laufen Schauer über den Rücken.

»Von außen nach innen: Der bürgerliche Umgang mit den Affekten entspringt einer Strategie der Verheimlichung und gleichzeitig der genauesten Klassifikation. Das Ziel seiner Eingriffe ist nicht mehr nur die herrschende Klasse, sondern die Gesamtgesellschaft.«

Auslöschen, ausradieren, alles auf null. Die ganze Wohnung putzen, Küche, den Schreibtisch aufräumen, Bettwäsche abziehen, in den Waschsalon gehen. Als ich mich über die Matratze beugte, um das Laken hervorzuziehen, stieß meine Hand auf etwas Festes, nicht die Palette, kein Holz. Ich schob die Matratze ein Stück zur Seite ... es war ein Buch, der Einband und einige Seiten leicht verknickt, es war, unverkennbar, das war *Rom, Blicke*.
Dinge, die man findet, nachdem man die Suche schon eingestellt hat, Schlüsselbund, Brille. Aber ich hatte ja gar nicht gesucht. Das Buch nicht vermisst.
Ich war verwirrt, ich konnte mich nicht erinnern, in

den letzten Tagen oder Wochen darin gelesen zu haben. Und dann war das Buch hinter die Matratze gerutscht …

Es sah neu aus, neuer als mein Exemplar, noch hatte sich keine Seite aus der Bindung gelöst und lag lose zwischen anderen Seiten. Hier waren mehrere Zeilen mit einem Kugelschreiber unterstrichen worden, schräg am Rand stand das Wort *tatsächlich*, dahinter ein Fragenzeichen. Ich hatte nichts unterstrichen, das war nicht meine Handschrift.

Nicht meins, endlich verstand ich es, das Buch gehörte ihr, das war Leonores Ausgabe … bist du schon mal in Rom gewesen?

Mein Herz schlug, als hätte ich eine Goldader entdeckt, es gab doch noch eine Verbindung, etwas von ihr war noch bei mir.

Ich blätterte durch die Seiten, aber dieses *tatsächlich* mit einem Fragezeichen war der einzige Kommentar von ihrer Hand, der sich finden ließ. Flüchtig dahingeschrieben, wie ein leise gesprochener Einwurf, tatsächlich?

Als ich den Einband vorsichtig wieder geradezubiegen versuchte, sah ich innen den Namen, ein Name, L. Rother. Wer sollte, ich schluckte, wer sollte das sein? Wenn nicht sie? L wie Leonore. Rother.

Unterm Telefon lagen die drei dicken Telefonbücher, das mit den Buchstaben P bis Z. Ein halbe Spalte Rother, aber keine Leonore. Nur einmal ein L hinter dem Nachnamen. Die Nummer fing mit 312 an, das war irgendwo in Charlottenburg, ziemlich sicher.

Wähl schon, dachte ich … oder doch besser erst in

einer Stunde, wie spät ist es? Früher Nachmittag. Als käme es darauf an, wähl jetzt, sofort.

Es war *Atlantic City* … Susan Sarandon, die an einer Austernbar bedient, reibt sich jeden Abend mit Zitronensaft ab, um den Fischgeruch loszuwerden. Burt Lancaster beobachtet sie dabei, er ist ein kleiner Gangster, der immer noch davon träumt, ein großer zu werden. Dann tauchen Sarandons Schwester und deren Freund auf, die einen Kokaindeal planen. Und dann die Drogenbosse, es wird geschossen, es gibt Tote … Cinema Paris, wer hatte das Kino vorgeschlagen? Den Film?
Schweigen am anderen Ende der Leitung, nachdem ich meinen Namen genannt hatte. Als sei sie erwischt worden. Ich riefe wegen des Buches an, sagte ich, sie würde es ja vielleicht schon vermissen, ich hätte es gefunden, und überhaupt, ob wir uns nicht mal wieder … also, wir könnten uns treffen.
Schließlich muss Leonore eingewilligt haben, dass ich ihr das Buch selber zurückgebe und nicht mit der Post schicke, und nicht nur das, sondern auch gemeinsam ins Kino zu gehen, das eine mit dem anderen zu verbinden … wäre doch schön.
Auf dem Weg zum Ku'damm fragte ich mich, ob ich sie wiedererkennen würde oder ob alles Einbildung sei, ein Hirngespinst, das der Realität nicht standhielte. Wie Dinge, wie Räume, in der Erinnerung immer größer erscheinen, als sie sind. Manchmal genügen zwei Wochen, um etwas so auszuschmücken im Gedächtnis, dass man über sich erschrickt, wenn es

zum Zusammenstoß kommt. Weil der Wunsch erdrückend war, man kann nur enttäuscht werden.
Leonore betrachtete die Bilder in einem der Schaukästen, als ich neben sie trat … hallo. Sie drehte sich zu mir, sah mir in die Augen, lange. Ich wusste es auf der Stelle, alles war richtig, als wären wir wieder an jenem Nachmittag auf dem Hohenzollerndamm. Wie wir in der hereinbrechenden Dämmerung auf dem Mittelstreifen durch den Schnee gestapft sind. Sie hob lächelnd die Augenbrauen, und ohne ihren Blick von mir abzuwenden, fragte sie mich, ob ich nicht friere. Ich schüttelte den Kopf und gab ihr das Buch. Sie steckte es in ihren Campingbeutel, hakte sich bei mir ein und zog mich ins Kino.

Wir waren nach dem Film ins Café Bleibtreu gegangen, ganz unspektakulär. Dass Leonore nur wenige Schritte entfernt wohnte, hinter den S-Bahn-Bögen, wusste ich noch nicht, im Telefonbuch hatte keine Adresse gestanden. Sie jobbte gerade bei Reemtsma in Wilmersdorf als Schreibkraft, sie konnte mit zehn Fingern tippen, ein Kurs an der Volkshochschule. Noch bis Monatsende, sagte sie, dann müsse sie sich etwas Neues suchen, sie werde bei den Heinzelmännchen gucken, der Arbeitsvermittlung für Studenten. Was sie studiere? Geschichte, Philosophie. Warum sie ständig arbeiten musste, ging mir erst später auf, ich fragte nicht nach. Erzählte stattdessen etwas vom Kino, von den Konzerten, den Prüfungen, die ich im nächsten Jahr ablegen wollte.
Irgendwann, nach ein oder zwei Stunden, sagte Leo-

nore, dass sie am nächsten Morgen früh im Büro zu sein habe. Wir gehen? Ich gehe, sagte sie und kramte eine Geldbörse aus ihrem Campingbeutel, den sie an die Stuhllehne gehängt hatte. Ich versuchte erst gar nicht, sie zu überreden, noch etwas länger zu bleiben, ich wusste, wir würden uns jetzt verabschieden. Für jetzt, dachte ich, nur für jetzt.
Trotz meiner Widerrede, nein, doch, nein, doch, ließ Leonore sich nicht davon abbringen, für uns beide zu zahlen, dann standen wir auf der Straße. Ich glaube, sie war in diesem Augenblick so befangen, wie ich es war, im Kino hatten wir unbewegt nebeneinandergesessen, die einzige Berührung ihre Hand unter meinem Arm, als sie mich die Stufen hochzog. Aber wir hatten uns ein paarmal angelächelt ... als sich Susan Sarandon in ihrer Küche mit Zitronensaft abreibt.
Es schneit schon wieder, sagte ich, ja, sagte Leonore, schön, nicht? Sehr schön.
Wir umarmten uns. Sie drückte mich fest an sich, sah mich noch einmal an und drehte sich um. Nach einigen Schritten begann sie zu laufen, bis sie unter der S-Bahn-Brücke war, dann ging sie ruhig weiter.

Als ich nach Hause kam, war mein Jackett durchgeweicht, meine Haare waren nass. Ich weiß nicht mehr, wo ich herumgerannt bin, durch das Schneetreiben, das dichter und dichter wurde, Stunden. Und ich war nicht müde, hatte keine Kälte gespürt, mein Gesicht glühte. Ich kniete mich angezogen aufs Bett und murmelte ihren Namen ins Kopfkissen. Leonore. Bis ich doch einschlief, vormittags in klammen Sachen erwachte.

Es ist nicht nur die Zeit, die uns trennt. Mich von mir selber. Von jemandem, dem ich meinen Namen gebe, wenn ich ihn auf älteren Fotografien erblicke. Als sei man immer ein anderer. Immer schon gewesen.

Die beklemmende Verdopplung in einem Spiegel. Poes Grauen vor Spiegeln.

There is a crack

Nachts mit zu Lambert, der im Foyer mit Carlo und Pogo-Peter Schnellschach für einen Zehner die Partie gespielt hatte, er wollte die Platte aufnehmen. *Scary Monsters*, vor der Arbeit bei Zensor gekauft … falls ich ihm die prima nox gestatte.
War mir egal, ich war kein Fan, jedenfalls nicht von dieser Sorte. Wie Hartwig, der bei jedem zweiten Stück, das er hörte, das Gewicht hinten am Plattenarm neu justierte. Selbst wenn es in meinen Ohren nur knirschte und ziepte, *The Second Annual Report*.
Wir saßen in Lamberts Arbeitszimmer an einer ausladenden Sperrholzplatte, auf der mit Kreppband ein größerer Bogen helles Packpapier fixiert war, in meinem Rücken Kunstbücher, Kataloge. Die Wohnung hatte zum Hof hin noch einen zweiten Raum, in dem Lambert schlief, dazwischen Küche und ein Bad mit Badeofen. Uralt, aus gedengeltem Kupfer.
Während wir die Platte hörten, uns unterhielten, nahm Lambert dann und wann einen Federstift zur Hand und kritzelte etwas auf das Papier. Eine fortlaufende Serie seines Alltags an diesem Tisch, jeden Monat neu.

Entwürfe für Bilder, Termine, Glasränder und Fettflecken, Sprechblasen mit Zitaten aus Büchern, aus dem Radio. An einer Wand hing hoch bis zur Decke die überdimensionale, noch nicht beendete Bleistiftzeichnung eines Pilzes, den man von unten sah, alle Details hyperrealistisch, die Lamellen, Grashalme, Insekten. Es gab zwei, drei Sammler, er wurde weiterempfohlen. Lambert war der einzige Künstler, den ich näher kannte. Woran für mich nie ein Zweifel bestand … dass er das war, was man einen Künstler nennt. Für sich ein Ziel verfolgend, seine Zeichnungen. Unabhängig von jeder Art von Erfolg, den er hätte haben können. Lambert vermittelte nie den Eindruck, als legte er Wert darauf, sich einen Namen zu machen. In der Öffentlichkeit zu stehen. Er ging seiner Arbeit nach und basta. Ob ihm fehlende Anerkennung nicht doch zu schaffen machte, weiß ich nicht, frage ich mich heute. Anerkennung gleich Einkommen, um es so zu sehen. Lambert klagte nie, aber seine Filmjobs, gar nicht schlecht bezahlt, waren eben Jobs, von seinen Zeichnungen konnte er nicht leben. Selbst wenn er sparsamer gewesen wäre, ohne nächtliche Ausflüge. Nachmittägliche Ausflüge die Wilmersdorfer Straße herunter, er kannte da ein Lokal, wo sie Taube auf der Speisekarte hatten. Frag' nicht, was das für Tauben sind.

Ich war gern in seiner Gesellschaft, ich mochte seine Geschichten, ich bewunderte, wie gut er zeichnen konnte. Die Akademie nach vier Semestern verlassen, keine Meisterschülerschaft, die ihm vielleicht Türen geöffnet hätte. Ein Rückblick ohne Zorn. Ob Lambert

mit seinem Leben glücklich war? Kann man die Frage einem Künstler überhaupt stellen? Um was geht es denn? Immer besser zu werden? Immer wieder anzufangen? Zu lernen, dass jedes Werk ein Scheitern bedeutet? Auch das … wenn man keine Wahl mehr hat. Nie eine hatte.
It's no game, Up the hill backwards … uns gefiel die Platte außerordentlich, diese manchmal hysterisch überdrehte Stimme. Auf dem Cover Bowie mit rot geschminktem Mund in einem Pierrotkostüm. Musik, die nach vorn preschte, ohne die Berliner Sentimentalität aus den Jahren zuvor. Junkiehymnen. Okay, oder? Absolut, sagte Lambert, genau meine Stimmungslage. Nach dem letzten Stück holte er die Kassette aus dem Recorder und beschriftete sie. Und legte sie wieder ein. Werde er später noch einmal hören. Er machte eine Trinkgeste, wies mit dem Daumen über seine Schulter nach draußen. Ich schüttelte den Kopf. Wie du meinst, sagte Lambert, jedes Wort einzeln betonend, gehen wir.

There is a crack in everything

Hätte ich Leonore meine Telefonnummer geben sollen? Ihr aufdrängen? Würde sie wie ich ins Telefonbuch schauen?
Bei jedem Klingeln des Apparats hoffte ich, sie wäre es. Ich konnte meine Enttäuschung schlecht verbergen. Ist was?
Ihr eine Karte zu schreiben war ohne Adresse auch nicht möglich. Liebe Leonore … unser Gespräch nach

dem Film ... war so schön, dass ich es wiederholen möchte. Lieber heute als morgen.
Einfacher schien es nicht sein zu können. Normaler. Aber ich wusste ja nicht, was oder wie das wäre, normal. Ungeübt in Liebesdingen. Die erste Freundin, dann die zweite, Namen, die man nach einer gewissen Zeit nur noch zusammen nennt. Gemeinsame Pläne, die Eltern kennenlernen, Familienurlaube. Daran hatte ich nie einen Gedanken verschwendet, nie die Sehnsucht verspürt, Teil eines größeren Ganzen zu werden. Eher befremdete es mich, schon die Idee. Und Träume? Keinen einzigen? In meiner Erinnerung nicht.
Mehr als einmal lag meine Hand auf dem Hörer, Lenores Nummer wusste ich schon auswendig. Gezwungen durfte es nicht klingen, aber wie? Ich müsste, dachte ich, ihr etwas vorschlagen, das sich selbstverständlich anhörte, so dass sie ohne weiteres zustimmen könnte. Fraglos. Ein Spaziergang ... über die Rieselfelder, jetzt mit dem Schnee. Oder ... in die Neue Nationalgalerie, man habe dort umgehängt. Doch immer, wenn ich den Hörer abnahm, verließ mich der Mut. Mit Herzklopfen im ganzen Körper.

Musste es so sein, wie es war? Verändert sich die Wirklichkeit nicht Satz für Satz? Wie soll man dann noch begreifen, was aus einem geworden ist? Als handele es sich beim Erzählen jemals um eine Beweiskette ...

Ich versuchte, mich abzulenken. In die Bücher einzutauchen, die ich las, exzerpierte. In meinen eigenen Text. Der rote Faden, dem zu folgen war. Bis aufs Neue Leonores Bild vor mir erstand. Ihre Stirn, ihr Mund. Wie sie die Schultern hochzog, wenn etwas im Vagen bleiben sollte.

»Die Domestizierung der Individuen konstituiert sich so über die Wichtigkeit, die ab einem bestimmten Zeitpunkt dem Auge eingeräumt wird. Mit den Augen dürfen noch Affekte ausgelebt werden, die sonst verboten sind. Nur noch mit dem Auge darf zunächst berührt werden, was üblicherweise dem direkten Zugriff ausgesetzt war.«

War das hier richtig ausgedrückt? Wie hörte sich das an?

»Der Unterschied in den Vergnügungen, die sich eine Gesellschaft verschafft, liegt in den Inkarnationen eines gesellschaftlichen Affektstandards (Katzenverbrennung – Boxkampf), *in dessen Rahmen sich alle individuellen Affektmodellierungen halten, so verschiedenartig sie sein mögen.*«

Le-o-nore. Leo. Nore. Leonore.

Berthold hatte mich zum Frühstück eingeladen. Die Klausur in Diagnostik bereden, Themenvorschläge, die wir einreichen konnten. Als wolle er sich um mich kümmern, so hatte es am Telefon geklungen. Berthold

wohnte in Moabit, Hardcore, aber er besaß eine Duschkabine in der Küche, die Küche war groß genug. Die Wände des Treppenhauses wie zerschreddert, als sei jemand von Stockwerk zu Stockwerk mit einer Harke über die alte bräunliche Tapete gefahren.
Tee, Müsli mit frischen Früchten, Vollkornbrot, Berthold hatte den Tisch liebevoll angerichtet, ein Sträußchen Blumen sogar. Nicht nur, weil jemand zu Besuch gekommen war, es war seine Art. Er strahlte eine große Ruhe aus, sprach auch bedächtig, als sei Eile das Letzte, von dem er befallen werden könnte. Fast etwas Buddhistisches, die Worte wägen. Mich konnte das nervös machen, machte mich auf Dauer nervös. Denn eins passt nicht immer zum anderen, Gedanken verhaken sich, und man verliert die Richtung. Was man eigentlich sagen wollte.
Berthold war nicht groß, wie zierlich er war, ist mir erst aufgefallen, als er den dichten schwarzen Vollbart abgenommen hatte. Im Verlauf seiner Analyse, an einem entscheidenden Punkt. Wenn er darüber redete, dann ohne Hass, ohne sichtbare Gefühlsregung, obwohl die Geschichte voller Schmerz und Gewalt war. Die Geschichte einer häuslichen Tyrannei auf allen Ebenen, seelisch, körperlich. Er habe ihm verziehen, meinte Berthold einmal, ob der Alte das wisse, sei gleichgültig, er wünsche ihm einen sanften Tod. Womit man aber nicht rechnen könne, Menschen vom Schlage seines Vaters würden bis zum letzten Atemzug ihr Zerstörungswerk fortsetzen. Und kommen doch damit durch, dachte ich, sterben im Schlaf und nicht nach Luft ringend mit aufgerissenen Augen.

Wie es mir gehe, fragte Berthold, nachdem wir länger über die Arbeit gesprochen hatten, die er mit Ignaz schrieb, den Knast in Tegel, die Schließer, die Gefangenen, über meine Arbeit, was ich alles lese, wie weit ich sei, über die Klausur. Welchen Themenvorschlag ich einreichen würde, welchen er und Ignaz. Ich etwas zu den Grundannahmen von Intelligenztests, sie etwas zum Verhältnis von Diagnose und Therapie, man wusste, dass die drei Probleme, von denen man eins zu diskutieren hätte, so formuliert sein würden, dass man irgendwo mit seinen Spezialkenntnissen einen Anschluss fand. Am Besten eine Liste mit Stichworten mitnehmen, die Sätze schon im Kopf.
Ich zuckte mit den Schultern, von der Frage überrascht. Gut, sagte ich dann, wieso?
Berthold sah mir in die Augen, nickte.
Ob es wegen neulich sei, in der Kantine? Mit Ignaz.
Erschöpft hätte ich ausgesehen, sagte Berthold, und nur Cola getrunken.
Na und?
Ernährung sei wichtig, die richtige Ernährung.
Ich esse genug.
Erneut nickte Berthold. Wie eine Gummiwand, dachte ich, der ideale Psychologe. Nicht widersprechen, den Klienten beim Wort nehmen. Sind wir hier in einer Sitzung?
Das würde er nicht bezweifeln, sagte Berthold nach einer kleinen Pause, aber die Arbeit, die ich schriebe, die anstehenden Prüfungen, das sei Stress, man müsse auf sich achtgeben.
Machst du dir Sorgen?

Mit einem Unterton, der angriffslustig war. Als hätte er mich in Frage gestellt. Was mir möglich wäre.
Es gebe Vitamintabletten, sagte ich, Essen sei nicht alles.
Doch Berthold ließ sich nicht provozieren, wie Ignaz reagiert hätte, weiß ich. Das war mir näher, vielleicht haben wir deshalb in den ersten Semestern ein Gespann gebildet … la lotta continua per sempre.
Wenn ich wolle, sagte Berthold, könnten wir eine Entspannungsübung machen.
Bei jedem anderen wäre ich aufgestanden und gegangen, danke, sagte ich jetzt, ich bin entspannt.
Hier, sagte Berthold und nahm einige Blätter vom Kühlschrank, habe ich für dich kopiert.
Zeichnungen mit Text darunter, Atemübungen, Oberkörper und Arme vorgebeugt pendeln lassen. Falls mir mal alles zu viel werde.
Ich faltete die Blätter und steckte sie in meine Jackettasche. So.
Nicht lange danach sagte Berthold, er wolle nun wieder arbeiten, wenn etwas sei, könne ich ihn jederzeit anrufen.

Wenn ich an ihn denke, an diese Szene jetzt, schwirren die Cream durch meinen Kopf. *Strange Brew.* Plötzlich erinnere ich mich an eine Platte von Jack Bruce, die ich oft gehört habe, *Out of the Storm.*

Es gibt nicht für alles eine Erklärung. Ableitung, Folgerung etc.

Ein junger Mann tauchte im Kino auf, um nach einem Job zu fragen. Als Vorführer.
Warum könnte es Nils nicht schon hier gewesen sein, großgewachsen, rotbraune Locken, mit einem schweren Silberohrring.
Derselbe Abend, an dem ich zu Leonore gefahren bin. Wäre das zu viel an Zufall?

Hartwig wollte mir das Geld, das ich ihm nach dem Diebstahl geliehen hatte, endlich, sagte er, zurückgeben. Ob ich keine Lust hätte einzusteigen, wurde ich sogleich gefragt, für einen Schieberamsch fehle ein Mitspieler. Ich tippte an meine Stirn, holte mir am Tresen bei Birgit ein Bier, seitlich von uns Carlo im Gespräch mit jemandem, der einen Job als Filmvorführer suchte. Welche Erfahrung mit welchen Projektoren.
Birgit trug eines der T-Shirts, die sie gestaltete, sie hatte einen Laden in Kreuzberg, in dessen Hinterzimmern sie wohnte, vorne sprayte sie mit einer Airbrush-Pistole kantige Muster auf Stoffe, Kleider, Hemden, Shirts. Ich würde demnächst vorbeischauen, sagte ich, so eins hätte ich auch gerne. Klar, sagte Birgit, täglich ab zwölf, sie holte eine kleine Purpfeife aus ihrer Handtasche, warf sich den Mantel über und bat mich, auf den Tresen zu achten, solange sie vor der Tür sei.
Das Telefon klingelte, Carlo da? Ich sah zu ihm, er winkte ab. Carlo sei gerade nicht da. Dann möge er zurückrufen, bei Jenny, nicht vergessen. Ich schreib's auf.
Kaum hatte ich aufgelegt, musste ich an Leonore denken. Der Wunsch, sie zu sehen, riss mich fort. Ohne auch nur eine Sekunde nachzudenken, was ich, was

sie, sagen könnte, müsste, sollte, wählte ich ihre Nummer.

Ich kniete in Leonores Wohnzimmer auf den Fersen, sie saß auf meinem Schoß und hielt mich umarmt. Irgendwo eine geöffnete Flasche Wein, zwei Gläser.
Auf den Dielen lagen grobgewirkte Strohmatten, Bambusrollos vor den beiden Fenstern zum Hof. Darunter eine Récamiere, auf der eine Katze auf einer Wolldecke lag.
Leonore trug eine Cargohose, dicke Socken an den Füßen, so öffnete sie mir die Tür.
Ja, komm zu mir. Pestalozzistraße, Seitenflügel, zweiter Stock.
Hatte ich gesagt, ich sei im Kino, sie wisse doch noch? Oder einfach nur, ich käme jetzt bei ihr vorbei? In Ordnung? Ich glaube, ich bin so entschieden gewesen, dass es fast eine Überrumpelung war. Dass ich mich auf den Weg machen würde, wie ihre Antwort auch ausfiele. Aber Leonores Antwort war eindeutig, ohne zu zögern, zu schlucken, ja, komm.
Sie hatte am Tisch gesessen und gelesen, die Lampe über den Büchern brannte noch, Teekanne, Tasse.
Wir hatten uns nicht ausgezogen, es klebte, es trocknete. Wir umklammerten uns, als dürften wir uns nicht voneinander lösen. Was würde dann geschehen?
Zuerst hatten wir ein bisschen Wein getrunken, zwei-, dreimal hintereinander *The River* gehört, weil es gerade ihr Lieblingslied war. Magst du das? Natürlich. Mehr haben wir nicht geredet, wir haben uns schwei-

gend angesehen, ich habe Leonore auf meinen Schoß gezogen. Es war gut.
Später fragte ich sie, ob sie am nächsten Tag ins Büro müsse. Ich könnte sie fahren, sagte ich, ich hätte ein Auto. Vor der Tür? Am Savignyplatz. Nein, sie wolle allein schlafen. Ob ich gehen solle? Jetzt noch nicht.

Bei jedem Anfang, jedem ersten Satz die Erkenntnis, dass es ein Vorher gibt, das unerzählt bleiben wird.

Briefe, die ich seit ein paar Jahren mit meiner alten Volksschullehrerin wechsele. Beim Aufräumen hat sie ein vergilbtes Blatt gefunden, auf dem hinten mein Name steht. Vorne ein mit Wachsmalstiften gemalter Drachen, dazu in Kinderschrift ein Gedicht … *mach's den kleinen Vöglein nach, tanz und flieg den ganzen Tag.*

Einem anderen Brief liegt ein Klassenfoto bei, seitlich sieht man eine junge blonde Frau mit Bienenkorbfrisur, spitzen Schuhen, einem modischen Mantel in Pfeffer und Salz, der zwei große Knöpfe hat. Ein Leben.

Lektion. Ich versuchte nie, mich herauszureden, obwohl den Lehrern klar gewesen sein muss, dass ich es nicht war, nicht gewesen sein konnte. Sondern Robert, in dessen Windschatten ich mich bewegte. Man hatte uns in der neunten Klasse vorne im Raum an einem Zweiertisch nebeneinandergesetzt, der Grund dafür ist mir nicht mehr präsent. Robert war ein Problemfall, Plagegeist, renitent, ich galt als ruhiger Schüler. Vielleicht deshalb, vielleicht dachte man, ich würde durch meine Art mäßigend auf ihn einwirken.

Robert trug enge Samthosen, violett und grün, Stiefeletten, blieb abends aus, solange er wollte. Sagte er, ich glaubte ihm. In einer Streichholzschachtel ein Klümpchen Haschisch, an dem er mich in einer Ecke des Schulhofs riechen ließ. Wie Weihrauch, dachte ich, süßlich. In den Pausen rauchte er hinter dem Fahrradunterstand, anfangs zog ich an seiner Zigarette, dann brachte ich eigene mit. Von der Hofaufsicht gestellt, wurden die Zigaretten konfisziert, die rauche der schwule Ficker jetzt selbst, sagte Robert, das kriegt er wieder.

Fortwährend kleine Kämpfe zwischen uns während des Unterrichts, mit dem Rücken gegen die Wand gelehnt, schob Robert mich mit meinem Stuhl in den Gang, ich stach ihn dafür mit meinem Zirkel, er schrie auf, boxte mich gegen den Oberarm, ich trat ihn … zwei Lämmer, die verwundert schauten, was oder wer gemeint sein könnte, wenn sie zur Ordnung gerufen wurden.

Manchmal sprach Robert halblaut nach, was ein Lehrer redete, Synchrondolmetschen nannte er das. Ich übernahm, wenn er mir das Zeichen zum Einsatz gab, allerdings wesentlich leiser als er. Was Robert mir nie zum Vorwurf machte, Feigheit vor dem Feind. Der mit Einträgen ins Klassenbuch drohte, zuerst ihn, irgendwann dann auch mich eintrug.

Dass Robert das Jahr nicht schaffen würde, stand früh fest, er wurde beim Betrügen erwischt, weil man es so wollte, ich nie, ein Liliputwörterbuch in der Faust.

Ich ließ ihn abschreiben, wenn es ging, wenn er bei Klassenarbeiten nicht ans Lehrerpult verbannt wurde, viel geholfen hat es nicht. Woraus er keine große Sache machte, er hatte, im Gegensatz zu mir, keine Angst, Sanktionen schienen ihn nicht berühren zu können.
Nach der Schule streiften wir oft, Robert war einen Kopf größer als ich, sehr athletisch, gemeinsam durch die Stadt. In den Kaufhof, anschließend zu Horten, Rolltreppe fahren, bis es gelungen war, unter einen kurzen Rock zu gucken. Eine Gulaschsuppe im Koperpot, wie das Schnellrestaurant im Untergeschoss bei Horten hieß. Dann klauen, Robert griff an einem Grabbeltisch in einen Berg von billigen Messingketten mit großen runden Anhängern, aufgeprägte Löwenköpfe, Sternzeichen, und steckte alles seelenruhig in seine Armytasche. Draußen zog er sich eine der Ketten an, trug sie auch am nächsten Tag in der Schule. Ich nicht, ich fand diese Ketten, die sehr in Mode waren, affig.
Abends habe ich ihn nie begleitet, er würde heute ins Pool, sagte er, wahrscheinlich hätte ich ohnehin nicht gedurft. Eines Nachmittags nahm er mich mit zu einer Verabredung, vor dem Eiscafé Rizzardini. Eine gewisse Carola, hatte er mir auf dem Weg erzählt, aus der Siedlung am Stahlwerk, du weißt schon, warte dort auf ihn, die sei geil, die ginge einem von allein an die Hose. Ein bisschen doof ist sie, dachte ich, wie sie albern herumkicherte bei jeder Bemerkung, jeder Anzüglichkeit Roberts. Als sie auf der Toilette war, sagte er, dass er eigentlich geglaubt habe, sie würde ihre Freundin Sonja mitbringen, für mich, aber so … müsse er ohne mich eine Nummer schieben gehen.

Dann machten die beiden sich davon, er auf dem Gepäckträger ihres Mofas.
Für einen Klassenausflug nach Xanten gegen Ende des Schuljahres hatte Robert eine Flasche Kirschwasser besorgt, sonst hielte man das Gelaber nicht aus. Besichtigung der Ausgrabungsstätten, Siedlungsgeschichte, das römische Fort. Ich hatte mich auf die Fahrt gefreut, schon weil man einen Tag nicht in der Schule sein musste. Wir saßen im Bus nebeneinander, ich hatte an der Flasche genippt, mochte aber nicht mehr. Auch nicht Synchrondolmetschen, als Doktor Herbert übers Bordmikrophon einige Daten und Ereignisse rekapitulierte, es störte mich plötzlich, ich wollte zuhören. Sei mal still, sagte ich zu Robert, oder setz dich woandershin. Was er dann tat, mit der Flasche Kirsch.
Es war vorbei, dieses merkwürdige Bündnis, das wir für ein Jahr geschlossen hatten. Ich als Roberts Echo und Kompagnon, den er vor allen anderen ins Vertrauen zog. Mein Ansehen in der Klasse, in der nur Jungen waren, wie auf der ganzen Schule, war enorm gestiegen, Robbies Unfügsamkeit, der blinde Ungehorsam, für den man ihn bewunderte, hatte deutlich auf mich abgefärbt. Wie eine Erbschaft, die ich mitnahm und verwaltete. Man erwartete ab jetzt geradezu, dass ich im Unterricht das Wort ergriff, protestierte, Forderungen stellte, im nächsten Jahr wählte man mich fast einstimmig zum Klassensprecher.
Robert verließ die Schule, wir sahen uns später noch zwei-, dreimal auf der Straße. Man hörte von ihm, nichts Gutes. Als müsste es so enden.

Old age should burn and rave … ist das ein Missverständnis?

Leonore rief mich an, ich hatte ihr meine Nummer aufgeschrieben. Nichts Spezielles, nur so. Weil sie mich ja noch nie angerufen habe. Mein Glück kannte keine Grenzen.

Robinson Crusoe fiel mir ein, Hamlet, Othello, Formen der Affektkontrolle. Niemand sagte mir, dass meine Arbeit ausufern würde, mit Interpretationen, Exkursen in die Literatur. Ich hatte das Gefühl, dass ab jetzt alles möglich wäre, mit ihr, mit Leonore, was sollte mich aufhalten?
Ich las die Stücke, den Roman, in kürzester Zeit, mehr als genug Belegstellen ließen sich finden für die Ausbildung der neuzeitlichen Seele. Selbstbeobachtung und Verzicht als Herrschaftstechniken, die Veitstänze des Volkes ein Krankheitszeichen.
Hier Hamlet, das grübelnde Subjekt, das eine Art psychoanalytisches Theater inszeniert, um die Wahrheit zu ergründen, da ein in seiner ritterlichen Männlichkeit gefangener Krieger, dem das subtile Spiel der Zeichen und Gefühle noch gänzlich fremd ist, schließlich der Schiffbrüchige, der nicht verzweifelt in seiner Isolation, vielmehr sich selbst als Bürger neu erfindet. Mit den Schamgrenzen des Bürgers, einem absurden Fleiß.
Wie ich auf Robinson gekommen bin, obwohl ich nur die Fassung für Kinder kannte, einen Mehrteiler im Fernsehen? Ist nicht mehr aufzuklären. Vielleicht ein Hinweis irgendwo in einem anderen Buch, Intuition?

Wie Robinson als Wüstling dargestellt wird, der alle Ermahnungen seines Vaters in den Wind schlägt, um ein abenteuerliches Leben zu führen, war eine große Überraschung, kein edler Mann. Der sich mit Glück und Trickserei aus allen misslichen Lagen zu befreien versteht, bis er auf einer karibischen Insel strandet, erster und letzter Mensch in einem. Wie eine Strafe, und das denkt Robinson auch, für die Unbotmäßigkeit seines bisherigen Lebens. Gottlos, den biederen Mittelstand zutiefst verachtend, die Klasse, in die er hineingeboren wurde. Nicht zu niedrig und nicht zu hoch, wie sein Vater es ihm immer gepredigt hatte, als eine sichere Garantie fürs Wohlbefinden.
Er beginnt in der Bibel zu lesen, unterwirft sich einem strengen Zeitdiktat, beteuert in seinem Tagebuch, wie leid ihm alles tue. Müßig ist er nie, rackert von morgens bis abends, vor allem aber läuft er nie nackt herum. Nicht einmal den Gedanken daran vermag er zu ertragen. Trotz der Hitze. »Die Polizei in den Kopf«, schrieb ich, setzte die Formulierung dann in Anführungsstriche. Weil mit Polizei nicht die Uniformierten von heute gemeint waren, sondern eine Instanz der Überwachung, die von nun an im Innern des Menschen ihren Sitz hat. Eine Metapher, passte doch ausgezeichnet.
Was Leonore davon halten würde, fragte ich mich. Sie sollte es lesen, als Historikerin, die sie war. Oder sein würde. Ich tippte mehrere Passagen ab, sorgfältig mit flüssigem Tipp-Ex alle Verschreiber übertuschend. War das nicht gut? Originell? Wie ich den Roman von Defoe betrachtet hatte, als Selbst-Rehabilitation, um doch

noch zu einem nützlichen Mitglied der Gesellschaft zu werden. Das eigne Über-Ich trainieren, obwohl man völlig allein auf einer Insel ist. Und keine Rettung in Sicht. Außer der vor Gott, also dem Vater, gegen den man gesündigt hatte ein Leben lang. Der psychische Apparat als ein automatisch funktionierender Zwang, an dem man die Individuen misst, jede Abweichung ein Skandal. Mit dir stimmt was nicht. Und das weiß jeder, frag rum.
Auf einmal war es so, als schriebe ich für sie, für Leonore. Was andere zu meiner Arbeit sagen würden, zählte nicht mehr, *sie* müsste damit einverstanden sein. Ich spürte, wie der Gedanke mich auflud, mit Energie, ich sprang aus dem Bett an den Schreibtisch. Als bräuchte man jemanden, an den man's persönlich adressiert … immer.

Leonore hatte ein kleines Schlafzimmer, Heizung, sogar eine richtige Dusche, die man von der Küche aus betrat. Nicht gekachelt, aber immerhin. Und der Boiler lieferte heißes Wasser für mindestens acht oder zehn Minuten, man musste sich nicht allzu sehr beeilen. Auch zu zweit nicht, zwischendurch das Wasser abdrehen.

Keine Verstellungskünste. Die Wünsche des anderen erraten, leichthin.

Worüber haben wir uns gestritten?
Als offensichtlich wurde, dass sie nicht die Wahrheit gesagt hatte, habe ich ein Regal, das in ihrem Flur

stand, umgerissen, der ganze Krimskrams flog zwischen uns auf den Boden.

Es verwunderte mich, aber Leonore kam nicht gern ins Kino, sagen wir, um mich abzuholen. Sich ein Konzert anzuschauen. Als wollte sie diese Welt nicht betreten.

Manchmal kein Ende bis in den frühen Morgen. Lass uns noch was trinken. Ich bin schwanger. Doch nicht. Lies mir vor. Jetzt du. *Die Verzückung der Lol V. Stein*. Traurig. Nein. Schnee fiel, es hörte gar nicht mehr auf, Dezember, Januar.

Man hatte Leonores Vertrag als Schreibkraft bei Reemtsma bis Weihnachten verlängert, wenn ich bei ihr war, fuhr ich sie zur Arbeit. Eines Morgens halb ohnmächtig, Leonore mit geschlossenen Augen auf dem Sitz neben mir.
Sie schaffte es, noch zwei Seminare zu besuchen, ab und an eine Vorlesung zur Spätantike. Aber natürlich konnte man so nicht studieren, ich hätte mich das fragen sollen. Habe ich nicht. Was es heißt, auf sich gestellt zu sein wie Leonore. Von ihrer Mutter nahm sie kein Geld, sie hat es nicht, von ihrem Vater bekam sie keines, mutwillig. Warum pfänden sie ihn nicht? Frag's Gericht. Für mich war das gar nicht begreiflich, der dahinterliegende Hass, diese Verleugnung. Die eigene Tochter als eine Unbekannte mit frechen Ansprüchen. Ich drängte sie nie, mir genauer zu erzählen, was zwischen ihren Eltern vorgefallen war, wer das war, ihr Vater. Woran erinnerst du dich?

Ich hätte ihr das Geld geben sollen, das ich noch vom Verkauf der Aktien oder Obligationen besaß, sicher fast zweitausend Mark. Das gehört dir wie mir. Und irgendwann werde ich einen Job haben, in einem Jahr, in einem halben, nach der letzten Prüfung. Aber daran glaubte ich ja selber nicht.
Und außerdem … aber wäre das eine Entschuldigung oder Rechtfertigung gewesen? Wie beschäftigt ich war mit meiner Arbeit. Ich gab ihr Abschnitte zu lesen, ich war begierig zu hören, was sie sagte. Leonore konnte hart sein, niemals, das ist keine Begründung. Sehr wohl eine Begründung. Nein, so kommst du nicht davon. Vielleicht doch. Fass mich nicht an. Gefällt's dir nicht? Hör auf. Unmöglich. Sie beißt in meinen Arm. Füll mich aus. Sich verschlingend, als würde so alles auf Anfang gesetzt. Alles immer ausgelöscht in Lust, Schweiß, Erschöpfung.

Ich kaufte ein Kochbuch, *Die Neue Küche* von Paul Bocuse. Sautieren, blanchieren, gratinieren, Tomatensalat ohne das wässrige Innere und die Kerne, Muscheln in Weißwein, die Kunst des Bratens. Ich hatte nie für jemanden gekocht, für mich allein nie größeren Aufwand betrieben, Nudeln, Spiegeleier. Oder Fertiggerichte. Alles änderte sich mit Leonore, ich entwickelte schnell Ehrgeiz.
Auf dem Karl-August-Platz, zwischen Weimarer und Krumme Straße, war ein Markt, wo man frisches Wild kaufen konnte, Hühner aus der Bresse, Artischocken. Leonore besaß Töpfe, eine große Bratform aus Edelstahl, Schneebesen, Tranchierschere. Habe sie von ei-

nem Freund, der ausgewandert sei. Wohin? Glaub's mir doch.

Ich versuchte mich an einem Hasenrücken, dazu Gemüse à la Julienne, und zum Nachtisch bayrische Creme, die Leonore nach einem Rezept ihrer Mutter zubereitet hatte. Wie beglückend es war, sich beim Kochen Geschichten zu erzählen, Radio zu hören, seltsame Meldungen aus der Rubrik Vermischtes weiter auszuspinnen, während der Duft des Essens durch die Küche zog … hinter deren beschlagenen Scheiben die Welt in Dunkelheit versunken war.

Als würde es danach nur noch Wiederholungen geben können, die man nicht wahrhaben will als Wiederholung. Man kann so tun. Um sich das nicht einzugestehen. Weil es einem den Boden unter den Füßen wegzöge, nach all den Jahren mit anderen Menschen, in anderen Ländern. Pauls Truthahn zu Thanksgiving, diese norwegische Künstlerin, die uns nach dem Essen ihre Videos zeigte, und dann alle zum Tanzen runter in die Beauty Bar auf der Vierzehnten Straße … *Personal … Jesus.*

Schreiben, um sich zu betäuben. Unerreichbar für die Niedrigkeiten des gewöhnlichen Lebens. Das man dennoch leben muss, von Scham und Angst ergriffen.

Weil Leonore es wollte, ließ ich meine Haare wieder etwas länger wachsen. Sah nicht mehr aus wie ein Sträfling in einem Arbeitslager. Sie schnitt sie mir dann mit einer richtigen Schere, ohne Rattenfraß. Zu einem Mantel ließ ich mich nicht überreden, mir ist nicht kalt.

Nachdem wir in einer Spätvorstellung *Der Wolfsjunge* gesehen hatten, besorgte sich Leonore das Buch mit dem Bericht des Arztes, dem der Findling aus den Wäldern anvertraut worden war. Wie wird man zivilisiert? Wie lernt man sprechen, hören, wie findet man sich in dieser anderen Wildnis, die Gesellschaft heißt, zurecht? Sie hatte fast während des gesamten Filmes geweint, den Blick unverwandt auf die Leinwand gerichtet, ich hatte ihre Hand zwischen meinen Händen gehalten, außer uns beiden kaum jemand im Kino.
Wenn wir nicht bei der Arbeit waren, wechselte das Buch immer wieder von ihr zu mir, am Tisch, im Bett, im Café, ich besorgte Schallplatten mit der Filmmusik, zwei Vivaldikonzerte. Weil der Junge auf den Buchstaben O mit großer Gemütsbewegung reagiert, nennt man ihn Viktor, dieser Name bist jetzt du. Doktor Itard, den François Truffaut selbst gespielt hatte, kämpft um seinen Schützling gegen die Behörden des Ersten Kaiserreichs, kein Mensch ist verloren, ist das überhaupt ein Mensch?
Natürlich war Viktor, der klettern konnte wie ein Affe, keine Kälte zu verspüren schien, sich von Kastanien und Nüssen und Gräsern ernährte, ein Mensch wie jeder andere. Aber doch auch völlig anders, sein Verhalten, seine Empfindlichkeiten. Wozu braucht man Gabel und Löffel, warum muss man in einem Bett schlafen, sich kleiden, was ist Reue? Als sei die menschliche Natur etwas Veränderliches oder als gäbe es sie gar nicht. Kein Rousseau, kein Urzustand, von dem wir nur entfremdet seien. Alles, was wir sind, sind wir durch äußere Regeln, sinnlos, nach einem in-

neren Kern zu suchen, der nichts mit der Gesellschaft, in die wir hineingeboren werden, zu tun hätte. Mit unserer Kultur … hast du eine? Und du? Ich versuche sie loszuwerden. Klingt interessant. Guck mich nicht so, so lüstern an. Das ist eine Projektion. Ach ja?
Ein tieferes Verständnis, das wir zu teilen schienen. Für diesen Wolfsjungen, der sein Spiegelbild nicht erkennt, aufheult, sich dagegen wehrt, als stelle es eine Bedrohung dar. Das Vertrauteste ist ihm fremd, nichts erklärt sich von selbst. Doch gibt es kleine Fortschritte, in den Augen des Arztes, der die Vernunft der Aufklärung vertritt. Viktor lernt, was Gefühle sind, dass Menschen Gefühle haben, die man hervorruft durchs eigene Tun. Und dass man selber Gefühle besitzt, den anderen gegenüber. Ein Gefühl für Gerechtigkeit, für Treue, Zuneigung. Was man als Kind lernt, das er nie gewesen war.
Nebeneinander in Leonores Zimmer auf den Strohmatten liegend, hörten wir das Mandolinenkonzert von Vivaldi, das in dem Film immer wieder erklungen war. Szenen zogen vor meinen geschlossenen Augen vorbei, als würden sie von einer Rolle abgespult werden. Woraus bestehen wir? An was erinnern wir uns? Ist das Leben, das dem Jungen jetzt bevorsteht, besser als das in den Wäldern, in seiner völligen Isolation? Fragen, die von der Schönheit der schwarzweißen Bilder aufgesogen wurden. Als läge jede mögliche Antwort darin beschlossen, in dieser Schönheit, in den altertümlichen Auf- und Abblenden. Dem Versuch, eine Erziehung zu schildern.
Noch einmal haben wir uns den Film nicht angese-

hen, nicht im Programm der Kinos danach gesucht. Wie ich bestimmte Bücher später nie mehr in die Hand genommen habe.
Und Leonore?
Das muss ich nicht wissen, jeder Gedanke überflüssig.

Wie sie beim Lesen manchmal den Kopf schüttelte, lachte, sich etwas notierte. Als sei ich nicht anwesend. Wer bist du?

Eine Abtreibung im Jahr zuvor. Eine Affäre, ohne Bedeutung. Kein Mann, in ihren Worten, von dem es sich gelohnt hätte zu erzählen, eine beste Freundin, noch aus der Schule, die in Amsterdam studierte. Psychologie.

Die Sache mit den ungedeckten Eurocheques, wann habe ich davon erfahren? Jeden Monat stotterte Leonore fünfzig Mark ab, darauf hatte sich damals der Rechtsanwalt mit der Sparkasse geeinigt.

Wenn wir uns zwei, drei Tage nicht sehen konnten, schrieb ich ihr kleine Briefe, Postkarten. Sie mir, unmöglich für mich, sie heute wiederzulesen. Wie es mir unmöglich war, sie wegzuschmeißen.

Hartwig hatte plötzlich wieder jemanden, eine Architektin, die gerade ihre erste Stelle angetreten hatte. Wir trafen uns zu viert im alten Dschungel, aber es kam kein Gespräch zustande. Leonore mochte sie nicht, das war überdeutlich zu spüren.

In Kreuzberg, in ihrem Laden, verkaufte Birgit auch T-Shirts, die schon bedruckt waren. Mit Plattencovern, Sentenzen. Es roch nach Spraylack, nach Haschisch, in ihrer Küche in einem der Hinterräume hing ein Adventskalender, in dessen geöffnete Türchen sie Details aus Pornoheften eingeklebt hatte und die in dieser Ausschnitthaftigkeit erst auf den zweiten Blick zu erkennen waren, fast abstrakte Bilder.

Ich wollte zwei T-Shirts kaufen, eines für Leonore. Ich war mir nicht sicher, ob sie es anziehen würde, aber ich dachte … was dachte ich? In wen sollte sie sich verwandeln? Als hätte in meinem Hinterkopf immer noch die Vorstellung gespukt, es sei jemandem, seiner Kleidung, seiner Frisur, Modernität abzulesen, ganz vorne mit dabei. Obwohl es mir bei Leonore gleichgültig war, dass sie ihre Haare trug wie vor fünf Jahren, keine kurzen Lederröcke, keine zerrissenen Strümpfe. Oder längsgestreifte Hosen, Stiefeletten. Wie es für mich keine Bedeutung mehr hatte, dass mein Haarschnitt wieder moderat war, unauffällig. Ohne Furcht davor, als Spießer ausgemacht zu werden, als jemand von der anderen Seite. Uns alle beherrschende und bedrückende Gesetze.

Birgit hatte auch Bootlegs im Angebot, über ihre Quellen gab sie keine Auskunft, aber sie war schon in New York gewesen. Der Livemitschnitt eines Konzerts von Bruce Springsteen, für fette fünfzig Mark, ein früher Auftritt Bob Dylans im Gaslight Café, genauso teuer. *He was a Friend of Mine.* Auflegen wollte sie keine der Platten, ihre Nadel sei nicht gut. Außerdem eingeschweißt, also versiegelt praktisch. Und Nachlass?

Unmöglich, da es sich um Kommissionsware handele … willste mal ziehen?
Im Laufe des Nachmittags tauchte Lambert auf, in Trenchcoat und kariertem Schal. Er empfahl mir ein T-Shirt, das in der unteren Hälfte bunte vertikale Striche hatte und oben schwarz war, mit dem Aufdruck, dass die Revolution vom Fernsehen übertragen würde. Gelb auf Schwarz. Die Bevölkerung überraschen, Lambert lachte. Statt Rudi Carrell hätte man es an Samstagabenden dann mit Straub und Huillet zu tun oder zwölf Stunden Rivette oder Amos Poe, egal. Es könnte zu Sachbeschädigungen kommen, die in die richtige Richtung zu lenken seien, alles andere wäre unproduktiv.
Nach ein paar Purpfeifen und Anproben entschied ich mich für das T-Shirt, das Lambert blind von der Stange genommen und mir vorgehalten hatte … *the revolution will be televised.* Wie angegossen, sagte er, die Botschaft ist die Massage. Du weißt Bescheid, sagte Birgit, weiß ich, antwortete Lambert, wie immer.

Leonore freute sich sehr über die Platte, die ich außer dem T-Shirt noch gekauft hatte. Die E Street Band vor Weihnachten im Madison Square Garden, ein ständiges Rauschen und Knistern … *Santa Claus is Coming to Town.* Das Publikum sang den Refrain mit, Leonore schien mir so glücklich, so befreit zu sein, als sei es das erste Geschenk, das sie in ihrem Leben bekommen habe.

Von Gil Scott-Heron hatte ich nie gehört. Wie das mit der Revolution und dem Fernsehen eigentlich gemeint war.

Ein unvollendetes Hörspiel, Entwürfe für einen Roman. Finde ich in einer dicken Kladde mit festem Einband, Datumseinträge lassen keinen Zweifel zu, dass ich das alles in jenem Herbst und Winter auch noch geschrieben haben muss. Ich hatte daran keine Erinnerung, ich wollte mich jedweden Ballastes entledigen. Vor einigen Monaten, weg damit. Aberdutzende Karteikarten zu Statistik und Sinnesphysiologie, Lohnabrechnungen, ein über die Jahre aufbewahrter Briefwechsel mit der Bundeskasse Düsseldorf. Warum ich mich nicht in der Lage sähe, unter den gegenwärtigen Umständen meinen Zahlungsverpflichtungen nachzukommen, zu jedem Stichtag die gleichen Formulierungen mit kleinen Variationen. Als hätte man's einmal gebrauchen können, als Material.
»1: Ich weiß noch, wie die Polizei den Platz im Zentrum räumte. 2: Die Passanten laufen wie die Hasen, werfen sich vor den Schüssen auf die Erde, diese ganzen Träume von einem wilden Leben mit dir auf der Erde dort. 1: Ich laufe gebückt vor den Schüssen eine Straße entlang über das Kopfsteinpflaster, eine Granate schlägt in das Café auf der anderen Straßenseite ein, schwarzer Rauch quillt wie Gedärm aus der Tür, ich laufe die Arena entlang … E: Ein Café, das ›Madrid‹ hieß, die Rippen der Plastikstühle voller Tropfen, Oktober.«
Während ich durch die Seiten blättere, fällt mir wieder

ein, dass *Unter dem Milchwald* mein Vorbild gewesen war, Stimmen, die sich ins Wort fallen, überlagern, ergänzen. Und immer wieder der Versuch, eine Chronologie herzustellen, einen Ausgangspunkt des Erzählens zu finden.
»2: Es ist Oktober. Eine träge Sonne wirft die Schatten des Platzes vor sich hin. 1: Zwei Männer in einem Café. Sie zählen ihr Geld. Auf dem Nebentisch Broschüren mit dem Programm eines Filmfestivals. 2: Die Hauswände beklebt mit Plakaten, mit Parolen bemalt. Libertad. 1: Die Männer zählen ihr Geld auf dem Tisch unter der Markise. Schieben die Münzen hin und her.«
Ich war mit jemandem, den ich mäßig kannte, im Baskenland gewesen, wir hatten uns gestritten, ich war allein weitergereist. Die Bucht von San Sebastian, eine Demonstration, der alte Mann, der mich in einen Linienbus zog, als die Guardia Civil in die Straße stürmte. Jeder, der vor denen flieht, ist einer von uns.
»1: Das Geräusch explodierender Tränengasgranaten zieht dumpf durch die Gassen. 2: In den Zeitungen Bilder des Aufstands. Erschossene Polizisten. 1: Auf einer Mole sitzen sonntägliche Angler auf Campingstühlen. Sie haben ihre Angeln in Risse in dem Beton gesteckt. Stieren aufs Meer, auf den Klippen oben gelb verblichenes Gras.«
Natalie aus Niort. Und ihre Freundin, die so betrunken war, dass ich mit der Ente zu diesem Campingplatz zurückgefahren bin. Und ihr Bruder, der auch noch dabei war, Tage später in Saint-Jean-de-Luz. Als sei ein Vorhang aufgezogen worden.
Es ist mir unmöglich, einen persönlichen Zusammen-

hang herzustellen zwischen der einen Geschichte und der anderen, zwischen dem, was ich in dieser Kladde aufgeschrieben habe, und dem, wovon hier die Rede ist. Was ich zu erzählen versuche … *in Topfscherben und Brennnesseln, aussätzig, am Fuß einer von der Sonne zernagten Mauer.*
Mich erstaunt diese Gleichzeitigkeit, von der ich nichts mehr weiß. Wie ich nicht mehr weiß, ob ich Leonore davon berichtet habe. Was ich gerade auch noch schrieb, was ich im Grunde meines Herzens hoffte, mir erwünschte. Aber nicht klar und deutlich ausdrücken konnte. Als schämte ich mich, Schriftsteller sein zu wollen. Eine Scham, seltsame Scham, die mich heute noch überfällt. Vortäuschen falscher Tatsachen.

Dauerregen, nur noch ein Café, das abends länger geöffnet hat. Wir sitzen zu viert unter der Markise, irgendwann steht Natalies Bruder auf und posiert vor uns. Er streicht mit den Händen über seine Hüften, sieht mir in die Augen und sagt, dass er schwul sei. Je suis gay. Wissen wir, ruft Natalie, die ganze Stadt weiß das, ruft ihre Freundin, die drei lachen. Noch mehr Wodka Kirsch wird bestellt, der Kellner bringt eine Schale Oliven. Wir spucken die Kerne auf den Platz. Ihr Bruder? Mon frère, hatte sie gesagt, als sie uns vorstellte … setz dich zu uns, wo kommst du her?
Eine Straße in die Berge, enge Kurven, Natalies Freundin am Steuer, ihr Bruder, wenn es ihr Bruder war, ist unten in St. Jean geblieben. Warum? Außer uns sind nur noch eine Handvoll anderer Besucher in der Diskothek, Fernsehmonitore, der Diskjockey in einer

Plexiglaskuppel. Später suchen wir auf dem Parkplatz den Autoschlüssel … o merde, die bringt uns noch alle um … arrêter. Nachdem wir Natalies Freundin, deren Name mir nicht mehr einfällt, auf die Rückbank der Ente verfrachtet haben, fahre ich weiter. Wohin? Un camping. Wo? Bonne question.
In den Dünen riesige Villen mit vernagelten Fenstern. Es regnet unaufhörlich. Meine Reisetasche ist im Bahnhof in der Gepäckaufbewahrung.
Wirst du mich besuchen? Wo liegt Niort? Nicht weit von La Rochelle.
Ich sehe auf Google Maps nach, das stimmt. Meine Erinnerung trügt mich also nicht, nicht im Fall dieses kurzen Dialogs. Hätte er sich so abgespielt zwischen Natalie und mir. Aber wird dadurch etwas glaubhafter, meine Erzählung? Als stünde ich hier wie ein vereidigter Zeuge meiner selbst vor einem Gericht. Beschreiben Sie bitte diese Natalie. Die Freundin. Den angeblichen Bruder. Wer von ihnen hatte die Idee, noch ein Tanzlokal zu besuchen?
Nebel stieg auf, es wurde kühl auf dem Schlafsack vor dem Zelt, kalt, ich begann zu frieren. Moi, j'ai froid. J'ai terriblement froid.

Ich fahre Weihnachten nach München, sagte Leonore. Und Silvester? Werden wir zusammen feiern, ist doch klar.

Kannst du reden? Die anderen schlafen schon.
Hast du Lust? Unendlich.
Ich auch. Wir müssen aufpassen.

Mein Großvater erkannte mich nicht mehr, er wandte seinen Blick ab, als ich mich an sein Bett setzte.

»Die Grenze zwischen Macht und Ohnmacht definiert sich unvermittelt über offene physische Gewalt. Leben lassen und sterben machen; aus den Zeichen, die die Macht auf den Körpern der Beherrschten zurücklässt, fließt Blut, das unaufhörlich die Dichotomie des Herrschaftsverhältnisses affirmiert.«

Ein kalter Januartag, ein Sonntag. Wir waren im Tiergarten spazieren gewesen, an der Mauer entlanggelaufen bis zum Potsdamer Platz. Auf den Aussichtsplattformen ein paar Touristen, die in den Osten hineinfotografierten. Der Boden war hartgefroren, Eisflächen, wo sich sonst Pfützen ausbreiteten. Am Stehtisch eines Imbisswagens aßen wir Wurst, tranken jeder ein Bier. *Brauchst du deinen Schwengel hart, trink stets Bier von Engelhardt*. Mannomann, sagte Leonore, wer hat dir denn das beigebracht? Ist 'ne Volksweisheit, sagte ich, den zweiten Vers hab ich leider vergessen. Es gibt noch einen zweiten? Wahrscheinlich irgendwas mit Schultheiss. Bestimmt, sagte Leonore, sah auf den weiten leeren Platz … sollen wir mal nach München fahren? Wann? Sie hob die Schulter, zog ihr Stirnband hinten herunter. Ihre Mutter habe noch eine Wohnung auf dem Land, die Wohnung im Parterre gehöre ihrem Onkel, man könne … sozusagen … ein paar Tage Ferien.
Wo man leben soll, wo es am besten für einen sei, darüber haben wir nie gesprochen. Ich hatte Berlin nicht

mit anderen Städten verglichen, keine Abwägung getroffen, ob meine Interessen hier zu verwirklichen wären. Leichter als, sagen wir, in Frankfurt oder Hamburg. Weil man dazu einen Plan hätte haben müssen, ein Ziel, das zu benennen gewesen wäre. Ich sah *Made in Germany and USA* und *Ariane* im Fernsehen und konnte danach nicht mehr zurück. Vielleicht hoffte ich, in Berlin jemandem wie Elisabeth Bergner zu begegnen. Als sei das noch die Gegenwart und nicht ein Film von 1931. Eine Mathematikstudentin, die in einem möblierten Zimmer wohnt, eine herzzerreißende Schlussszene auf dem Anhalter Bahnhof, als er sie in den fahrenden Zug hineinzieht. Ich werde andere Männer lieben, aber nie mehr einen Mann so wie dich. In einer Stadt sein, die noch nicht leer geträumt war. Und niemand, der einem einredete, man habe sich um seine Zukunft zu kümmern. Wie lange konnte das gut gehen? Hätte es gut gehen können, ein ganzes Leben? Mit Leonore wäre ich sonst wohin gezogen. Was keine leere Behauptung ist, schließlich bin ich zu einem Vorstellungsgespräch nach Oberhausen gefahren. Rathaus, dritter Stock.
Manchmal frage ich mich, warum ich nicht in Neapel, in Mailand, in New York geblieben bin. Vor was ich immer eine tiefsitzende Angst hatte. Als sei Angst mein geheimer Zwillingsbruder, als sei mein Mut aufgebraucht gewesen, nachdem ich in Berlin angekommen war. In diesem abgewetzten Wohnheim für westdeutsche Arbeitnehmer auf der Bülowstraße, in dem Parterreloch auf der Transvaalstraße, mit den Junkies aus Portici hinter der Markthalle Eisenbahnstraße.

Vor Leonore, nach Leonore.
Die Häuser sagen mir nichts mehr, die Straßen. Zu wissen, was es hier früher gab, ein Kino, Baracken mit Dächern aus Teerpappe, die Buchläden am Savignyplatz, ist Privatsache. Meine Sache. Ich bringe dafür kein Gefühl mehr auf, für Dinge, die einmal zu mir gehört haben. Erst wenn ich anfange, sie zu beschreiben, werden sie wieder von Leben erfüllt. Ich muss nur meine Verachtung zügeln. Nichts persönlich zu nehmen, sondern politisch zu betrachten. Was man zerstört hat, ein Zerstörungswerk, das erst zu Ende ist, wenn die Vorstellung, die Toten der Geschichte seien noch gar nicht tot, aus jedem einzelnen Bewusstsein getilgt sein wird.

Die Leere des Potsdamer Platzes hat mich immer angezogen. Ich besitze Polaroidfotos des weißen Mauerbandes, dieses Imbisswagens, an dem Leonore und ich Wurst gegessen haben, eine ganze Serie der ausgedehnten Brachfläche, die etwas von einer Wüste hatte. Was habe ich da gesucht?

Die Sprache marschiert im Gleichschritt mit den Bütteln. / Deshalb müssen wir eine neue Sprache suchen.

Nach fünf oder sechs Stunden war ich hellwach. Las, schrieb, gab es abends Leo zu lesen. Wenn ich müde wurde, hörte ich über Kopfhörer laut Musik. Dylan, Carly Simon, Ricky Lee Jones, Smetana … keine Ahnung, wie oft ich *Die Moldau* aufgelegt habe.

Sich dagegenstemmen, dass einen die Traurigkeit auffrisst. Kein Erfolg, den man hinnehmen kann als verdient. Als handele es sich um einen Irrtum, den eigentlich jeder zu erkennen vermag.
Das ist nicht dein Ernst.
Ich versuche, mich vom Gegenteil zu überzeugen.
Und?
Als würde man seinem Spiegelbild zuhören.

Leonore arbeitete jetzt als Aushilfe bei Hertie in Steglitz. Zuerst in der Abteilung für Haushaltswaren, dann verkaufte sie Karnevalsbedarf. Kostüme, Perücken, Spielzeugpistolen. Eine grüne Strähne im Haar, Luftschlangen um den Hals. Eine andere Verkäuferin trug einen Dreispitz, eine Augenklappe, die sie auf ihre Stirn hochgeschoben hatte.

Auf dem Rückweg von Steglitz bin ich eines Nachmittags, trotz Vollbremsung, einem abbiegenden Wagen in den Kühlergrill gefahren, Blissestraße, Ecke Detmolder. Er habe schon Grün gehabt, Installationen Kovacs, und ich sei gerast. Mann, deine Ampel war schon auf Rot. Fast, dachte ich, noch nicht so ganz.
Wir tauschten unsere Adressen aus, er würde sich melden. Seine Versicherung. Was sie dann nie getan hat … wegen ein paar gebrochener Alurippen.

Ich verstehe jedes Wort und weiß doch nicht genau, um was es geht. Optimierungsstrategie. Spin offs. Globale Merger. Im Gespräch mit einem Bankvorstand, der mich in seinem Büro in Frankfurt empfangen hat,

um sich über Risiken befragen zu lassen. Wem er vertraue? Welches Verhältnis haben Sie zu ihrem Chauffeur? Als ich die Abschrift lese, wird mir klar, dass wir nicht auf demselben Planeten leben, Räume ohne Vergleich. Dabei war er mir nicht unsympathisch, ich hatte keinen Augenblick den Eindruck, er würde mir etwas vormachen. Als ich ihn frage, was Geld für ihn bedeute, springt er auf und zeigt mir seinen Hosenbund. Der höchst diskret verstellbar war. Eine Spezialität seines Schneiders, wie diese, sehen Sie, Innentasche.
Aufrichtige Verachtung für den Vorstand einer anderen Bank, der eine Armbanduhr für hunderttausend Euro trug. Und bei einem Treffen der versammelten Runde Preis und Hersteller genannt hatte. Wie billig das sei.
Von dem Drehbuch finanziere ich den nächsten Roman, genau ausgeklügelt.
Die Illusion, ich hätte je einen Ausweg gehabt. Sich davon zu befreien, hat lange gedauert, Jahrzehnte. Obwohl ich doch nie etwas anderes wollte, mir nicht ausmalen konnte.

Immer war es das gleiche berauschende Gefühl, wenn ich in Neapel aus dem Bahnhof auf die Piazza Garibaldi hinaustrat. Ich lief bei jedem Wetter, zu jeder Jahreszeit, sofort kreuz und quer durch die Stadt, zum Meer, wieder hoch in die Stadt hinein. Das Stimmengewirr auf den Straßen, die heiseren Schreie, das Hupen von Autos, die sich auf einer Kreuzung verkeilt hatten, die ambulanten Händler mit ihren Karren, das Kreischen der Trams, wenn sie sich in eine Kurve legten, das Gestikulieren, Verhandeln, Beschweren, Klage und Spott, waren wie eine Segnung, die ich empfing. Erst Stunden später konnte ich Edoardo anrufen, um mich zu melden … in der Bar Egidio, natürlich.

Bis heute stelle ich mir vor, wie es wäre. An diesem oder jenem Ort zu leben, in dieser Wohnung, diesem Haus, mit diesem Auto zu fahren, nur noch solche Anzüge zu tragen, ein Jahr lang nichts anderes tun, als zu lesen, was ich schon immer lesen wollte. Ohne jeden Gedanken allerdings, wie sich verwirklichen ließe, was mir vorschwebt. Als genügte die Vorstellung sich selbst. Ein Freund, damals war er ein Freund, schilderte mir einmal detailliert, wie er Karriere machen würde als Filmproduzent, bis er dann in Cannes auf dem roten Teppich stünde. Als ich ihn zum letzten Mal sah, führte er mir sein zweigeschossiges Loft am Kollwitzplatz vor, die Kunst, die dort versammelt war, wie zum Beweis, dass er nicht falschgelegen hatte. Alles richtig gemacht hatte. Ich kam mir vor wie jemand, der das zu bestätigen hätte, nichts mehr fragen durfte. Ich verkniff mir an jenem frühen Abend jeden Widerspruch, und nicht, weil ich seine Filme für unbedeutend hielt. Weil sie Geld brachten, in meinen Augen aber ohne Wert waren. Vielmehr konnte ich nicht verstehen, kann es nicht, wie es jemandem möglich ist, das eigene Leben als Programm zu betrachten, durch das man sich Punkt für Punkt voranbewegt. Zwei Kinder, eine sensationelle Villa am Schlachtensee … wo

ich ihn nicht mehr besucht habe, auf der Einladungskarte ein Foto von der Terrasse aus zum Wasser hinunter.
Ob Leonore das vermisst hat? Als hätte sie gespürt, dass hinter jedem Ziel immer noch ein anderes war, das mir mehr bedeutete.

Zwischen Fiktion und Realität keinen deutlichen Trennstrich ziehen zu können, hat mir nie Sorgen bereitet. Für bare Münze zu nehmen, was man liest oder im Kino sieht, als handele es sich um eigene Erlebnisse, nichts Ausgedachtes. Als seien *Mercier und Camier* alte Bekannte, die ich gestern erst getroffen habe, oder als sei *Alice in den Städten* meine Tochter, mit der ich schon wieder übers Zu-Bett-Gehen streite. Wie ich manchmal nicht mehr weiß, ob eine Episode, die ich gerade aufschreibe, sich zugetragen hat oder bloß erfunden ist. Sicher gibt es eine Verbindung, worin sie jedoch genau besteht, kümmert mich nicht. Ich stelle mir noch nicht einmal die Frage. Wie ein Kind, dem Märchenfiguren nachts im Zimmer erscheinen.
Unreif, den Vorwurf nehme ich hin. Ohne einen Begriff davon zu haben, was Reife sei. Konkret und nicht als soziale Forderung, über deren Folgen und Voraussetzungen zu diskutieren wäre. Das hier ist die Wirklichkeit … und nicht ein Roman, kein Film, an dem Dutzende Mitarbeiter beteiligt waren. Als hätte ich nie beobachtet, wie Schienen für die Kamera verlegt werden, hätte noch nie mit Regisseur und Produzentin abends in einer Pizzeria neue Dialoge für den nächsten Drehtag geschrieben.

Jahre später, Romane, Drehbücher, Beziehungen, Städte, Lektüren, Geheimnisse, Geständnisse, Hoffnungen, Versprechen, die hinter mir lagen.
Die nicht hinter mir liegen würden, wenn sie mir in Oberhausen ein paar Wochen früher zugesagt hätten, oder? Ich werde beim schulpsychologischen Dienst arbeiten, und du beendest irgendwo dein Studium. Bochum, Düsseldorf. Wir müssen auch gar nicht da wohnen, man kann mit dem Zug zur Arbeit fahren.
Wäre ich glücklich geworden?
Als wer? Ein anderer, den ich nicht kennengelernt habe.
Über den ich nichts weiß, ein Phantom.

Leonore bestand darauf, mich zu begleiten. Zur Beerdigung meines Großvaters. Im Ernst? Mein voller Ernst, sagte Leonore.
Ich fuhr hinter Kaiserberg von der Autobahn ab, um ihr wie in einem Panorama die Schornsteine und Kühltürme und Chemieanlagen am Rheinufer zu zeigen. Flammen, die im Zwielicht eines frühen Winternachmittags gegen den trüben Himmel schlugen, in die Höhe quellende Wolken von Wasserdampf. Schön, oder? Irgendwie übermenschlich.
Meine Mutter nannte Leonore beim Vornamen und siezte sie. Ich heiße Marianne, fühlen Sie sich bitte wie zu Hause.
Hast du nichts anderes zum Anziehen dabei? Bitte, tu mir den Gefallen … hier ist Geld.
Wir hatten einen Tag Zeit bis zur Trauerfeier, Kirche, Friedhof, Abschiedslied des Chors der Verkehrsbe-

triebe, wie es uns meine Mutter ankündigte, danach Imbiss, Getränke.
Was war dein Großvater eigentlich von Beruf? Buchhalter. Vom Straßenbahnfahrer zum Buchhalter hochgearbeitet. Und obwohl er nie etwas anderes als SPD gewählt hat, ist er jeden Sonntag pünktlich um zehn im Hochamt gewesen. Hoffen wir, sagte Leonore, dass es ihm jetzt was nutzt. Bestimmt, sagte ich, sonst könne man ja nichts mehr glauben.
In einer Boutique in der Nähe des Stadttheaters kaufte sie sich einen glitzernden Pulli, der zwischen den Brüsten auf raffinierte Weise offen war … sie öffnete ihren Mantel … willst du mich um den Verstand bringen? Leonore lächelte und schloss den Mantel wieder.
Ich zeigte ihr meinen Schulweg, den Wochenmarkt auf der Allee vor dem Schulgebäude, das Papierwarengeschäft, in dem man vor der ersten Stunde noch kaufte, was einem fehlte. Ein Notenheft, Zeichenpapier.
Wir gingen ins Museum, das auf derselben Seite der Allee wie die Schule lag … die Toiletten im ersten Stock, über der breiten Eingangstreppe eine riesige Buchstabentafel von Robert Indiana, Os und Ls und Vs und Es, die gegeneinandergekippt waren.
Viel Zeit hätte ich hier verbracht, erzählte ich Leonore, tagsüber in der Cafeteria, und immer mit Hartwig und einem anderen Freund die sonntäglichen Eröffnungen besucht, bei denen es Wein ohne Ende gab. Zu eurer Freude. Unbedingt … Franz Erhard Walther, kennst du den? Sie schüttelte den Kopf. So Stoffzeug, na ja.
Es gab im Obergeschoss einen schmalen abgedunkelten Raum, in dem eine Installation von Joseph Beuys

zu sehen war, hinter einem Maschendrahtgitter ein mannshohes, von rötlichen Glühbirnen erleuchtetes Regal, auf dem alles Mögliche lag und stand, eine alte Grubenlampe, chemische Flaschen, Filmschachteln, Kabel, gebrauchte Teller, irgendwelche Gesteinsbrocken, Notizbücher.

Was mich vom ersten Sehen an, mit fünfzehn oder sechzehn, gebannt hatte, ich versuchte es Leonore zu erklären … als erblicke man in einem Keller oder auf einem Speicher die Überreste einer Geschichte, die Teil von einem ist, ohne dass man sich dessen bewusst wäre … wie bei einer magischen Beschwörung. Die alles Vergessene oder Verdrängte wieder hochspült, plötzlich ist es wieder da, und man kann ihm nicht ausweichen.

Beeindruckend, sagte Leonore, gefällt mir.

Combine Paintings von Robert Rauschenberg, *Death and Disaster*, ein abstraktes Gestänge von Sol LeWitt.

Ich weiß nicht mehr, wo wir mit meiner Mutter essen waren, danach ist sie über Nacht bei meiner Großmutter geblieben. Sie hatte alles vorbereitet … was hast du dir gekauft? Einen dunkelblauen Mantel, den ich danach, außer auf dem Land in Bayern, nie mehr angezogen habe.

Von der Beerdigung meines Vaters hatte ich noch alles im Kopf, die Reihenfolge der Gebete und Lieder. Ganz vorne meine Mutter, meine Großmutter, Leonore und ich nebeneinander, in der Kirche, in der Aussegnungshalle, am Grab.

Als der blumenbedeckte Sarg aus der Halle herausgeschoben wurde, sang der Chor, in dem mein Großvater jahrzehntelang mitgesungen hatte, von einer Empore herunter *Te Deum laudamus*, Leonore kniff mich in die Hand. Ich war gerührt und zugleich wütend, am liebsten hätte ich alles zusammengehauen.

Was wäre gewesen, wenn mein Vater, der fast so alt wie dieser Großvater gewesen war, länger gelebt hätte? Mich nicht mit seiner Vorsicht, seinem stummen Leiden beschwert hätte von Anfang an? Morgens eine Tasse Tee im Bett trinken müssen, bevor man sich erheben kann gegen die Welt.
Als eine Instanz, die zu enttäuschen ich vielleicht nicht die Kraft gehabt hätte. Um irgendwo in England, dessen pragmatische Gelehrsamkeit er bewunderte, weiterzustudieren, am besten in Oxford oder Cambridge. Ein Familienroman, der zu Ende war, bevor man sich hätte entscheiden müssen. Gegen jeden denkbaren Widerstand.
Ich würde ihm ähnlich sehen, sagte Leonore, als wir Fotoalben durchblätterten, und nicht wenig. Mit Zylinderhut auf einer Hochzeit, 1932, Zigarette in der Hand.
Was schließt du daraus?

Verrückt, dass ich mich, noch ohne Zeugnis und ohne jegliche Referenz, auf diese Stelle in Oberhausen beworben hatte. Sie mich womöglich genommen hätten. Wie einige Jahre später nach einem zweitägigen Assessment-Center beim BDI in Köln, als Trainee im Bereich Lean Management. Hierarchien abbauen, Förderung der Diskussionskultur in mittelständischen Unternehmen. Als jemand, der so pleite war, dass er sich das Geld für die Zugfahrkarte von Lambert geliehen hat. Die einem dann rückerstattet wurde … eh, das kannst du nicht machen, beschwor mich Lambert, aber echt nicht … bedauern wir ihre Absage sehr und wünschen Ihnen viel Erfolg auf ihrem weiteren Weg.

Als wollte sie davon abgehalten werden, nach Lichtenrade zu fahren. Ich hatte in meiner Küche Leonores Rock hochgezogen und sah, dass sie Strümpfe und Strumpfhalter trug. Sie hätte nicht bei mir vorbeikommen müssen, bevor sie einen Bürojob bei jemandem machte, der, wie sie mir erklärte, nach einer Schreibhilfe gesucht hatte … spinnst du, in dem Aufzug?
So weit reichte meine Vorstellungskraft nicht. Was hatte sie erwartet? Dass ich verstehe, um was es geht? Um was es im Leben geht? Dass man nicht immer die Wahl hat?

Frau Arnold. Frau Arnold wohnte in meinem Hinterhaus, allerdings hatte ihre Wohnung zwei Zimmer. Sie war 79, Weltkrieg, Inflation, der Nazikrieg, Vertreibung, die Russen. Nachdem ich gesehen hatte, wie sie schnaufend Briketts nach oben trug, hatte ich ihr die Lade aus der Hand genommen, darf ich? Seitdem, als müsste ich es tun, schellte ich regelmäßig bei ihr, brachte ihre Asche in die Tonne auf dem Hof, sorgte dafür, dass sie genug Briketts in der Wohnung zum Heizen hatte. Ihre Geschichten wollte ich nicht hören, keine Pein, die ich mir aufladen wollte, das eine bedingt nicht das andere. Ich bin nicht der, dem alles zu erzählen wäre, kein Mülleimer. Ihre Versuche, mir Geld zu geben, zwei Mark, fünf Mark, wehrte ich erfolgreich ab. Frau Arnold, wir sind doch Nachbarn, wir helfen einander. Ich bin 79, wir haben 23 alles verloren … Frau Arnold, ich muss jetzt wieder.

Eine Reise nach Bayern, eine Reise nach Amsterdam, ich frage Leonore für das Vorstellungsgespräch französische Vokabeln ab, sie beginnt als Sekretärin in diesem Institut für Wirtschaftsforschung, ich treffe mich mit Berthold und Ignaz und ein paar anderen, um für die Abschlussprüfungen zu lernen, Nils wird im Kino als Vorführer eingestellt, eines Abends von Carlo zurechtgewiesen, nicht mit freiem Oberkörper die Eintrittskarten abzureißen, ich kaufe ein, koche, wir laufen durch den Schnee auf den Rieselfeldern, lieben uns dort im Frühling, der alles rasend schnell weggetaut hat, in einer Ackerfurche, mir bleiben noch drei Monate, bis ich meine Arbeit einreichen muss.

Leonore und ich streichen eine Schuppentüre mit roter Isolierfarbe, wir sind in Niederbayern auf dem Land … macht das mal bitte, hatte uns ihre Mutter in München aufgetragen.
Wir essen in einem Dorfgasthaus, Braten und Kartoffeln und Bohnensalat aus den Schalen eines länglichen Portionstellers.
Eine sanft geschwungene Landschaft, durch deren Menschenleere wir jeden Tag stundenlang spazieren

gehen. Nichts redend, einfach nur nebeneinander. Als wöge ein Blick alles auf, was man hätte sagen können. Leonore liest *Herbst des Mittelalters*, notiert auf einem Zettel Passagen, die ich in der Einleitung zitieren könnte … *Zwischen höllischen Ängsten und kindlichstem Spaß schwankt das Volk hin und her wie ein Riese mit einem Kinderkopf. Es lebt in Extremen, zwischen der gänzlichen Verleugnung aller weltlichen Freude und einem wahnsinnigen Hang zu Reichtum und Genuß, zwischen düsterem Haß und lachlustigster Gutmütigkeit.*
Das Haus, die Wohnung im ersten Stock, lässt sich nicht richtig heizen, in dem Zimmer, in dem wir schlafen, wird die Heizung nicht warm, wir ziehen eine Matratze in die Küche, machen den Gasherd an.
The Crowd called out for more …
Was braucht man mehr? Auf der Anrichte steht ein Kofferradio, wir hören das Nachtprogramm, machst du aus? Du bist wacher. Ich spüre, wie Leonore auf dem Kissen ihren Kopf schüttelt. Doch. Komm zu mir … nein, nicht bewegen.
Wie einfach das alles war. Ohne jeden Gedanken daran, wie es in zehn Jahren wäre, in drei Jahren, ob es überhaupt je anders sein könnte. Vielleicht hätte ich gar keine Bücher geschrieben, meine Entwürfe und Versuche etwas, das Nachkommen auf einem Dachboden in einer Kiste entdecken würden, hat das irgendeinen Wert? Ich behalt's, ist das okay für euch? Mach damit, was du willst.
In München führte mich Leonore zu dem Gymnasium, das sie besucht hatte, nicht weit vom Nymphenburger Schloss, von der Bothmerstraße, wo die Wohnung

ihrer Mutter war. Die man ihr gegen eine Umzugsprämie abluchsen wollte … wenn sie noch was drauflegen, ich weiß es nicht.
Frundsberghof, Café Ruffini, das Lupekino am Englischen Garten. Wo wir *Wanda* gesehen haben. Glaube ich. Mir schien hier alles entspannter zu sein und nicht unter dieser Beweislast zu stehen wie Berlin. Wo die Nächte in grelles Licht getaucht waren, kein Entkommen möglich. Warum hatte sich Leonore für ein Leben entschieden, das ihr so viel abverlangte … anstatt was? Und warum ich?
Als wir über die Theresienwiese liefen, gestand sie mir, dass sie schon als Schülerin eine Abtreibung gehabt hatte, noch eine würde sie nicht durchstehen. Musst du doch nicht, sagte ich, ohne zu begreifen, was sie damit meinte. Dass die Zeiten des einen Menschen sich von denen eines anderen ums Ganze unterscheiden können. Aber wie hätte ich … lag nicht alles noch vor uns? Jorinde und Joringel, die sich der Macht der Hexe zu erwehren verstehen.
Wenn's schon wärmer wäre, sagte Leonore, könnten wir ins Dante-Bad. Sie lächelte. Wo ich praktisch meine Unschuld verloren habe. Praktisch? Jedenfalls nicht theoretisch. Ins Detail gehen willst du aber nicht? Was für Details?
In einer Kiste im Keller stöberten wir durch alte Schulbücher Leonores, Hefte, zuunterst lag ein Poesiealbum mit eingeklebten Glanzbildern. Ihre Mutter hatte sie gefragt, was sie davon noch bräuchte … falls ein neues Angebot der Immobilienfirma guten Gewissens nicht mehr abzulehnen wäre, zwanzigtausend Mark, fünf-

undzwanzigtausend Mark, eine Ersatzwohnung in Giesing. Zwei Zimmer weniger, aber voll renoviert. Würden Sie an meiner Stelle einwilligen? Ich wusste nichts zu antworten, sah Leonore an, nickte dann. Viel Geld. Eben.
Eine *Einführung in die Volkswirtschaftlehre* nahm ich mit. Einverstanden? Das ist mir so was von gleichgültig, sagte Leonore, ich will nur das Poesiealbum haben. Aus historischen Gründen? Aus Sentimentalität, sagte Leo, das ist ja wohl erlaubt.
Bis die Flüsse aufwärts fließen, bis die Hasen Jäger schießen, bis die Mäuse Katzen fressen, solang werd ich dich nicht vergessen!
München gefiel mir, hatte wirklich etwas Leuchtendes, mit ihr, mit Leonore. Hätten wir nicht einfach dableiben sollen? Warum ging das nicht, wer hat das entscheidende Wort nicht ausgesprochen? Wie in all den anderen Städten, die ich wieder verlassen habe.
Zwei Riesenkoffer zur U-Bahn-Station an der High Street schleppen, ohrenbetäubender Verkehr um mich herum auf den Brückenrampen nach Manhattan, mit einem Taxi spätabends zum Hauptbahnhof von Mailand. Als ich mich über den Preis beschwere, diesen Aufschlag, den er plötzlich haben will, nimmt der Fahrer meine Schultern in seine Hände und küsst mich auf beide Wangen.
Auf dem Weg zurück nach Berlin las Leonore mir aus den Tagebüchern des Herzogs von Saint-Simon vor, die Machtkämpfe und Intrigen in Versailles. Wer in der Gunst des Königs steigt, wer fällt. Orden werden verliehen, neue Perücken getragen, Getreidepreise festge-

legt, eins so wichtig wie's andere. Die Ehre, morgens beim Aufstehen des Monarchen anwesend zu sein, und abends, wenn er sich entkleidet. Bei einem Spaziergang durch die Gärten kommt es zu einem Blick, der alles verspricht, im Vorzimmer der Marquise von Montespan eine Geste, die Tränen hervorruft, das Spiel ist aus.
Ob ich gern dabei gewesen wäre, fragte mich Leonore, die Füße auf dem Armaturenbrett. Käme drauf an, als wer, sagte ich, wie immer. Als Herrscher? Eher nicht.
An der Grenze wurden wir auf der bayrischen Seite herausgewunken, mussten länger warten, bis wir unsere Ausweise und meinen Führerschein zurückbekamen. *Vergessen Sie nicht,* stand auf einem Schild, *Sie fahren weiter durch Deutschland.*
Du siehst eben gefährlich aus, sagte Leonore, wie ein Terrorist. Ja? Bestimmt.

Wir waren zu sechst beim ersten Treffen in Ignaz' Ladenwohnung, die anderen drei, Harry, Babette und Vera, kannte ich aus dem Delegiertenrat, aus unserer Fraktion damals. Vera war Sozialarbeiterin, die noch einmal studiert hatte, Harry fuhr Taxi und ließ sich zum Körpertherapeuten ausbilden, Babette machte wie Ignaz eine Analyse. Berthold schlug vor, dass jeder sich mit dem Gebiet beschäftigen solle, das ihm nicht völlig fremd sei, er und Ignaz würden, falls keiner etwas dagegen habe, Sozialpsychologie und Psychagogik übernehmen, mir legte er diagnostische Verfahren und Testtheorie nahe, Umweltpsychologie könnte Vera machen, Pädagogische vielleicht Babette

und Harry Ausdruckspsychologie. Alles Scheiße, murmelte Harry, geht für mich in Ordnung, für euch? Babette und Vera nickten, besser als allein, sagte Vera, wie wäre das sonst schaffen? Indem man, sagte Ignaz und lächelte sie an, alle Seminare besucht hätte, bei unserem Freund Silber zum Beispiel, statt ihn ständig anzupissen. Hätte ich das doch nur gemacht, sagte Vera, bereue ich aufrichtig jetzt. Babette schüttelte den Kopf, der wollte mal, sie zündete sich eine Zigarette an, der wollte mal mit mir in die Oper, passt mich auf dem Gang ab und fängt an zu labern, noch im Grundstudium. Nicht wahr, sagte Vera, doch, sagte Babette, so wahr ich hier sitze. Warum sie das niemandem erzählt habe, fragte Ignaz, abrupt in den Ton einer Zellensitzung verfallend, der etwas Inquisitorisches an sich hatte. Dass es der Sache objektiv schade, wenn man bestimmte Dinge für sich behalte. Weil's für mich damit erledigt war, sagte Babette, sollte der Wichser mir in der mündlichen Prüfung dumm kommen, frag ich ihn einfach, ob er'n Opernfan sei. Hätte ich so gehört.
Wir einigten uns schnell darauf, dass jeder die wichtigsten Theorien auf seinem Gebiet den anderen referieren würde, dazu in Kurzform schriftlich zusammenfassen, eine Literaturliste erstellen und alles fotokopieren. Ihm sei jetzt schon schlecht, sagte Harry, ein Hüne mit einem Zappa-Bärtchen am Kinn, aber er füge sich ins Unvermeidliche. Sehr gut, sagte Ignaz, wir werden das schaukeln ... Genossen. Kannst du steckenlassen, sagte Vera, die in Ignaz' und Bertholds Alter war, das geht auch ohne.

Plötzlich stand er da vor dem Tresen, sah mich überrascht an. Ich war im Kino vorbeigegangen, um mich in den Arbeitsplan einzutragen, Birgit rauchte draußen eine Pfeife. Wo ist Birgit? Ich wies zur Tür, die kommt gleich zurück.
Gibst du mir ein Bier?
Klar, sagte ich, lächelte, ohne mich von der Stelle zu rühren.
Er strich sich die langen rotbraunen Haare hinter dem Kopf zusammen, ein schwerer Silberring kam zum Vorschein.
Das ist Nils, sagte Hartwig, der mit einem Schnellhefter in der Hand neben ihn getreten war, solange Gunther krank ist, übernimmt er die freien Schichten im Vorführraum.

War es ihm bewusst? Dass er alle Blicke auf sich zog. Was ich erst später richtig wahrgenommen habe, viel gehörte nicht dazu.

Lederhosen mit einer geflochtenen Außennaht, die spitzen Stiefel, ein ärmelloses T-Shirt, der Ohrring, die langen lockigen Haare, als niemand mehr lange Haare hatte, ein fast bartloses Gesicht, das kindlich und männlich zugleich war. Ein unabweisbarer Charme, der in bestimmten Situationen umschlagen konnte in eruptive Gewalt. Nils war stark, muskulös, wusste sich mit seinen Fäusten zu behaupten, wenn ihm kein anderer Ausweg blieb. Situationen, in denen man sich nur mit ihm wiederfand … in diesem Nachtcafé hinter der Stazione Termini … in das ich allein nie hineingegangen wäre, Edoardo sicher auch nicht, vollgeladen mit Psilocybin, mehr als ein Dutzend getrockneter Pilze, die uns das Mädchen in der Sportsbar in San Lorenzo aus einer Tupperwaredose verabreicht hatte. Wo parken wir? Da, wo das Auto steht.

Schwaches Bild, sagte Nils, als ich es ablehnte, später noch mit ihm und Hartwig in den Dschungel zu gehen, zu seinem Einstand sozusagen. Ich wollte zu Leonore, am nächsten Tag wieder an meine Arbeit.

Fremdsprachenkenntnisse. Englisch und Französisch. Leonore war zu einem Vorstellungsgespräch eingeladen worden, Sekretariat und Projektplanung, ein der Freien Universität angegliedertes Institut, das, stand in der Stellenbeschreibung, die subjektive Seite ökonomischer Prozesse untersuchen würde. Was interessant klang, Menschen handeln oft unvernünftig, sind keine Computer.
Leonore hatte sich beworben, obwohl sie weder Erfahrungen mit Projekten hatte noch über besonderes Wissen verfügte, abgesehen von einem Halbjahr in der Schule, Volkswirtschaftslehre. Als hätte jemand es so gewollt.
Ich fragte sie französische Vokabeln ab, ging mit ihr eine Reihe von Fachbegriffen durch, die sie sich einprägen sollte, Kaufanreiz, Gewinnmarge, emotionale Überwältigung, Produktdesign. Falls es zu einem Sprachtest käme, hier, übersetzen Sie mal. Vom Englischen ins Französische ins Deutsche. Und umgekehrt. Wir waren beide naiv, wie vor einer Klassenarbeit, die

man auch nicht mehr durch Lernen in letzter Sekunde herausreißen kann. Aber der Job war attraktiv, in der Annonce hatte nichts von einer Befristung gestanden, dreißig Stunden die Woche nach dem Bundesangestelltentarif. Und schließlich … sie musste eine Chance haben, sonst hätte man sie nicht persönlich kennenlernen wollen, Leibnizstraße, ein paar hundert Meter von ihrer Wohnung entfernt, perfekt.

Ein halbes Jahr die Hälfte des Gehalts an die Sparkasse überweisen und sie wäre im November oder Dezember schuldenfrei.

Valérie besuchte mich, tagelang trug ich ein peinigendes, immer wiederkehrendes Schuldgefühl mit mir herum. Als sie noch einmal anrief, erfand ich eine Reise, die ich gleich, in zwei Stunden, antreten würde, es täte mir leid.
Tut es mir bis heute. Aber es hatte an etwas gefehlt. Nur was? Dass man nicht mehr zurückkann, an nichts oder niemanden sonst mehr denken kann. Andere Möglichkeiten, ein anderes Leben.

Die Unfähigkeit, etwas auf Dauer in ein System zu bringen, lässt sich nicht abstreifen. Als Wahrnehmung, die ich von mir selbst habe, nur Bruchstücke, nie passgerecht. Manchmal fallen mir Bücher in die Hände, die mit Unterstreichungen und Anmerkungen versehen sind, ohne dass ich mich erinnern kann, sie mit Sorgfalt gelesen zu haben. Warum sie mich Tage, vielleicht sogar Wochen beschäftigten, wann das war, aus welchem Grund. Während mir anderes so gegenwärtig ist, als sei es erst vor kurzem geschehen, vor einer Stunde. Egal was, Lektüren, Begegnungen, eine nächtliche Autofahrt längs der Hochbahn am Landwehrkanal, als Edoardos Schwester Amelia Silbe für Silbe ein italienisches Lied mitsang, das auf einer Kassette war, die Fabiana, seine andere Schwester, in den Recorder meines Autos geschoben hatte. Vorne Nils und Fabiana, auf der Rückbank Edoardo, Amelia und ich.

Stimmen, Räume.

Nils im Kino, nähend. Als die letzte Vorstellung lief, war er mit Stoff unterm Arm und einer kleinen Plastiktasche in der Hand aus dem Vorführraum ins Foyer gekommen, hatte sich von mir ein Bier geben lassen und sich an einen der Bistrotische gesetzt.
Ich vertrat Birgit, die auf ein Festival gefahren war, Nils hatte für unbestimmte Zeit die Stelle Gunthers übernommen, bei dem eine verschleppte Syphilis diagnostiziert worden war. Daher seine Vergesslichkeit, nicht irgendwelche Xenondämpfe aus den Projektoren.

Das Bild war irritierend … für mich. Jemanden wie Nils nähen zu sehen, zwei Stoffteile im Schoß. Aus der Plastiktasche hatte er eine Zwirnrolle und ein Nadelheft herausgeholt, dann ein Stück Zwirn abgerissen und mit großem Geschick eingefädelt.
Während ich die Kasse abrechnete, blickte ich ab und zu vom Tresen zu ihm hinüber, wie er da, ganz in sich versunken, Stich für Stich setzte.

Was wird das?
Nach einem Moment hob Nils den Kopf, trank einen Schluck Bier.
Breeches, er beugte sich wieder vor, ride the pony.
Für dich?
Seh' ich so aus?
Weiß ich nicht.
Komm mal.
Als ich neben ihm stand, hielt er mir an, was er zusammengenäht hatte, nickte, lehnte sich zurück. Wie es mit mir sei? Ich schüttelte den Kopf.
Kein Leder?
Wieso Leder?
Weil, Nils lächelte, er habe schon eine Idee für mich.
Und die ist gut?
Klar.
Eine Hose ohne Außennähte an den Beinen, stattdessen so schräge längliche Abnäher unterm Bund, hier … er strich mit den Zeigefingern nah vor meinem Hüften durch die Luft.
Aus Leder?
Was sonst.
Die Breeches waren für einen schwulen Kunden, und weil er noch nie Breeches gemacht habe, fertige er sie erst einmal aus Stoff an. Deshalb.
Wer nicht fragt, bleibt dumm.
Warum, weshalb, wieso.
Gehen wir noch was trinken?
Nils nickte, ich ging zum Tresen zurück.

Männlich, weiblich, was man dafür hält. Nils war Ruderer gewesen, Germania Königswinter, doch das erzählte er mir erst viel später. Bei seiner Schwester und seiner Mutter habe er sich alles abgeschaut, Kreuzstich, Steppen, Zuschneiden nach Musterbögen. Um sich Sachen zu nähen, die es nirgendwo zu kaufen gab, Lederhosen, wie Jim Morrison sie getragen hatte. Bald war der Erste gekommen, der auch solche Hosen haben wollte, demnächst würde er mit Jacken anfangen, Kleider seien verhältnismäßig einfach.

Ein eigener Laden, wir standen in Herthas Bierbar am Flipper, wäre nicht schlecht, aber bis jetzt ginge es noch in seiner Wohnung. Außerdem bräuchte man bei einem Laden Aufträge, genug Kunden, so lange führe er Filme vor.

Er trank sein Bier aus, bestellte zwei neue. Ohne mich zu fragen … wenn man schon einmal unterwegs ist.

Was ich sonst mache, wollte er wissen, studieren? Ich sei fast fertig, sagte ich, nur noch die letzten Prüfungen. Worin? Psychologie. Wie seine ehemalige Freundin, Nils nahm die Gläser in Empfang und reichte mir eins, Probleme wälzen. Ob er mich für jemanden halte, fragte ich, der Probleme wälzen würde. Vielleicht. Ich erklärte ihm, was mich interessiere, das Thema meiner Arbeit. In seiner Miene spiegelten sich Überraschung und Erstaunen, er hob sein Bier, um mit mir anzustoßen.

Wie Nils das volle Glas zum Mund führte, es oben nur zwischen Daumen und Zeigefinger haltend, beeindruckte mich. Mangels eines besseren Worts. Es wirkte zierlich, geziert, und zugleich auch grob, ohne Kraft

nicht zu schaffen. Auf dem rechten Oberarm hatte er eine kleine bunte Tätowierung, ein Bison, klärte er mich auf, Steppengras, das Ufer eines Creeks. Wie findest du's? Schön, sagte ich, gefällt mir.
Als wir auf der Straße waren, legte Nils die Hand auf meine Schulter, als wolle er mich führen. Ich glaube, sagte ich nach ein paar Schritten, ich geh nach Hause. Schon wieder? Wir sahen uns im Gehen an. Bis wir beide lächeln mussten.

Leonore hatte die Stelle bekommen. Es sei mehr Geplänkel als ein Gespräch gewesen, berichtete sie, und niemand habe nach Französischkenntnissen gefragt. Geplänkel? Ja, ganz nett, es handele sich um ein kleines Institut, vier, fünf Mitarbeiter, zwei jüngere Professoren. Irgendwie verfügten sie über Mittel von der EU, es scheine da ziemlich entspannt zuzugehen, Ende des Jahres würden sie eine Studie veröffentlichen wollen. Meine Frage, ob es andere Bewerberinnen für den Job gab, beantwortete Leonore mit einem Schulterzucken ... als sei das jetzt noch von Belang. Etwas ungewöhnlich, dachte ich, aber was sollte schon dahinterstecken? Lockere Typen. Die ihr auch schon einen Schlüssel für die Räume ausgehändigt hatten.
Am ersten Tag war sie allein im Büro, rief mich an. Auf ihrem Schreibtisch habe ein Zettel gelegen, man käme heute später, das Team habe lange gearbeitet. Was sie mache? Lesen, in einem Sammelband mit Aufsätzen. Wozu? Standortfaktoren. Höre sich prickelnd an, sagte ich, weniger langweilig, entgegnete Leonore, als ich vermutete. Weil es auch um kulturelle Einflüsse gehe,

eigentlich hauptsächlich. Na denn. Sei nicht so arrogant. Bin ich arrogant? Das andere Telefon würde klingeln, sagte Leonore, als wiche sie einer Antwort aus, sie rufe mich wieder an. Was sie nicht getan hat, nicht noch einmal angerufen, zum ersten Mal.
Als sie abends nach Hause kam, war sie bester Laune, sie hatten im Büro Sekt getrunken. Ein lustiges Büro, sagte ich, ist doch normal, sagte Leonore, ein Glas auf gute Zusammenarbeit. Ob wir nicht ausgehen wollten, ein bisschen feiern, sie sei in der richtigen Stimmung dafür. Oder vielleicht doch lieber später, sie sah mich verführerisch an … bitte folgen Sie mir.

Let us suddenly / proclaim spring. And jeer // at the others, / all the others.

Reiners Freundin Hilde, vielleicht war es auch seine Frau, eine Verhaltenstherapeutin, stellte mir ein Praktikumszeugnis aus, die anderen Nachweise, die ich hatte, waren echt. Zwei Monate in der Psychiatrie, zwei Monate in einem Kinderheim. Mit einem Sozialarbeiter Hausbesuch bei einem Elternpaar, das wir in der Kneipe fanden, in die uns eine Nachbarin geschickt hatte. Nee, unterschreiben wir nicht. Aber schauen Sie … Nee, unterschreiben wir nicht. Der ältere ihrer beiden Söhne, der einen schweren Sprachfehler hatte, zu Gewaltausbrüchen neigte, war ein begabter Schachspieler, der mich schon bei unserer zweiten oder dritten Partie in äußerste Bedrängnis brachte. Was ist das für ein Spiel? Komm, ich erklär dir die Regeln.

Die Zeit wurde knapp. Musste ich mir bei einem Blick auf den Kalender eingestehen. Fast die Hälfte meiner Arbeit war noch zu schreiben, zwanzigstes Jahrhundert. Und abzutippen, Endnoten nummerieren, Quellenangaben. Tagelang hatte ich ein unbehagliches Gefühl, bis ich den zweiten Teil einfach strich. Weg damit. Zum Schluss würde es nur einen Ausblick auf die Gegenwart geben, Menschenbilder, Theorien, die ihren Ursprung in einer anderen Epoche hatten, eine heute verdeckte Herkunft.
Wie auch, rechtfertigte ich mich vor mir selber, wäre der Stoff zu bewältigen gewesen, in einem Jahr? Überhaupt nicht, realistisch betrachtet. Also kein Scheitern, kein Einknicken, keine Unfähigkeit, die an mir länger hatte nagen können. Und sich zu überfordern, ist sowieso die Voraussetzung, etwas Größeres zustande zu bringen. Nicht darüber nachzudenken, wo man landen wird oder ob der Aufwand sich lohnt. Mir unmöglich, meine Vernunft zu schwach, Gefangener der eigenen Zerstreutheit.
Ich fühlte mich erleichtert, Reiner wäre es sowieso egal, wenn jemand auf meiner Seite war, dann er. Schon in dem Kapitalkurs, den Anke und ich und Berthold und Ignaz wöchentlich bei ihm besucht hatten, hatte er mit Neugier auf jede Abweichung von orthodoxen Anschauungen reagiert. Die Gedanken ohne Angst schweifen lassen können. Ohne zurechtgewiesen zu werden als Abweichler, gespannt hörte er sich die verwegensten Interpretationen an. Was heißt denn Gebrauch, was hat Gebrauch mit Bedürfnis zu tun, kann es überhaupt falsche Bedürfnisse geben, steckt

im Begriff des falschen Bedürfnisses nicht eine scheißbürgerliche Moral? Goethe gut, Walt Disney und John Wayne Betrug. Als sei die Revolution ein Bildungsprogramm, das den Unterdrückten ein paar kulturelle Werte zu vermitteln hätte. Als müsse man die Tauschprinzipien zuerst wissenschaftlich durchdrungen haben, um die richtige Linie zu erkennen. Muss man nicht, außer man ist schon völlig stumpf.
Plötzlich hatte ich wieder Zeit, fühlte mich getragen von einem Wohlwollen, das Reiner für mich verkörperte. Jemand, von dem nichts zu befürchten war, weil er sich begeistern ließ. Was auch immer dabei herauskäme. Jeder Versuch, der alles anstrebte, besser als die Verzagtheit einer kleinlichen Rationalität. Die man mit einer guten Zwei absegnet, hat sich wacker geschlagen. Nie wollte ich weniger.

»Die Ausrichtung des Hofes und der Gesamtgesellschaft zum König bildet die Achse, um die sich alles dreht, die Dämpfung der Affekte in einer zentralisierten Gesellschaft führt zu einer Vereinheitlichung des Verhaltens, dessen Nuanciertheit seine Qualität ausmacht.«

Gunther. Tagsüber war er Hauswart in einem Neubaublock an der Oper, abends führte er Filme vor. Den Werkzeugschrank im Vorführraum hielt Gunther abgeschlossen, niemand durfte die Ordnung seiner Inbussschlüssel, Schmirgelpapiere, Schraubenzieher durcheinanderbringen. Durch bloßen Gebrauch. Immer trug er himmelblau gefärbte (oder ausgewaschene) Jeans von einem Discounter, karierte Hemden, Gesundheitssandalen, die er für die Arbeit statt seiner Straßenschuhe anzog. Eine Brille mit Metallgestell, Ruhnke-Optik. Seine Haare waren so hell, hellblond, dass erst ein zweiter Blick seinen Bart erkennen ließ, um die Mundwinkel herum, so eine Art Fu Manchu. Den ganzen Abend trank er nichts anderes als Kaffee, fünf, sechs, sieben, zur letzten Vorstellung mit einem Schuss Baileys.

Stulle, sagte Hartwig, aber so zuverlässig wie eine Atomuhr. Wie was? Wahrscheinlich war Gunther einer der besten Filmvorführer West-Berlins, keine Unschärfen, keine Bildstriche auf der Leinwand, keine unsauber zusammengeklebten Akte, nie eine verpasste Blende. Ich taxierte ihn auf dreißig, fünfunddreißig, ein Luftbrückenbaby. Wie er ins Kino gekommen war, ob er je einen anderen Beruf gelernt hatte, wusste Hartwig nicht, und Gunther selbst war nicht jemand, dem man solche Fragen stellte. Schon deshalb nicht, weil er einen sofort mit einem Strom von Gedanken überschwemmte, falls man ihm durch einen Blick, den er als Aufforderung verstand, dazu die geringste Gelegenheit bot. Was er morgens in der B.Z. gelesen hatte, dass die DDR jetzt im Weltsicherheitsrat sei, ich glaub's ja nicht, ist doch Wahnsinn, passt denn keiner mehr auf? Ein Kopfschütteln, ein Kichern.

Wer ist das? Gunthers Stecher, sagte Lambert, nachdem wir im Foyer waren. Wir hatten eine Tour vom Savignyplatz aus hinter uns, Zwiebelfisch, Dicke Wirtin, Wirtshaus Wuppke, und wollten Birgit abholen. Auf ein letztes Getränk. Das allerletzte. Eine Pfeife. Maximal.

Ein Mann in einer Phantasieuniform, eine amerikanische Polizeimütze auf dem Kopf, Bikerstiefel mit richtigen Sporen, saß in einer Ecke, trank ein Bier. Wie aus einem Kostümverleih, hatte ich gedacht, der Härteste der Harten, Tom of Finland ... was in meiner Vorstellung nicht zusammenzubringen war mit Gunther, der gerade im Vorführraum war, Besucher des Nachtprogramms kamen schon aus dem Saal. Lambert winkte dem Mann zu und ging zum Tresen, zu Birgit.
Ich versuchte zu verstehen. Die beiden seien seit Jahren ein Paar, erzählte Birgit im Athena Grill (gehen wir noch was essen?), man guckt in Menschen nicht rein. Offenkundig, dachte ich, der eine pumpt Gewichte, der andere macht es sich mit einer Tüte Chips auf dem Sofa gemütlich. Eine Geschichte für sich, behalt sie.

Testtheorie. Wie psychologische Tests entwickelt werden. Um die Ergebnisse längs einer Normalverteilung einordnen zu können. Wer intelligenter ist als achtzig Prozent, wer ein emotionaler Problemfall, wessen Persönlichkeit bestimmte Defizite aufweist. Narzisstische Verleugnungen, aggressive Abwehr schmerzhafter Erfahrungen.
Ich kämpfte mich durch die Standardwerke, fasste zusammen, schrieb ein Papier für unsere Gruppe. Die Fakten, die gängige diagnostische Praxis, Kritik. Als sei jede Testperson eine Monade ohne sozialen Bezug, die allein gegen die Uhr sich als das zeigen würde, was sie ist. Als könne man den Einzelnen isolieren wie in einem Reagenzglas, ein chemisches Element, das reagiert wie unter Zwang. Füge dies hinzu, und jenes

wird eintreten. Explosion, Verpuffung, ein ganz leises Zischen.
Was nicht reinpasst in eine als natürlich konstruierte Ordnung des Psychischen, sortiert man aus als Irregularität, weil man sonst die Messungen nicht verallgemeinern könnte, ein mathematisches Modell zugrunde legen. Die Gleichungen von Gauß. Was immer im Hinterkopf zu behalten ist, die unnatürliche Natur des Menschen.
Rosenzweig-Test, Freiburger Persönlichkeits-Inventar, MMPI, Hamburg-Wechsler Intelligenztest für Erwachsene und Kinder, Benton-Test auf hirnorganische Störungen, alles in Tabellenform aufbereitet, Sakra, sagte Ignaz, super.

Zwei Zeilen aus einem Hölderlin-Gedicht … womit ich die Klausur in Diagnostik begonnen habe. Irgendwo in einem Artikel zur Fragwürdigkeit des Testbetriebs gefunden … von Peter Brückner?

Komm … sieh mich an …

Wie könnte dies jemals ein Ende haben?

They are taking all my letters, and they / put them into a fire. / I see the flames, etc. / But I do not care, etc.

Wir sind in dieser Weinstube auf der Kantstraße, hatte Leonore am Telefon gesagt, wir essen da noch was.
Wir?
Das Büro, alle.

In einen Film geraten, in den man nicht hineingehört. Ein neuer Projektantrag war bewilligt worden, die Kosten der Bewirtung übernahm die Europäische Kommission. Grauburgunder und Rindfleischsalat. Schäufele mit Sauerkraut. Blauer Spätburgunder.
Ich konnte mir nicht helfen … und stürzte das erste Glas in zwei Zügen herunter. Das große Wort am Tisch führte der Geschäftsführer des Instituts, ein Dolf. Der tatsächlich einen Kinnbart trug, Doktor der Volkswirtschaft, ich konnte meinen Blick kaum abwenden … Henriquatre.
Leonore und ich hatten nichts ausgemacht für den Abend, aber hier war ich entschieden am falschen Ort. In einer Gesellschaft, mit der ich nie etwas zu tun haben wollte. Was geht und was nicht geht, no way … ein Wort, eine Geste, ein Song, und nichts ist mehr wie zuvor.
Keiner fragte mich, was ich mache, für Dolf und die anderen war ich irgendjemand, der irgendwie in ihrer Runde gelandet war. Und Leonore … nachdem sie mir ins Ohr geflüstert hatte, wer der oder die sei … war ganz Teil ihrer Gespräche, Witze, Bemerkungen. Als sei sie schon immer dabei gewesen und nicht erst seit drei Wochen.
Nach dem Essen wurde Obstler bestellt, am Tisch eingeschenkt, lass die Flasche hier, sagte Dolf zum Kellner.
Man stieß an. Schaut euch in die Augen, rief Albert, Dolfs Stellvertreter, sonst gibt's ein Unglück. Und Dolf sah Leonore an mit einem Lächeln, das unverschämt war.

Unter dem Tisch streichelte ich ihr Bein. Immer höher, bis sie meine Hand wegzog.
Später waren wir noch in einer Bar auf der Knesebeckstraße. Zu zweit, sehr betrunken. *Against the wind* von Bob Seeger lief ein ums andere Mal, als hätte jemand die Repeat-Taste gedrückt … *we were young and strong we were runnin against the wind.*

Ein Gefühl der Unsicherheit, das mich nie mehr verlassen hat.
Bei keinem Wort, das ich schreibe. Dass ihm nicht einfach zu trauen ist.

Als sei man bei sich selbst nur zu Gast. Ein Mietvertrag, der auf meinen Namen ausgestellt ist.
Hast du Träume? Nein.

Der Sinn einer Wiederholung. Wie wäre sonst zu begreifen, was vor mehr als dreißig Jahren geschehen ist. Und dabei unfähig, Genugtuung zu empfinden, weil der größere Schaden … auf der anderen Seite liegt. *Das* hast du gewollt? *Dieses* Leben?

Am längsten verharre ich vor den Bildern Joshua Reynolds', wenn ich in der Gemäldegalerie in Tiergarten bin. Die Härte, mit der er die Besitzbürger seiner Zeit porträtiert hat. Obwohl ich eigentlich nur hingefahren bin, um die zwei Vermeers zu sehen. *Das Glas Wein* und *Junge Dame mit Perlenhalsband,* alle halbe Jahre, mich berauschend am Können eines Malers, der fast schon vergessen gewesen ist.

Reynolds' Blick auf seine Objekte, die seine Auftraggeber waren, fasziniert mich, die Präzision, mit der er ihre gesellschaftliche Stellung und ihre Kaputtheit zugleich auf die Leinwand bringt, die Macht und ihr Preis. Leichen schon zu Lebzeiten, in Kniebundhosen und Taft und Brokat, Lady Sunderlin und George Clive samt Familie und indischem Dienstmädchen, bleigraue Gesichter, deren Selbstherrlichkeit dennoch ungebrochen ist. Als müsse man erst einen angespitzten Holzpflock durch ihr Herz treiben, damit sie zu Staub zerfallen.
Wie gestern, als ich mich fragte, was alles noch zu erzählen wäre, um vom Ende der Geschichte (worauf sie zusteuert, unweigerlich) zum Anfang zurückzufinden. Als ich an einem dunstigen Sonntagmorgen im August unter den Yorckbrücken hindurch zur Arbeit fahre.

Stichworte, Namen, Satzfetzen auf einem Blatt neben dem Computer. Nils tritt auf den Plan, mehr als ein Jahr lang würden wir unzertrennlich sein.

Ich liege im Halbschlaf in Leonores Bett, sie kommt und kommt nicht nach Hause.
In leeren vormittäglichen Bürostunden tippt sie meine Arbeit ab, fügt Endnoten ein, korrigiert nach Belieben, was für sie verschwommene Formulierungen sind.
Ich versuche mir die Quellen einzuprägen, die Vera angegeben hat für ihr Papier zur Umweltpsychologie. Dass man in St. Louis ganze Wohnblocks weggesprengt hat, weil ihre Architektur menschenfeindlich

war. Zu nichts anderem dienlich als Drogenhandel und Bandenunwesen.
Tiefenpsychologie. Ich melde als Einstieg für die mündliche Prüfung ein Kurzreferat über *Das Spiegelstadium als Bildner der Ich-Funktion* an. Interessant, sagt Frau Burger, Lacan kenne ich ja praktisch noch gar nicht. Ich auch nicht, hätte ich erwidern müssen, so war es ein Elfmeter ohne Torwart.
Leonore und ich fahren nach Amsterdam, nach Zandvoort, essen Fischbrötchen an einer Bude auf der Promenade, laufen über den Strand, den die Ebbe ausgedehnt hat bis zum Horizont.
Was wäre, wenn ich Fotos gemacht hätte?
Kein Bild, kein Wort.
Damit fährst du aber nicht mehr, sagt der Tankwart der Shell-Tankstelle auf der Knesebeckstraße, als ich das Auto nach einem Ölwechsel für die Fahrt nach Amsterdam abholen will, mit den Reifen. Die seien blank unterm Motor, ob ich das nicht wüsste. Blank? Reifenwechsel und auswuchten für einen Hunderter, sonst würde er … die Bullen benachrichtigen? Hinten zwei neue, und die von hinten nach vorne, das hätte ich doch längst merken müssen, beim Bremsen.
Meine Mutter überweist mir fünfhundert Mark. Sie habe ihren Persianermantel verkauft, dieses Omading, ob ich mich daran noch erinnere? Schwach, schreibe ich ihr zurück, aber Persianer würde mich immer an ein Pudelfell denken lassen, war das schick in den sechziger Jahren? Vermutlich, antwortet sie in ihrem nächsten Brief, Nerz war viel zu teuer.
Wir sehen den *Klassenfeind* in der Schaubühne. Und

Woyzeck. Was man mit Menschen machen kann, bevor sie anfangen, sich zu wehren. Oder schweigend zu Grunde gehen.
Leonore durchsucht das Tagebuch von Samuel Pepys nach Stellen, die ich für meine Arbeit noch zitieren könnte, der Glanz einer authentischen Stimme. Sie liest mir Passagen vor ... dass Hamlet ein schrecklich langweiliges Stück sei, er der Haushälterin nicht mehr unter die Röcke greifen wolle, sich der Hof in völliger Degeneration befände, Feuer und Pest. Am 13. Oktober 1660 notiert Pepys: *Nach Charing Cross, um zuzuschauen, wie Major Harrison gehängt, ausgedärmt und gevierteilt wurde. Er sah sehr vergnügt dabei aus. Anschließend mit Kapitän Cutance und Mr.Sheply in die ›Sonne‹, wo ich ihnen Austern spendierte. Danach nach Hause, wo ich mich über meine Frau ärgerte, weil sie ihre Sachen überall herumliegen lässt.*
Das heißt doch nichts, sagt Leonore, wir sind einfach nur ein bisschen versackt.
Ich gehe an ihr Telefon, sage, bei Rother, und es wurde sofort aufgelegt.

Wie ein Kind, das bedingungslos vertraut. Alles glaubt, was es hört, ein Erstaunen, ein Blick, dem jeder Hintergedanke fremd ist. Als hätte ich nie zur Welt der Erwachsenen gehört. Denen die Wahrheit nur eine Behauptung ist. Bis man ihnen dahinterkommt. Mir dahinterkommt, dem Kind, das ich nicht mehr bin.

Dolf habe sie zum Essen eingeladen, sagte Leonore eines Abends, ob ich etwas dagegen hätte. Warum sollte ich, gab ich ihr zur Antwort, sie küsste mich, wir liebten uns.

Warten und lesen, bis man müde wird und über dem Buch einschläft. Nach kurzer Zeit wieder erwacht … *Im Sommer war das Gras so tief / Dass jeder Wind daran vorüberlief / Ich habe da dein Blut gespürt / Und wie es heiß zu mir herüberrann / Du hast nur mein Gesicht berührt / Da starb er einfach hin, der harte Mann / Weil's solche Liebe nicht mehr gibt.*

Leonore kam erst im Morgengrauen nach Hause. Sie seien noch in Dolfs Wohnung gewesen, am Lietzensee, bevor sie weitergezogen seien. Und … wie war die Wohnung? Groß, sagte Leonore, früher habe er da als Kind mit seinen Eltern gelebt. Nach dem Auszug der Mutter zu seiner Schwester nach Baden-Württemberg dann mit zwei eigenen Kindern. Der hat Kinder? Geschieden, sagte Leonore, die Kinder würden hauptsächlich bei seiner Ex-Frau auf einem Hof im Wendland sein. Für die er zahlt? Ich vermute, Leonore hob die Schultern, bin ich die Polizei?

Ein zweiter Anruf, bei dem sofort aufgelegt wurde.

Leonore öffnete mir die Tür. Außer ihr war noch niemand zur Arbeit erschienen. Sie saß mit meinem Manuskript vor einer Kugelkopfmaschine, eine kleine Flasche Tipp-Ex neben der Tastatur.
Ich wusste, dass du es bist. Woher?

Als könne Sex alles auslöschen. Auf Anfang zurück, nichts als ein Missverständnis. Weil Hingabe doch Hingabe bedeutet, Besitz, Eindeutigkeit. Ich zog ihre Hose herunter, jeden Augenblick hätte jemand hereinkommen können. Leonores Knie knickten ein. Sie nahm mich in ihren Mund, gab mir die Illusion, nach der es mich verlangte.

Einen ganzen Samstag war Leonore nicht zu erreichen bis in den frühen Abend, immer wieder wählte ich ihre Nummer.
Ich bin dir keine Rechenschaft schuldig.
Ein langes Schweigen. Ich schwieg, Leonore schwieg. Bis sie plötzlich aufatmete und sagte, sie habe sich mit Kommilitonen getroffen, einer Gruppe von Historikern ... du bist nicht der Einzige, der sein Studium beenden will.
Warum hast du das nicht gleich gesagt? Weil du gefragt hast wie ein Oberlehrer.

Mein Unvermögen, mir auszumalen, wie es in fünf Jahren wäre. Oder in zwanzig, und jemanden davon zu überzeugen ... *Doing the garden, digging the weeds / Who could ask for more*

Meine Mutter und mein Vater sitzen sich an dem alten runden Esstisch gegenüber, ein Wortwechsel hebt an. Sie werden, vermute ich, wegen etwas Geschäftlichem in Streit geraten sein, auf dem Tisch ein Karteikasten, Geldscheine, eine Reiseschreibmaschine. O-l-i-v-e-t-t-i. Mit der meine Mutter die Korrespondenz erledigte,

der Name meines Vaters und das Wort Textilwaren in stilisierter Schreibschrift oben auf jedem Vordruck. Das Klicken, wenn ein Blatt eingespannt wird, heruntergedreht bis zur Adresszeile. Betrifft und Bezug, Datum. Zahlen wir nicht, höre ich meinen Vater sagen, die Lieferung war unvollständig und entsprach zudem nicht unserer Bestellung.
Ein Wortwechsel, der lauter und lauter wird, bis sie sich schweigend anblicken. Bis meine Mutter meinem Vater plötzlich eine Ohrfeige gibt. Einen Augenblick bleibt er noch sitzen, dann steht er auf, geht zur Garderobe, zieht einen Mantel an, einen Trenchcoat, und verlässt die Wohnung. Obwohl ich an seinen Mantelschößen hänge und flehe, er möge bleiben.
Ein nächtlicher Herzanfall, ein Eimer auf seiner Seite des Ehebettes. Der Geruch von Kölnisch Wasser, war ein Arzt da? War es in dieser Nacht?
Das knallende Geräusch, wenn eine flache Hand in ein Gesicht schlägt, ich bin sieben oder acht Jahre alt, im Jahr zuvor lag ich wegen einer komplizierten Bruchoperation wochenlang im Krankenhaus.
Erzähl mir eine Geschichte. Ich habe dir schon alles erzählt, sagt mein Vater, nachdem ich morgens zu ihm ins Bett geschlüpft bin. Aber du warst so viele Jahre in Afrika, du hast mir noch nicht alles erzählt, kannst du gar nicht.
Mit dem Nagel seines Zeigefingers zeichnet er eine Szenerie in die über seinen Beinen aufgespannte Bettdecke, ich rieche den Tee, Kamillentee, der auf seinem Nachttisch steht.
Eine gut getarnte Grube voller Löwen, die sie für die

englischen Panzer gegraben hätten, hier, siehst du, so dass sie sich hätten ergeben müssen, nachdem sie hineingestürzt seien. Skorpione.
Als ich älter war, mich nicht mehr zu ihm ins Bett legte, berichtete er mir, dass er bei der erstbesten Gelegenheit mit einem Kameraden die Fronten gewechselt habe. Sieg, habe er gedacht, als sie gefangen genommen wurden, das sei der Sieg.

Die Mutlosigkeit unterbricht ihren Lauf. / Die Angst unterbricht ihren Lauf. / Der Geier unterbricht seinen Flug // … Jeder Mensch eine halboffne Tür, / die in ein Zimmer für alle führt.

Als sei sie ertappt worden. Oder als sei ich ein Störenfried, der ungebeten dazutritt. Dolf saß zurückgelehnt auf ihrem Schreibtisch, sich mit den Armen abstützend, Leonore hatte die Beine ausgestreckt, einen Kaffeebecher im Schoß.
Ihr kennt euch doch, sagte sie, sich langsam aufrichtend, klar, sagte Dolf, du bist der Psychologe, oder?
Ich war bei Reiner im Büro gewesen, bei Konradin, von allen Konny genannt, der die Prüfungen in Diagnostik noch abnehmen durfte, obwohl sein Vertrag nicht verlängert worden war (unsere Niederlage ist allumfassend), hatte in der Cafeteria mit Babette und Ignaz besprochen, ob wir uns auf der nächsten Delegiertenversammlung noch einmal zu Wort melden sollten (Genossen, seid wachsam) und was sie Silber (der seit neuestem einen VW-Porsche fuhr) als Themen anbieten würden. Kompetenzlernen in Peergroups. Kogni-

tive Defizite als Ausdruck sozialer und politischer Benachteiligungen.
Ich hatte gedacht, es sei eine blendende Idee, Leonore von der Arbeit abzuholen. Nur ein kurzes Stück vom Psychologischen Institut in diesem Bürogebäude am Landwehrkanal bis zur Leibnizstraße, ein Moment der Überraschung, des Glücks, für uns beide.
Dolf rutschte von Leonores Schreibtisch und reichte mir die Hand, ich ihm meine Fingerspitzen, zur Sekunde widerstrebte alles in mir, ihn zu berühren.
Er habe noch einiges zu tun, sagte er zu Leonore, die von ihrem Drehstuhl aufgestanden war, wir sehen uns morgen. Und ging, ohne mich weiter zu beachten.
Warum ich ihr nicht gesagt hätte, dass ich vorbeikäme, fragte Leonore, damit habe sie gerade gar nicht gerechnet.
Wann man schon damit rechnen könne, sagte ich leise, Leonore hob einen Packen Blätter aus der Ablage und streckte sie mir entgegen. Das erste Kapitel sei fertig, sie lächelte, »Verringerung der Kontraste – Vergrößerung der Spielarten«.

Als es wärmer wurde, fuhren wir manchmal ins Olympiabad. Leonore nahm sich den Nachmittag frei, kein Problem. Wir saßen auf unseren Handtüchern auf der großen Steintribüne, aßen Erdbeeren, sprachen über meine Arbeit. Was sie zu kritisieren hatte, Formulierungen, logische Schritte … ist für mich nicht nachzuvollziehen, tippe ich nicht ab. Kannst du das begründen?

Ob ich eine Doktorarbeit schreiben wolle, fragte sie mich, nicht nur einmal. Wenn ich über etwas noch nicht nachgedacht hatte, dann darüber. Was bedeutete das? Mit welchen Schlussfolgerungen? Eine andere Welt, in der ich nicht lebte … *How Soon Is Now?*

Corinna. Mit ihren kurzen, flammend roten Haaren, ihrem Witz. Ich habe noch nie mit einem Mann geschlafen, sagte sie, als wir eines Nachts in ihrer winzigen Wohnung waren. Ich lachte, um meine Unsicherheit zu verbergen, ich wusste ja auch nichts. Sie war bei ihren Eltern ausgezogen, obwohl sie noch zur Schule ging, wir kannten uns aus einem verschrammten Lokal, das plötzlich zum Zentrum aller geworden war, denen die Gegenwart nicht mehr genügte. Zusammen waren wir im Filmclub der Fachhochschule gewesen, *Zabriskie Point*, waren nach der Vorstellung lange herumgelaufen. Die menschenleere Fußgängerzone, am Backsteinblock meines Gymnasiums vorbei, Zigaretten drehend, saßen rauchend nebeneinander auf dem Rand eines Blumenkübels vor dem Stadttheater. Willst du noch mit zu mir?

Als hätte ich irgendetwas zu verlieren gehabt, ein vorgetäuschtes Bild von mir selbst.

Geschichten, die abreißen. Vollkommen versiegelt, bis ich den ersten Satz geschrieben habe.

Ein halbes Jahr, länger noch, wohnte ich auf der Bülowstraße in Schöneberg in einem Wohnheim für Arbeitnehmer aus Westdeutschland. Umgebaut zu einem Hotel, wie ich gesehen habe, als ich vor einigen Tagen hinter dem Nollendorfplatz herumlief, um meine Erinnerung wiederzufinden. Es gab einen Müllschlucker, der außer Betrieb war und nie repariert wurde, im Foyer saß vor einem Schlüsselbrett mit Brieffächern ein Portier, ein Hausmeister, der einem die Post aushändigte. Sofern er auf seinem Platz war, für den rückwärtigen Eingang brauchte man einen separaten Schlüssel. Den ich mir irgendwann geben ließ, weil ich mich kontrolliert fühlte, kommt, geht, kommt, ist in Begleitung, sieht schwer angeschlagen aus.
Lange, mit hellem PVC ausgelegte Gänge auf sechs Etagen, an den Decken Lichtkästen aus geriffeltem Glas. Das Zimmer war möbliert, ein Bett, eine Couch mit kariertem Bezug und zwei abgeschabten Sesseln davor, gleich hinter dem Eingang ein Kühlschrank, eine Spüle, links die Tür zum Duschbad. Die Fenster gingen auf die Hochbahn hinaus, über die kein Zug mehr fuhr, tote Gleise, die in den Osten führten.
Meine Legende war eine Lehre, die ich demnächst antreten würde, was die Angestellte in der Senatsverwaltung wenig zu interessieren schien, ich hatte eine Mietbürgschaft, die sie für glaubwürdig hielt. Die Miete betrug 250 Mark (nicht gerade billig), dafür bekam man alle zwei Wochen frische Handtücher und Bettwäsche. Mir kam das feudal vor, es war mir bis zum Schluss peinlich. Wenn es an der Tür klopfte und eine Putzfrau mir die gefalteten Laken über-

reichte, Geschirrtuch, Badetuch, eins für die Hände. Ein Service, mit dem sie einst Arbeitskräfte anlocken wollten ... *Völker der Welt, schaut auf diese Stadt.* Zerschlissen mittlerweile, man hätte die Gänge mal streichen können, ein verkratzter Aufzug, gesprungene Kacheln. Aber immer noch die versprochene Dienstleistung, die mich spürbar beschämte, kein Argument half, keine rationale Überlegung. Dass es ja entlohnte Arbeit sei, man sonst vielleicht nichts finden würde, sicher niemand kontrollierte, ob man diese oder jene Etage schon gewischt habe. Ausgiebige Rauchpausen in einem Verschlag mit Putzzeug neben dem Müllschlucker. Trotzdem, sich bedienen zu lassen, ob man dafür zahlte oder nicht, war unstatthaft für mich, eine Art Hierarchie, die abzuschaffen wäre. Ausdruck von Klassenverhältnissen, von Ungerechtigkeit, die es denen bequem macht, die das Geld haben.
Ich war erleichtert, als ich durch Vermittlung von Ignaz endlich die Wohnung in Wilmersdorf bekam, ich trat mit einer getürkten Verdienstbescheinigung als Werbekaufmann auf, die mir ein Bekannter von ihm ausgestellt hatte. Wer's glaubt, wird selig, sagte die Frau im Büro der Hausverwaltung, dann ließ sie mich aber doch den Mietvertrag unterschreiben. Ein Zimmer, Innenklo, Ofenheizung, Hinterhaus für 108 Mark.

Da war früher nichts, muss ich mir sagen, wenn ich alten Wegen wieder zu folgen versuche. Hinter dem Parkplatz des Wohnheims verlief ein Trampelpfad quer über eine versandete Rasenfläche, auf dieser Seite der Straße stand kein Haus mehr bis zur nächsten

Ecke. Links runter dann eingeschossige Behelfsbauten mit einem Eisenwarengeschäft, einer Zockerkneipe, die Herz-As oder Pik-As hieß, einem Animierlokal, vor dem auch tagsüber zwei, drei ältere Prostituierte auf Freier warteten, zerstörte Gesichter, Alkohol, Tabletten.
Ungezählte Treppenhäuser, die nie renoviert worden waren, unter meinem Küchenfenster ein Schränkchen mit einer Lüftungsklappe nach draußen, um Lebensmittel aufzubewahren. Für die großen, ab acht verschlossenen Haustüren brauchte man oft Durchsteckschlüssel, nirgends Klingeln, man musste anrufen, damit jemand herunterkam und öffnete.
Da, wo die gefährlichen Klassen wohnten, die bis Schichtbeginn auf ihren Höfen eingeschlossen wurden. Enge Höfe, in die kein Sonnenstrahl fiel. Als könnte jederzeit wieder ein Leierkastenmann auftauchen, umringt von Kindern, im Hintergrund Müllkästen, eine Stange an der Hofmauer, um Mäntel und Jacken auszuklopfen.
Eine Leere, in der die Geschichte anwesend und abwesend zugleich war. Auf dem buckligen Trümmergrundstück, wo das Prinz-Albrecht-Palais gewesen war, betrieb ein zerzauster weißhaariger Transvestit in kurzen Hosen und langen Wollstrümpfen mit ein paar Schrottkarren ein »Autodrom – Fahren ohne Führerschein!«. Motorengeknatter über dem Schrecken unter der Erde.
Nichts wiederzuerkennen. Jede Fassade ist neu gestrichen, neue Häuser, Gedenkstätten. Als hätte man ewig weiterschlafen können, nie mehr aufwachen müssen.

Dafür heute die Gegenwart einer Gegenwart, die keine Vergangenheit braucht, keine hat. Ballast, den man abwirft wie auf einer Ballonfahrt. Was schleppst du da mit dir herum?

You shone like the sun

Eine Zufallsbegegnung, spätabends im Dschungel, das ist Nils, das ist Leonore. Er küsste mit einer Verbeugung ihre Hand und verschwand Richtung Tanzfläche. Sie sah ihm lange nach, bevor sie sich mir wieder zuwandte. Seid ihr beiden verliebt? Spinnst du?

Leonore rief an und sagte, sie seien noch etwas trinken, sie käme so gegen zehn. Kam sie auch ... es täte ihr leid, dass ich gekocht hätte, ich hätte doch etwas sagen können. Und dann? Was, und dann? Ich hob die Schultern, wie zur Rede gestellt. Wenn du nichts sagst, kann ich auch nicht kommen, jetzt sei nicht beleidigt. Vielleicht hätte ich fragen sollen, mit wem sie unterwegs gewesen war und warum. Wie ich das zu verstehen hätte, noch etwas trinken gehen, und wo, mit einer Kollegin, den Chefs, mit diesem Typen, diesem Dolf ...
Ich sei nicht beleidigt, sagte ich, schade ums Essen. Wir sahen uns schweigend an. So was passiert eben, sagte Leonore schließlich, man müsse deutlicher sein. Als hätte ich einen Fehler gemacht, als sei es ein Makel, bestimmte Dinge für selbstverständlich zu halten. Aber was war selbstverständlich? Immerhin hatte sie angerufen, dachte ich, immerhin das. Ich hatte plötz-

lich das Gefühl, ich sei es, der sich zu entschuldigen habe, sei im Unrecht. Hätte sie fragen müssen, ob ich kochen solle, bist du um sieben da?
Das Telefon klingelte. Leonore drehte sich wortlos um und ging aus der Küche.
Nach einiger Zeit kam sie wieder, setzte sich zu mir an den Tisch, lächelte mich an. Und schon war alles vergessen. Ob ich das Essen nicht aufwärmen wolle, sie habe richtig Hunger, was hast du gekocht? Nichts Besonderes, sagte ich, ich könnte, hier, die Koteletts braten. Mariniert?
Susanne sei es gewesen, sagte sie, während ich Butterschmalz in die Pfanne gab, ihre beste Freundin, aus München noch. Ich weiß, sagte ich, zusammen durchs Abitur gemogelt. Nur in Stochastik ... Leonore stand auf und stellte sich neben mich, ich legte einen Arm um sie. Lust auf einen kleinen Ausflug? Wann? Nächsten Donnerstag ist Feiertag, Freitag nehme ich Urlaub. Und Montag vielleicht auch. Das geht? Sie nickte.

Auf dem Weg nach Zandvoort hatte es geregnet, feiner Regen, der wie ein Schleier in der Luft hing. Bläulich graue Wolkenmassen über dem Meer, die Sonne war nicht zu sehen. Was willst du hören? Was hast du anzubieten? Leonore holte eine Kassette nach der anderen aus dem Handschuhfach und las mir die Beschriftungen vor. Die, sagte ich, okay? Young Marble Giants sind immer okay, sagte Leonore und schob die Kassette in den Recorder. *Colossal Youth.*
Susanne wohnte im Parterre eines besetzten Hauses, es gab viele Häuser, die im Jordaan-Viertel besetzt wa-

ren. Wie Jordanien, hatte ich gedacht, als sie die Frage Leonores beantwortete, wo man sei, abends in einer überfüllten Kneipe, in die wir nach unserer Ankunft mit ihr gegangen waren. Bier ohne Schaum, *Hit me with your rhythm stick. Hit me! Hit me!*
Die Straßen waren eng hier, manche Häuser mit vernagelten Fenstern, Graffiti, Transparente an Fassaden, da und dort Stützbalken von einer Straßenseite zur anderen. Am liebsten würden sie alles abreißen, hatte Susanne erzählt, aber wohnen muss man ja. Und zwar jetzt.
Amsterdam. Ein Studienplatz in Psychologie, sonst hätte sie Jahre warten müssen. Du nicht? Ich schüttelte den Kopf, ein Musterschüler, sagte Leonore, Unsinn, sagte ich, Susanne grinste, begrüßte jemanden, schob einen Punk mit einem roten Irokesen beiseite, der sich rüde zwischen uns an die Theke vordrängen wollte. Schleich dich, sagte sie laut, nachdem er ihr einen Fluch auf Holländisch entgegengeschleudert hatte. Ich war auf alles gefasst, doch es geschah nichts, der Punk zog ab, schwankend.
Über sechshundert Kilometer, davon zweihundert mit reduzierter Geschwindigkeit. Wir waren früh losgefahren, ab Helmstedt galt es, die verlorene Zeit wieder einzuholen. Freie Bahn durchs Weserbergland, in der Ferne dieses Denkmal, eine gigantische Kuppel, zwischen deren Pfeilern im Innern eine Figur mit erhobenem Arm steht, wer ist das eigentlich? Guck im Lexikon nach, sagte Leonore, irgendein Killer.
Die Landschaft wurde flach, dann die Grenze, man winkte uns durch. Noch eine Pause, noch einmal tan-

ken (das Schätzchen hatte reichlich Durst), an einer Imbissbude bestellte ich mir Frikandel speciaal. Sehe eher wie eine Wurst aus, sagte Leonore, lass mich mal beißen. Es gebe für mich kaum Holländischeres, sagte ich, schon immer. Sie schüttelte den Kopf, spülte den Bissen mit einem Schluck Bier herunter. Und *darum* isst du *das*? Was sonst? Drei Wochen auf einem Campingplatz auf Zeeland, als ich zum ersten Mal allein mit Freunden in Urlaub war, Hartwig und Menno hatten in Vlissingen eine Tüte Gras gekauft. Heineken und Vla, Pommes aus Plastikschalen. In einem Café am Strand stand eine Jukebox, an der jemand fast stündlich *She's a rainbow* drückte, nicht gerade das Neueste. Mann, sagte Menno, ist ja nicht zum Aushalten, hat jemand 25 Cent? *Metal Guru.*
Robert tauchte auf, Carola bei ihm. Er hatte gerade die Schule verlassen müssen, von Menno wusste er, wo wir zelteten. Die beiden waren mit einem Moped unterwegs, wollten die Küste hoch bis nach Amsterdam. Er schien Geld zu haben, erzählte uns, dass er ein Jahr pausieren werde, bevor er auf das Internat gehe, das seine Eltern für ihn ausgesucht hatten. Carola hing an seinen Lippen, buchstäblich, sie würden unzertrennlich bleiben bis zum Ende. Nur noch Gerüchte, die zu uns drangen, dass sie auf den Strich ging in Nijmegen, um ihre Sucht zu finanzieren. Kein Gerücht jedoch die Todesanzeige, die meine Mutter ein paar Jahre später einem Brief beigelegt hatte, warst du mit ihm nicht in einer Klasse?
Nach einem Tag verschwanden die beiden wieder, ob wir nicht auch nach Amsterdam sollten, fragte Menno.

Er habe noch 80 Mark, sagte Hartwig, wie denn? Dann nicht, sagte Menno, lass ich mich eben wieder mit *She's a rainbow* quälen. Rauch was.

Mit Susanne gingen wir ins Van Gogh Museum, wo sie auch noch nie gewesen war. Wie strahlend die Bilder waren, kein Druck, keine Postkarte, kam dem nahe. Anfangs nur trübe Farben, mattes Braun, verwaschenes Graugelb, kaum Blau auf den Gemälden von Bauern, von Webern, heimischen Äckern, Heuhaufen, als habe er sich nicht getraut, wirklich zu malen, ducke sich weg unter einem Anspruch, dem er noch nicht gewachsen war. Als hätte die südliche Sonne ihm die Augen geöffnet. Gleißendes Licht, in dem er endlich sah, was allein er zu sehen vermochte. Das überirdische Türkis des Meeres, das Gelb eines Kornfelds, das Blau der Iris, die an seinem Rand wuchsen, als Ausdruck dieser Farben selbst, Idee davon, was eine Farbe ist, sein kann, wie auf einem Acidtrip.
Ich war beeindruckt, von dieser Kunst, die für mich Geschichte gewesen war. Totreproduziert, das Leben van Goghs nur die bekannte Anekdote von Schöpfertum und Wahnsinn. Kirk Douglas, der durch die Provence hampelt, den Kopf bandagiert. Wobei … waren nicht die meisten Sonderlinge, jede und jeder mit einem eigenen, ganz besonderen Defekt? Das Herumirren Rimbauds, die Verzweiflung Paveses. Oder Philosophen wie Pascal, dem des Nachts göttliche Offenbarungen widerfahren, die er aufschreibt und in seinen Rocksaum einnäht. Dante war nicht verrückt, sagte Leonore, als wir in einem Café saßen, was ich

gesagt hätte, treffe nicht auf alle Künstler zu. Auf die wenigsten, ihrer Meinung nach. Gesoffen vielleicht oder Haschisch, aber das sei kein psychischer Schaden. Ich wollte mich nicht mit ihr streiten (Susanne beobachtete uns schweigend, lächelnd), ließ es auf sich beruhen. Was wir am Abend machen wollten? Ins Paradiso?

Amerikanisch, dachte ich, als wir durch Amsterdam liefen, eine Erinnerung an ein Amerika, in dem ich nie gewesen war. Schon in Venlo fühlte es sich leichter an, nur eine halbe Stunde von zu Hause mit dem Zug. Als verlöre die Welt an Gewicht, würde offener, weniger kleinlich. Weniger gebeugt von einer Last, die jeder in Deutschland mit sich herumzuschleppen schien. Alles irgendwie spielerischer, keine Angst vor Provisorien. Was ich mit den Vereinigten Staaten verband, in meiner Vorstellung, eine Coolness wie im Kino. Filme von Howard Hawks im Spätprogramm des Fernsehens. Auch in der Kunst, die Comicgemälde von Roy Lichtenstein, Claes Oldenburgs Skulpturen aus Pappmaché und Schaumstoff, Andy Warhol. Ein Stapel Brillo-Kartons, Campbell's Tomatensaft.
Zu begreifen war, dass Tiefe und Oberfläche keine Gegensätze sind, diese gegen jene auszuspielen nur eine deutsche Krankheit. Wie beim Fußball, der Vorwurf der Schönspielerei, mit dem man das Dasein von Tretern und Zerstörern rechtfertigte. Als würde es sich nicht darum handeln, die Schwerkraft außer Gefecht zu setzen, *float like a butterfly, sting like a bee* … anstatt hässlich zu gewinnen, Hauptsache gewonnen. Hol-

land kam mir heller vor, ohne Beweiszwang, warum man sich für eine bestimmte Art zu leben entschieden hatte. Ohne dafür auf der Straße beschimpft und bedroht zu werden, mit solchen wie dir, wie euch, habe man früher kurzen Prozess gemacht.
Empfinde ich genauso, sagte Leonore, als ich ihr zu schildern versuchte, was mir durch den Kopf ging, man fühle sich freier, nicht so eingeschränkt. Vor dem Schaufenster eines Tätowierladens fragte sie mich, ob ich mir nicht einen Ohrring stechen lassen wolle. Würd's dir gefallen? Hätte ich sonst gefragt?
Es regnete ein bisschen, wir suchten Schutz in der Durchfahrt des Stedelijk Museums. Karte kaufen? Nö. Wind schob Wolkenungetüme über den Himmel, durch die immer wieder die Sonne hervorstach. Wie schön, sagte Leonore, ihre Augen mit der flachen Hand beschirmend. Wollen wir morgen ans Meer fahren?

I came in from the wilderness, a creature void of form / Come in, she said / I'll give you shelter from the storm

Als wir auf dem Weg waren, fing es aufs Neue zu regnen an, ganz feiner Regen, wie Dunst, der über die Straße und die Dünen links und rechts trieb. In einer Parkbucht auf der Strandpromenade blieben wir im Auto sitzen … hast du einen Schirm irgendwo, im Kofferraum? Du stellst Fragen.
Während wir unter dem Vordach eines Imbisswagens Fischbrötchen aßen, hörte der Regen auf, der Himmel öffnete sich und ließ grelles Licht durch einen Spalt im graublauen Gewoge über uns fallen. Wir stapften

durch den feuchten Sand bis ans Ufer, ans Watt, wo das Wasser Rippen in den Grund gezeichnet hatte. Tang und Muschelschalen. Am Horizont sah man ein großes Schiff, das sich nicht zu bewegen schien, ohne acht Segel und fünfzig Kanonen. Ich legte einen Arm um Leonores Schultern, sie umfasste meine Hüften, sah mich eine Sekunde lang an … für ein Leben, dachte ich, bis dass der Tod … da runter? Sie nickte, zog mich an sich, als befürchte sie, ich könnte verlorengehen, mich auflösen in einen Geist, in nichts … das hat es nie gegeben.

Ich aber weiß, dass es das gegeben hatte, mich gegeben hatte, Leonore gegeben hatte, diesen Spaziergang an einem späten Vormittag über den Strand in Zandvoort. Das Geräusch des Windes, nass verdrehte Fahnen am Dach einer Caféterrasse, Stimmen, die von fern zu uns drangen, Muschelsammler im Watt. Wir gingen und gingen, ohne zu reden, nichts war zu sagen, zu bejahen oder verneinen, kein Ziel zu bestimmen. Als wären wir plötzlich aus der Zeit gefallen, aus jeder Zeit, Vergangenheit und Zukunft, was gewesen war, was noch käme, Traum, Wunsch, Hoffnung. Oder Reue über Versäumtes, es war nichts zu bereuen, nichts anzustreben in diesem Augenblick, den Blicken, die wir uns wie auf ein geheimes Zeichen hin zuwarfen. Ich empfand mich als eins mit allem, mit der Welt, eins mit ihr … wie sie mich umarmt hielt, wie sie mich ansah.
Was ich später nie mehr gedacht habe, in irgendeiner Situation … ich sei glücklich, das sei doch das Glück.

Ein paar Schritte lang, ein Wort und ein Gefühl, die völlig übereinstimmten, als sei das Wort das Gefühl und das Gefühl das Wort … eine Art von Benommenheit und zugleich ein Schweben, etwas beinah Irreales. Sprich es nicht aus, dachte ich, selbst geflüstert hätte es den Zauber sofort zerstört … das Wort, jedes Wort.
Im Rückblick sagt es sich leichthin, man sei glücklich gewesen, bildet sich es ein, aber was ist Glück anderes als der Moment, in dem man es spürt, so, und es weiß, selten genug, eigentlich nie … wie an diesem Tag, Zandvoort, der Himmel reißt auf, wir laufen über den nassen Sand, weit hinten am Horizont ein großes Containerschiff, das sich nicht zu bewegen scheint.

Hätte ich heute Fotos gemacht? Leonore unter dem Vordach des Imbisswagens in Zandvoort mit einem Fischbrötchen in der Hand, lachend, mach schon, auf den Eingangsstufen des Van Gogh Museums, in einer Broschüre blätternd, sie und ich vor einer Kneipe, die wir gerade verlassen hatten, dann Susanne und Leonore, dann ein Bild von uns dreien. Selbst wenn es nicht ein paar Dutzend Aufnahmen mit dem Smartphone wären, so doch genug, um sich gewisser Einzelheiten zu versichern, Orte, Stimmungen. Und zu jedem Foto Datum und Uhrzeit. Als handele es sich um ein Indiz, das bei einem Urteil eine Rolle spielen könnte. Dabei ist doch nichts klar, Deutungen, die man vornimmt, um zu bestätigen, woran man sich erinnern will. Dass etwas gewesen sei, wie man jetzt davon erzählt, obwohl es auch andere Versionen gibt, nicht

wenige. Was war zehn Minuten vorher, zehn Minuten später?
Oder statt Fotos handgeschriebene Notizen, oft nur halbe Sätze: In Susannes Parterrewohnung ein orangefarbenes Laken als Vorhang, diffuses Licht. Das Wasser im Bad kam aus einer Öffnung in der Wand, darunter stand eine alte Badewanne mit Füßen. Zu dritt in einem Lokal am Leidseplein (Seitenstraße), grüne Neonbuchstaben über dem Eingang. Am nächsten Tag (Sonntag) Nieselregen, hörte plötzlich auf, Spaziergang mit Leonore am Meer. Dieses Gefühl von Glück und zugleich der Gedanke, glücklich zu sein.
Kommt man der Wahrheit näher, wenn man schreibt? Etwas aufschreibt, als sei es unmöglich, eine Lüge zu notieren, Rot für Grün, strahlendes Wetter. Allein ein jämmerlicher Geist wäre dazu fähig, die Wirklichkeit verzerrend, verdrehend, den eigenen Wünschen gefügig machen. Was man später daran verändert, ist eine andere Sache, Literatur und kein Zeugnis mehr. So glaube ich jedes Wort, das ich in alten, in privaten Aufzeichnungen lese, in Tagebüchern, kaum eine Woche vor einer tödlichen Dosis Veronal, Turin, August … *Es schien leicht, wenn man daran dachte … Es braucht Demut, nicht Stolz … Eine Geste.*
Vielleicht, weil keine Technik dazwischensteht, sich die Schrift, das Original, nicht so spurlos manipulieren, verändern lässt wie ein Foto. Und man sich zwischen ihren Leerstellen auf die Phantasie verlassen muss, auf die eigene wie die der anderen. Ein Neonschriftzug (grün) über dem Eingang der Kneipe, in der wir, Susanne, Leo und ich, am letzten Abend nach dem

Theater gewesen sind. Tschechow auf Holländisch, vom Rang aus, verstehst du was? Soll ich übersetzen? *Ja – zo snel mogelijk! Naar Moskou!*

Nils hob mit zwei Fingern mein Ohrläppchen an. Nicht schlecht, sagte er, ein bisschen klein. Heißt? Man sähe den Ohrring fast gar nicht, könnte ein bisschen größer sein, aus Amsterdam?
Ich nickte, hinter dem Tresen stehend, er davor, die erste Vorstellung hatte gerade begonnen, Kinderprogramm.
Nils lächelte, als hätte ich einen Schritt über eine Grenze gemacht, deren Bedeutung ich noch nicht erkannte. Die noch nicht in mein Bewusstsein gedrungen war. Wie ein Schlussstrich, den ich gezogen hätte und von dem er schon wusste.
Hat sie dich dazu überredet?
Red' nicht.
Er schüttelte den Kopf, sagte, dass er einen größeren Ring zu Hause habe, auch aus Gold, ich könnte mal bei ihm vorbeikommen.
Und dann?
Tauschen wir die aus, ganz einfach.

Hartwig war in West-Deutschland einem Schützenverein beigetreten. Er hatte einen Waffenschein bekommen und sich eine Beretta und einen Revolver von Smith & Wesson gekauft. Warum? Weil's hier verboten ist. Nicht dein Ernst?
Er stellte in seiner Küche eine Patrone auf den oben flachen Lauf der Beretta und hielt die Pistole am aus-

gestreckten Arm von sich. Wenn du anfängst zu zittern, fällt die Patrone runter, wir stoppen die Zeit.

»Um den Satz Descartes' abzuwandeln, gilt für das 17. und 18. Jahrhundert das Bekenntnis: Ich kontrolliere (mich), also bin ich, oder: ich kontrolliere die Bewegungen der anderen und füge sie in meinem Auge zu einer sinnvollen Einheit zusammen, also herrsche ich. Der Spiegelsaal von Versailles ist der luxuriöse Ausdruck dieses perfekten Überwachungssystems.«

Was könnte uns denn zustoßen? Liebende, die sich selbst genug sind. Alles zusammen ertragen, vor keiner Schwierigkeit zurückschrecken.

Die Klausur in Diagnostik rückte näher. Jeder aus der Gruppe stellte den anderen vor, was er vorbereitet hatte, ich einiges zu den Grundlagen statistischer Methoden. Die für mich reduktionistisch waren, eine Beschränkung auf mathematisch Mögliches. Und dann benennen sie in der Auswertung, was sie gemessen haben, die Zahlen hier repräsentieren Wortflüssigkeit, die hier die Gedächtnisleistung und die schlussfolgernd-logisches Denken. So intelligent bist du, kein Pünktchen darüber hinaus. Nie vorgesehen ist Zusammenarbeit, kooperatives Handeln, alle immer gegen alle, und hinterher gibt es eine Rangliste.
Als Ausdruck, würde ich schreiben, eines Begriffs von Subjektivität, der die realen Machtverhältnisse in unserer Gesellschaft verschleiert und nichts Befreiendes hat. Sondern bestätigt, was zu bestätigen

war, bürgerliche Abstraktionen. Auch philosophisch, eine Trennung von Körper und Geist, die ich für völlig idealistisch hielt. Den Menschen nicht als Ganzes zu verstehen, bis in die Mikrofasern seiner Person eingebunden in eine Umwelt, die höchst ungleich ist, die einen auf dem Sonnendeck, die anderen rudern.
Und wenn die uns reinlegen? Babette sah in die Runde. Irgendwelche abwegigen Themen formulieren, ich meine … Das traut sich Silber nicht, sagte Ignaz, das ist so Brauch, dass unsere Vorschläge berücksichtigt werden. Harry, der Hüne, bewegte die Hände, als würde er ein Tuch auswringen.

Oft war ich bis spätabends beschäftigt. Den Tag über die Arbeit zu Ende bringen, dann für die mündlichen Prüfungen lernen. Manchmal noch eine Schicht im Kino, Konzertkasse. Wenn wir telefonierten, machte Leonore mir Mut, sagte, dass es gut sei, was sie gelesen habe, kaum was zu verbessern.
Es wäre mir nie eingefallen, ihr nicht zu glauben, sie sei im Filmkunst 66 gewesen oder habe sich mit jemandem von ganz früher getroffen … die beiden kenne ich seit dem ersten Semester.
Total unnütz, dachte ich mehr als einmal, mir Fachtermini und Forschungsergebnisse eintrichternd, Anwendungsgebiete, die vergessen sein werden, wenn die Bürotür nach der Prüfung ins Schloss gefallen ist. Konversionsstörung, Attributionsfehler. War was noch mal? Actor-observer-bias.
Wie es weitergehen könnte, fragte ich mich nicht, ob wir zusammenziehen würden, wo ich arbeiten sollte.

Als hinge alles von Leonore ab, spring von der Brücke, und ich springe.
Und das Schreiben? Hatte jede Bedeutung verloren? Nie eine besessen? Ein Verzicht, der ohne Anstrengung, ohne Gewalt, zu leisten wäre?
Alles läuft, war mein Gefühl, wie auf Schienen gesetzt.

Nie etwas anderes gewollt, nichts anderes gekonnt. Ein Kosmos von Worten, von Sätzen.

Lambert und Hartwig standen eines Nachmittags vor meiner Wohnungstür. Kontrolle, sagte Lambert, dürfen wir eintreten?
Die beiden waren im Umlauf, Lambert zeigte mir ein Polaroid, das sie von sich hatten machen lassen, Arm in Arm, als im Backstage am Stuttgarter Platz einer mit einer Kamera aufgetaucht war, der die Gäste für zehn Mark fotografierte.
Und wo seid ihr dann hin?
Berlin Bar, sagte Hartwig, glaube ich.
Später, sagte Lambert, viel später.
Du hast recht.
Im Kühlschrank war eine Dose Tuborg, mehr hatte ich nicht anzubieten, ich wollte nichts. Hartwig holte zwei Gläser vom Regal neben dem Herd und schenkte ein.
Da ist noch was drin.
Ich schüttelte den Kopf.
Er legte ein Drogenbriefchen auf den Küchentisch, eine Rasierklinge, die unter dem Zellophan einer Zigarettenschachtel gesteckt hatte, nahm den Spiegel über dem Waschbecken ab.

Ich jetzt nicht, sagte Lambert.
Und du?
Lass mal.
Echt?
To absent friends, sagte Lambert und stieß mit Hartwig an. Dann schlug er das Buch auf, das vor ihm auf dem Küchentisch lag. *Zur Geschichte von Polizei- und Liebeskunst*. Las ein paar Abschnitte, sah mich an. Warum ich ihm das noch nicht empfohlen hätte? Warum ich so was für mich behielte?
Gnade, sagte ich, ob er mir verzeihen könne?
Hier, er zog ein Taschenbuch mit rosafarbenem Einband aus seiner Jacketttasche, hast du das gelesen?
Hatte ich nicht, *Ada oder Das Verlangen*, noch nie einen Roman von Nabokov, keine Zeile. Nur diesen Film einmal gesehen. Und den anderen, von Fassbinder. Der mir jedoch, ich wolle ehrlich sein, nicht gefallen habe, trotz Dirk Bogarde.
Der Inhalt von *Ada*, sagte Lambert, könne schnell nacherzählt werden. Auf diese Weise würde man aber verfehlen, um was es sich handele. Käme auf psychologische Deutungen, die wie immer danebenlägen. Inzest, Frühreife und so weiter. So schnell, er müsse sich korrigieren, gehe es allerdings auch nicht, das Nacherzählen, allein schon wegen der verwickelten Chronologie. Weil die Erinnerung ja springe, auslasse oder, nicht wahr, zu Verdichtungen neige.
Ich tippte Hartwig an … hack mir auch was.
Eine Welt, sagte Lambert, mit der man die eigene vergleiche, die eigenen Emotionen und Begehrlichkeiten. Fremdes Land.

Ist das so?
Ist so, Lambert verschränkte die Arme vor seiner Brust.
Darf ich?
Ich schenk's dir.
Du hast das Buch schon ausgelesen?
Mehr als einmal, Lambert lehnte sich auf dem Küchenstuhl zurück, kein Fehler.

Schwierig ist es, sich unbemerkt hinzusetzen.

Besser doch nicht, sagte ich, als Hartwig mir den zusammengerollten Geldschein reichte. Ich hob die Schultern, blickte zu Lambert.
Muss ich mich für dich opfern?
Ich befürchte, sagte ich.
Was ihm dafür angeboten werden könne?
Ewige Zuneigung.
Drunter würde er es auch nicht machen, sagte Lambert und nahm Hartwig den Schein aus der Hand.

Die Wolken gehören dem Wind und der Erde. / Solange es Wolken gibt über Turin, ist das Leben schön.

Hartwig hängte den Spiegel zurück an die Wand überm Waschbecken. Er leckte die Rasierklinge ab und steckte sie wieder hinter das Zellophan der Zigarettenpackung.
Seit wann? Mit seinem Stoppelhaarschnitt in der Sexta. Die Gärtnerei seiner Eltern, die Gewächshäuser, das Haschischversteck in einem Kabelkanal. Wie er darauf

beharrte, *Auf den Marmorklippen* vorstellen zu wollen, als der neue Deutschlehrer in der Oberstufe (ich hab als Student noch mit Hesse korrespondiert) die Referate für den nächsten Monat verteilte.
Willst du arbeiten?
Keine Frage von Wollen, sagte ich.
Lambert stand auf, gab Hartwig mit seinem ausgestreckten Daumen ein Zeichen.
Wohin?
Ich bräuchte ...
Sollen wir was essen gehen?
Unbedingt, sagte Lambert, Mantovani.

Verwirrt von der Welt, kam ich in ein Alter, / da ich die Luft mit Fäusten schlug und ohne Grund weinte.

Bei Leonore eine Herrenarmbanduhr. Auf dem Tischchen vor ihrer Récamiere.

Leonore zuckte mit den Schultern ... ihr gehöre die Uhr nicht.
Wem dann?
Ist das ein Verhör?
Möglicherweise, ich warf die Uhr ins Zimmer, hätte ich ein Recht zu erfahren, wer der Besitzer sei.
Sie schrak zusammen. Als hätte ich sie geschlagen. Wir starrten uns an.
Ob sie, bitte, ja, einen Augenblick nachdenken dürfe?
Sie müsse nicht nachdenken ... wahrscheinlich bin ich sehr laut geworden ... wem?
Sie fing von Unterlagen an, die ihr zum Abtippen ge-

bracht worden seien, sie wäre zurück ins Büro, hätte die halbe Nacht …
Kann man doch anrufen, sagte ich. Warum man ihr die Unterlagen gebracht habe? Dieser Dolf?
Sei doch egal, sagte Leonore, es habe sich um einen Antrag auf den letzten Drücker gehandelt.
Noch ein Antrag? Wie viele Anträge stellt man bei euch?
Arschloch, platzte es aus ihr heraus, ich schreibe deine Arbeit ab, bedankst du dich auch nur einmal dafür?
Danke, sagte ich, vielen Dank.
Warum er seine Uhr abgezogen habe, wisse sie nicht, ich möge ihn selber fragen.
Wen?
Lass mich in Ruhe.
Ich höre.
Leonore rannte aus dem Zimmer, aus dem Flur hörte ich sie rufen, dass mein Misstrauen … ich mache alles kaputt.

Als sie mir später sagte, dass Dolf ihr die Unterlagen vorbeigebracht habe, sie jedoch keine Ahnung habe, wie seine Uhr auf das Tischchen gekommen sei, ihre Hände auf meinen Schultern, entschuldigte ich mich, es täte mir leid, ich … ich wisse auch nicht, was plötzlich in mich gefahren sei.

Es wird andere Tage geben, / andere Stimmen werden sein.

Ich habe nie von Leonore geträumt. Träume von Versöhnung oder erschreckender Erkenntnis. Was man im Wachzustand verleugnet oder verdrängt.

Im dauernden Auf und Ab der Dinge, die in mich eingehen und wieder verlassen …

… an einem Novemberabend in Mailand, die Luft war immer diesig, es war schon kühl. Genau verstand ich nicht, um was es bei dem Telefonat im Nebenzimmer ging, alte Vorwürfe, neue. Dann hörte es sich an, als würde etwas umgestoßen, Musik ertönte, ultralaut, *Say captain say wot say captain say watcha want*, riss bald wieder ab. Einen Moment Stille, bis Irene hereingestürmt kam und mit von Schmerz verzerrtem Gesicht Maledetta schrie, Maledetta, Maledetta, und sich aufs Bett warf. Ihre Mutter, die gemeint war, als würde die Geschichte nie ein Ende haben können.

Schwer, fast unmöglich zu sagen, wann sich ein Weg zu verzweigen beginnt. Und man spürt, schon längst in eine andere Richtung unterwegs zu sein. Dass es kein Umkehren gibt, ab hier noch einmal neu.

Nils stand unten an der Treppe zum Saal und kontrollierte Eintrittskarten. Ich war mit Einkäufen fürs Abendessen auf dem Weg vom Psychologischen Institut zu Leonore (ist alles gut so, hatte Reiner gesagt, der die ersten beiden Kapitel meiner Arbeit gelesen hatte), trank bei Birgit am Tresen ein Bier.
Nils war barfuß, trug Lederhosen, kein Hemd, kein

T-Shirt, sein Oberkörper glänzte. Im Vorführraum war es im Sommer besonders heiß, trotz der Abluftanlage, die durch silbrige Röhren die Wärme der Xenonlampen aus den Projektorgehäusen absaugte. Achtzehn Uhr, fast nur Frauen, die allein, zu zweit, zu dritt, das Vorabendprogramm besuchten. Und jeder schenkte er einen Blick, als hätte er nur auf sie gewartet. Wir sollten die Eintrittspreise erhöhen, sagte Birgit, so was spricht sich rum.
Nils hatte mir zugewunken, als ich ins Kino gekommen war, auf sein Ohr gedeutet. Den Ring tauschen wir aus, ganz einfach.
Eh, hörte man die Stimme Carlos schon am Eingang, entfällt. Er solle sich was überziehen, bei ihm werde nicht mit freiem Oberkörper gearbeitet.
Sie, sagte Birgit, als Carlo bei uns stand, finde das übertrieben, und sicher sei sie nicht die einzige. Frau. Hier. Gerade.

Gebannt sah ich zu, wie Nils den Film in eine der Maschinen einlegte. Vorlauf, sagte er, über die Maske, Malteserkreuz, Schlaufe lassen, Tonrolle, und dann nach unten auf den Abwickel.
Wo hast du das gelernt?
In Bonn, er drehte sich zu mir um, wischte sich Schweiß von der Stirn. In 'nem Pam-Kino, du weißt?
Pornos?
Das wird dir schnell langweilig.
Aber du kommst doch … aus Königswinter, oder?
Bin ich nach der Schule hin, ich hab den Vorführer gekannt.

Er blickte durch ein kleines Fenster in den Saal, drückte einen Knopf auf einer Schalttafel an der Wand. Ganz dumpf hörte man die drei Schläge eines Gongs, dann setzte sich die Rolle oben auf dem Projektor in Bewegung. Mit einem Klicken fiel gebündeltes Licht aus dem Objektiv auf die Scheibe des Fensters, wurde in den Raum zurückgeworfen. Die Fanfare des Filmverleihs ertönte, Musik. Nils drückte einen anderen Knopf, und man hörte nur noch das Rattern der großen Maschine.
Willst du lernen?
Warum sollte ich?
Weil du dann überall arbeiten kannst.
Wie du?
Vor allem, wenn du dich ein bisschen mit Mechanik auskennst.
Das sei nicht mein Ding, sagte ich, noch nie gewesen.
Er würde mir das beibringen, sagte Nils und ging zu einem langen Tisch hinten im Raum, auf dem Metallarme mit Achsen und Zahnrädern befestigt waren. Umroller, sagte er, weil der Film ja immer wieder auf Anfang müsse, verstehst du?
Ich nickte.
Ob ich mir das überlegt habe, Nils setzte sich auf einen Barhocker vor dem Tisch, der Ohrring läge immer noch bei ihm zu Hause.
Wo wohnst du?
Mehringdamm.
Wo?
Ecke Bergmannstraße, kommst du mal vorbei?
Sicher, sagte ich, schreib mir deine Telefonnummer auf.

War es je schöner, je zärtlicher, mit Leonore? Wie nach dem Vorfall mit der Uhr … hatte dieser Typ eben bei ihr vergessen, irgendwie. Der Herr Doktor Institutsdirektor. Der fünfzehn oder zwanzig Jahre älter war als wir beide. Ein Leben, das uns noch erwartete. Von dem wir Kindern und Enkeln erzählen würden.

Männerphantasien. Das Buch lag schon lange bei mir, jetzt durchflog ich es, las manches genau, anderes seitenweise überblätternd. Das Schicksal des Faschisten, nicht zu Ende geboren worden zu sein. Fragmentierte Körper, die allein in der Vernichtung sich als Ganzes empfinden. Vernichtung von Feinden, die gewöhnlich Eingeborene und Frauen sind … als Flintenweiber beschimpft, rote Furien. Dass der Text, der weit ausgriff, auch historisch, immer wieder von Bildern, von Fotos, Gemälden, Filmstills kommentiert wurde, fand ich großartig, eine zweite Ebene wie sonst nie in akademischen Schriften … *Es waren nicht so sehr wahnsinnige als vielmehr arbeitslose und ehelose Menschen, die zur Sicherung der öffentlichen Ordnung und Moral besonders in ökonomischen Krisenzeiten in die Asyle gesteckt wurden …* und *dass, wer ›Perspektive‹ sagt, ›Zentrum‹ sagt, ›Ich‹ sagt, letztlich also Unterwerfung sagt und Imperialismus.*

Kissen im Rücken, bequem nebeneinander im Bett sitzend, gingen wir Satz für Satz durch. Ob es logisch war, wie ich den Weg nachzeichnete, auf dem sich unsere Vorstellung von Individualität herausgebildet hatte. Unser Selbstverständnis, unser Glaube an uns

selbst. Als seien wir nicht bis in die letzte Körperzelle geprägt von sozialen Mächten, die Fähigkeiten verkümmern lassen, wie sie andere zum Maßstab jeder möglichen Erfahrung machen. Wer sich dem nicht beugt, wird zum klinischen Fall … Himmelsstrahlen im Arsch des Gerichtspräsidenten.
Leonore war eine genaue Leserin, schlug Quellen nach, verlangte eine ordnungsgemäße Zitationsweise. Um unterscheiden zu können, was von mir stammte und was von Foucault, was von Ariès, was von Theweleit. Päpstlicher als der Papst sei sie, sagte ich, eine echte Papistin. Ja? Schau nicht so, wir betreiben hier Wissenschaft. Tatsächlich?
Ein Resümee fehlte noch, ein Ausblick auf die Gegenwart. Wie man heute Affekte kontrolliert und in wessen Interesse das sei. Die irrtümliche Annahme, man könne die eigene Natur wiederentdecken … als hätte es je eine gegeben, die im Prozess der Zivilisation verlorengegangen sei.
Einige Formulierungen für die letzten Seiten hatte ich schon geschrieben. Dass ich hoffe, meine Arbeit würde den Blick dafür schärfen, »wie eng unser ›Ich‹, unsere psychischen Abteilungen den Strukturen der sich entwickelnden arbeitsteiligen Gesellschaft korrespondieren und daß manches, was in psychologische Theorien als ›anthropologische Konstante‹ einfließt, nichts anderes ist als Folge und Voraussetzung gesellschaftlicher Transformationen.« Gut?
Eine schöne Arbeit, sagte Leonore, ich könne stolz auf mich sein.
Ohne dich hätte ich das nicht geschafft.

Hättest du.
Nie.
Sie nickte kaum merklich ... doch.

Unmöglich abzulehnen. Als Sven am Telefon fragte, ob er bei mir übernachten könne, kurz. Es sei wegen einer Firmengründung, Eintrag ins Handelsregister (soweit ich mich erinnere), ein Import-Export-Geschäft, das er mit einem Kumpel aus Köln, wo er immer noch studierte, demnächst aufziehen werde. Berlin-Zulage, Steuererleichterungen.
In den letzten beiden Schuljahren hatten wir nebeneinandergesessen, uns angefreundet. Obwohl wir sehr verschieden waren, nie hätte ich wie Sven in den Sommerferien sechs Wochen gearbeitet, um mir eine teure Anlage von Marantz kaufen zu können, Plattenspieler, Verstärker, Boxen. Drunter machte er's nicht, eine Stilfrage für ihn. Nur für ihn, die anderen sollten sich ins Zimmer stellen, was sie wollten.
Komm nur, muss ich gesagt haben, einen Tag einkalkulierend, an dem es nichts würde mit der Arbeit. Dafür bekäme ich Geschichten zu hören, Sven als Assistent eines Vermögensverwalters, der in einer Suite des Arabellahauses in München seine Kundschaft empfing.
Was er an mir fand? Außer dass ich ihm half, in Deutsch eine gute Vier auf dem Zeugnis zu haben. Wie schon Robert zwei, drei Jahre vorher. Obwohl ich (in striktem Gegensatz zu ihm) ernst nahm, was es in der neunten Klasse zu lesen gab, *Die Judenbuche*, Erzählungen von Heinrich Böll, das Protokoll einer Bundestagssitzung. Und zugleich ein sich herausbil-

dender Reflex, der ausgelöst wurde, sobald ein Lehrer die Klasse betrat. Auswendig lernen? Warum? *Gallia est omnis divisa in partes tres* … nein!

Vor ein paar Jahren stand Sven nach einer Lesung im Foyer des Stadttheaters, wo wir *King Lear* und *Andorra* gesehen hatten, plötzlich vor mir … Zufall, er und seine Schwester müssten sich um ihre Mutter kümmern, einen Heimplatz finden, und außerdem habe er ein paar Sachen beim Finanzamt zu regeln. Ob wir draußen eine rauchen wollten?
Ich wusste, dass er für eine italienische Firma arbeitete, Webmaschinen, jetzt erzählte er mir, dass er für diese Firma in Osteuropa unterwegs sei. Bulgarien aufrollen. Er kam mir fast unverändert vor, schlank, gut angezogen, nur kahler. Ein kurzgeschorener Haarkranz über den Ohren.
Zuerst Modena, wo der Stammsitz des Unternehmens sei, jetzt in Sofia. Flat-Tax, zehn Prozent. Blöd von ihm, dass er hier immer eine Meldeadresse beibehalten habe … ob die eigentlich verrückt seien? Steuernachzahlungen verlangten, als wohnte er noch bei seinen Eltern. Ein Zimmer unterm Dach, über seinem Bett das Plakat einer Ausstellung mit Gouachen von Beuys, das er sich bei der Vernissage hatte signieren lassen.
Okie, sagte Sven, als wir zu Ende geraucht hatten, er wünsche mir Erfolg, morgen würde er denen Bescheid blasen. Keinen Cent. Und wenn er Italiener werden müsste, sei ihm egal, völlig irre, diese Spießer. Er gab mir die Hand und verschwand Richtung Bahnhof, wo ein Taxistand war. Flugzeug und Taxi.

Wie war's?
Wie ich es erwartet hatte.
Zufrieden?
Ich hoffe, ich vergesse nichts davon.

Der Vormittag der Klausur. Von neun bis vierzehn Uhr. Aufsicht führte in den ersten beiden Stunden Konny, der uns darüber aufklärte, dass er an akuten Sehstörungen leide, aber jedes Rascheln von Papier, das man hervorziehe aus Aktentaschen oder irgendwelchen Mappen, hören würde. Und konfiszieren, vernichten, inwiefern er bitte, auf ihn allerstrengste Rücksicht zu nehmen.
Die Themen waren (wie verabredet seit Jahren) so schwammig formuliert, dass alle mit ihren Spezialgebieten sich in den Fragen wiederfinden konnten. Diagnose und Gestalttherapie, Psychoanalyse, Verhaltenstherapie, humanistische Verfahren. Ich glaube, dass mein vorformulierter Aufsatz zur Objektivität von Messungen, die man als diagnostische Hilfsmittel heranzieht, noch in irgendeiner Kiste liegt, ich weiß es nicht.
Nachdem wir abgegeben hatten (Babette tat so, lachend, als würde sie sich Schweiß von der Stirn wischen, musste sich schnäuzen, weil ihr im selben Moment Tränen in die Augen schossen), gingen wir ins Café Hardenberg, wo Harry eine Flasche Sekt bestellte. Besser zwei, rief er dem Kellner nach, und eiskalt, ich kenn dich.
Gut gegangen, jeder von uns war erleichtert. Dass sie sich nicht getraut hatten, uns reinzulegen, die neuen

Zeiten. Ich hätte Silber, sagte Vera, die Reifen von seinem Scheiß-Porsche zerstochen, in einem Ton, der keinen Zweifel ließ, dass sie es ernst meinte. Sozialarbeiterin im Frauengefängnis Lehrter Straße, bevor sie noch einmal angefangen hatte zu studieren. Ich auch, sagte Babette, keine Gnade. Worauf Harry sich über den Tisch beugte und ihr einen Kuss auf die Stirn gab. Trinken wir, sagte Berthold und hob sein Glas, es geziert am Stiel haltend. Auf uns, sagte Ignaz und stieß mit Berthold an, dann mit uns allen. Bevor er trank, ballte er eine Faust, löste sie sofort wieder … geht der Kampf weiter? Gott gegen alle, macht euch keine falschen Vorstellungen.

Dear Prudence / Won't you come out to play / Dear Prudence / Greet the brand new day / The sun is up, the sky is blue / It's beautiful, and so are you

Das Gefühl, etwas sei einem anderen nicht so wichtig wie einem selbst. Als hätte man ihn davon ausgeschlossen. Genugtuung, Freude, Verzweiflung.
Herzlichen Glückwunsch, sagte Leonore, als ich sie nach der Klausur anrief. Mir scheine es ja gut zu gehen, ob wir schon feierten?
Einen Sekt, sagte ich, wir seien … die Genossen von früher … im Café Hardenberg.
Wer alles?
Alle …
Sie müsse, sagte Leonore nach einem Augenblick, heute etwas länger im Büro bleiben.
Schon wieder?

Man schreibe gerade einen Bericht, den sie noch in Reinform zu bringen habe.
Wer?
Dolf und Albert.
Was für ein Bericht?
Leonore schwieg, als wäre meine Frage eine Zumutung, jede Frage …
Ob ihr die Überstunden wenigstens bezahlt würden?
Sie beeile sich, sagte Leonore, spätestens um neun sei sie da.

Bei Nils hob niemand ab, immer nur das Freizeichen.

Klasse gemacht, sagte Reiner, kaum hatte ich sein Büro betreten. Auch der Zweitgutachter würde für Sehr gut plädieren, Holbein, kennst du den? Vom Sehen, sagte ich, das sei nie mein Ding gewesen. Stressforschung.
Er, Reiner schob eine Untertasse, die als Aschenbecher diente, an die Tischkante, habe meine Arbeit mit größtem Interesse gelesen. Jeder Erkenntnis, jedem Fortschritt zum bürgerlichen Bewusstsein hin, zum Körper des Bürgers, einen historischen Rahmen zu geben. Was ihn selbst beschäftige, weil er bisher kognitive Fähigkeiten immer ohne Bezug zu ihrer Geschichtlichkeit betrachtet habe. Als seien sie von Natur aus da.
Reiner hatte schon mehrere Bücher veröffentlicht, gelesen hatte ich keines. Würde ich auch nicht mehr, seit dieser Begegnung in seinem Büro haben wir uns nie wiedergesehen.
Natürlich, belehrt Google mich, wurde er nirgendwohin berufen, sondern ist immer Privatdozent geblie-

ben. Wie Anke, die in Bremen weiterstudiert hatte … wer von uns wäre besser gewesen?

»So wie wir sind, müssen wir nicht sein«, hatte ich im letzten Absatz, vor den letzten Worten geschrieben. »Setzen wir den Menschen neu zusammen *aus Redensarten, Sprichwörtern, sinnlosen Bezügen, aus Spitzfindigkeiten, breit basiert*, um endlich *die Wahrheit zu besitzen in einer Seele und einem Leib.*«

Der Abend, als ich das Regal in Leonores Flur umriss. Ob sie mir weismachen wolle, bis jetzt gearbeitet zu haben?
Lass mich in Ruhe.
Du hast eine Fahne.
Na und?

Gerade Wege, die mich abschrecken (nur die endlosen Geraden amerikanischer Landstraßen nicht, wie mit dem Lineal durch die Welt gezogen). Eine bestimmte Ordnung, die ich mir abringen muss, um überhaupt zu etwas zu kommen. Um nicht den ganzen Tag mit Träumen und Lesen und Selbstgesprächen zu verbringen. Vor Bildern, im Kino. Fragen nach meiner Arbeit versuche ich auszuweichen, als schämte ich mich der Scham, die dann immer Besitz von mir ergreift. Sich am liebsten verstecken wollen, erstaunt, fast ungläubig, dass ein Buch, ein Drehbuch, doch fertig geworden ist. Sich zu einer Auskunft überwinden, weil es dazugehört, wie ich mir einrede, Geldsachen. Und im selben Moment oft weggerissen von dem Bedürfnis,

Voraussetzungen zu erklären, richtigzustellen, zu widersprechen.

In einem Aufsatz schreibt Burroughs, dass der Unterschied zwischen normal und krankhaft quantitativ sei, eine Frage des Maßes, das man anlegt ... *So what is the line between memory and hallucination?*

Nennen wir es Prinzipien. Oder Rituale, nach denen man sein Leben ausrichtet, um fast jeden Preis ... habe ich nicht, nie gehabt. Tagesablauf, Diätprogramme, Lektüren. Als sei ich in einem chronischen Zwischendurch gefangen, schon immer, schon lange vor Wikipedia (die Nr. 1 der Billboardcharts seit 1950) und YouTube (Southside Johnny remastered, Alligatorangriffe, die Kette rauchende Hannah Arendt). Meine Unfähigkeit, nein zu sagen, ich muss arbeiten. Um mir dann den Schlaf zu rauben, weil etwas zu beenden ist.
Aber nie habe ich Briefe, Postkarten, Mails gelesen, die nicht an mich adressiert waren. Im Glauben oder in der Hoffnung, das würde auch für alle anderen gelten.
Ein Umschlag auf Leonores Küchentisch, aufgerissen, eine Ecke des Papiers sah aus dem Kuvert heraus, mit Bleistift geschriebene Worte.
Nie zuvor, nie mehr danach, nicht für mich bestimmt.
Es war ein Blatt von einem linierten Collegeblock, zweimal gefaltet ... Die Nacht, Nacht unterstrichen, als wir am Lietzensee waren und nicht voneinander lassen konnten. Doch ich hatte es dir ja versprochen.
Ich musste mich setzen, mein Magen zog sich zusammen. Ich empfand leichten Schwindel, dröhnende

Stille war plötzlich um mich herum. Was heißt das? Was sollte das denn sonst heißen?
Es gab keine Anrede, der Text begann mit einem Gedankenstrich. Ich sah auf den Umschlag, Leonore Rother, Pestalozzistraße. Niemand außer ihr konnte gemeint sein.
Meine Augen glitten über die Schrift, Schreibschrift mit Bleistift, ich wollte das nicht lesen … Du bist vom Bett aufgestanden, hast dir lächelnd die Bluse wieder zugeknöpft und dich ans Fenster gesetzt. Weißt du noch?
Unterzeichnet war der Brief mit einem einzelnen Buchstaben, D, darüber die Zeile, dass er ohne sie nicht mehr leben könne. Ich kann ohne dich nicht mehr leben.
Wie ein Boxer, der angeschlagen versucht, bis zum Gong über die Runde zu kommen, wo ist meine Ecke?
Nach einigen Minuten faltete ich das Blatt und steckte es zurück in den Umschlag, legte ihn auf den Tisch neben meine Einkäufe.
With your mercury mouth in the missionary times, / And your eyes like smoke and your prayers like rhymes …
Als müsse man mich mit der Nase darauf stoßen, zuerst die Uhr und jetzt das.
Oh, who among them do they think could bury you?
Liegengelassen zu dem Zweck, von mir gefunden zu werden. Eine andere Erklärung gab es nicht. Seltsam nur, dass er ihr Briefe schrieb, wo sie sich jeden Tag sahen. Schon sein Name. Wahrscheinlich hatte er vorne das A herausgestrichen.
Ich stand auf und begann zu kochen, wie ein Automat.

Sellerie kleinschneiden, Lauch, Möhren, ein Rippenstück. Und zum Schluss noch Blätter von Kopfsalat in die Suppe. Kaum bezähmbare Wut stieg mit einem Mal in mir hoch, dann wieder Schwäche, ich musste mich setzen. Leonore wusste doch, dass ich einen Schlüssel hatte. Als hätte sie es so gewollt, hätte es mir anders nicht sagen können. Ihre Zukunft, meine Zukunft.

Übertreibungen, Unterstellungen … nichts sei passiert, nichts. Ich könne aber lesen, hatte ich gesagt, schwarz auf weiß. Leonore schrie mich an: Warum tust du das? Was? In fremder Leute Sachen rumstöbern. Fremder Leute, schrie ich zurück, sind wir jetzt so weit?
Sie zerriss den Umschlag, das Blatt, warf die Schnipsel in den Mülleimer.
Ob er also nur phantasiert habe, fragte ich, dieser D.
Leonore, gegen den Kühlschrank gelehnt, kreuzte ihre Arme vor der Brust und blickte nach unten.
An dem Abend, sagte sie zögerlich, hob die Schultern … sie hätte zu viel getrunken gehabt. Dass sie überhaupt Dolfs Einladung, noch mit in seine Wohnung zu kommen …
Dolf?
Was?
Es war für mich kaum zu ertragen, den Namen aus ihrem Mund zu hören. Wer heißt eigentlich so?
Willst du mich anhören?
Ich nickte.
Es täte ihr leid, es sei ein Fehler gewesen, machst du nie Fehler?

Mehr als genug, sagte ich, aber nicht solche. Sie setzte sich auf meinen Schoß.
Was soll ich denn machen?
Kündigen.
Leonore umarmte mich, schwieg.

Ich glaubte alles, was sie mir versprach. Irrtum, Vertrauen, viel zu alt. Sie würde zu Ende studieren, wenn ich einen Job hätte, mit *dem* Zeugnis. Wenn ich es denn hätte, sagte ich, noch die ganzen mündliche Prüfungen. Mit links, sagte Leonore, würde ich die bestehen, du bist so jemand.

Nie mehr, verzeihst du mir?
Es gäbe nichts zu verzeihen, sagte ich, du lehnst ab, wenn er sich noch einmal mit dir treffen will. Nach der Arbeit.
Sie nickte, ihre Haare strichen über meine Wange.

Ich las Stellenanzeigen, auf die erstbeste würde ich mich nach der letzten Prüfung bewerben. Mit Erfahrungen, die noch zu erfinden wären, Adoptionszentrale Erlangen, Caritas Paderborn, Jugendhilfe Neukölln.

Bei Frau Burger in Psychagogik ein Gespräch über Lacan, das Spiegelstadium. Ignaz saß als Zuhörer hinter mir, Harry, Berthold. Wie es mit der Psychoanalyse weitergehe, fragte sie mich, ob man Lacan in eine Beziehung setzen könne zu anderen Theorien, Erikson oder Winnicott? Über die ich wenig bis nichts wusste, ich versuchte auszuweichen, brachte Margaret Mahler

vor, ihre Forschungen zur Bildung von Individualität beim Kleinkind. Wie es sich von der Mutter löst, um ein Ich zu bilden. Angst und Schmerz und Rausch. Du bist es, der das alles vermag, du brauchst dafür niemanden.
Ich muss Ihnen eine Eins geben, sagte Frau Burger, als wir nach der Prüfung in ihr Büro zurückkamen, Sie haben ihre Zeit optimal genutzt. Sie lächelte. Dass Sie Lacan verstanden haben, diesen Aufsatz, will ich nicht in Zweifel ziehen ... belassen wir es dabei.

Nichts könnte uns trennen, jeder Blick Leonores war für mich eine Bestätigung. Dass man zusammengehört, keine Widrigkeit, die nicht zu überwinden wäre.

Was ist aus Konradin geworden? Ein kragenloses blaues Fischerhemd mit weißen Streifen über einem voluminösen Körper, druckreife Sätze. In der neuen Ära war sein Wissen nicht mehr von Wert, die Erkenntnisse der kritischen Psychologie. Silber mit seiner Statistik war jetzt der König am Institut, eine Veröffentlichung nach der anderen.
Keine Suchmaschine gibt mir Auskunft ... als hätte Konny Stadelmann sich bis in seine Moleküle aufgelöst. Störungen, die man nur behandeln kann, wenn einem die Klassenlage klar ist, Vorwissen und Empathie. Don't give up, es ist nicht deine Schuld.
Was hat dir das Studium gebracht? War die erste Frage, nachdem ich vor seinem Schreibtisch Platz genommen hatte. Bist du klüger geworden?
Konny (und darum hatten wir uns alle bei ihm ange-

meldet) durfte noch prüfen (um jedem Aufruhr zuvorzukommen) während der letzten Wochen seines Vertrages.
Deine Wünsche, deine Träume ... sei ehrlich.
Ich sah zum Protokollanten (Wolfram, praktische Erfahrung in der Personalabteilung von Mercedes, wird von innen aufgerollt), der seitlich von uns beiden am Tischrand saß.
Regeln wir später, Konny zündete sich eine Beedi an, was ich will, ist eine aufrichtige Antwort von dir.
Ich hätte einiges gelernt, sagte ich, ein paar von meinen Vorstellungen hätten sich in Luft aufgelöst.
Welche?
Willst du ein Bekenntnis von mir hören?
Konny blies Rauch über den Tisch, schüttelte den Kopf. Nur ... warum hast du das studiert?
Zufall.
Glaube ich nicht.
Ich auch nicht.
Warum also?
Vielleicht ... weil ich wissen wollte, warum Menschen handeln, wie sie handeln, oft gegen ihre ureigensten Interessen.
Und?
Es muss etwas geben, das wir nicht verstehen können. Mit unseren Methoden. Allein mit dem Verstand. Dass es genug ist, aus dem Es ein Ich zu machen.
War schon damals falsch, eine bürgerliche Illusion.
Weißt du eine Antwort?
Dann wäre ich reich, sagte Konradin, mit meinen Ratgebern.

Ich musste lächeln, sah zu Wolfram, der sich eine Zigarette drehte … wird von innen aufgerollt, du musst rein ins Maul der Bestie.
Welche Pläne hast du?
Irgendeinen Job. Und du?
Konny warf die halb gerauchte Beedi, die ausgegangen war, auf einen Plastikteller aus der Cafeteria.
Nach Konstanz.
Zu deinem Bruder?
Die heilige Familie. Zu irgendwas taugt sie dann.
Fünf Minuten vor dem Ende der Zeit, der halben Stunde, diktierte Konny ein Protokoll (hat sehr souverän ein breites methodisches Wissen vorgestellt), das Wolfram, die Zigarette hinterm Ohr, mitschrieb, so gut es ging … langsamer, ich komm nicht mit.
Eins Komma null, sagte Konny, bist du einverstanden?
Ich nickte.
Wir rufen dich gleich noch mal rein.
Danke.
Konny kam hinter seinem Schreibtisch hervor und gab mir die Hand.
Nichts zu danken.

Er würde, sagte Nils, ab September oder so in einem neuen Kino in Kreuzberg arbeiten, auf der Yorckstraße. Wenn der Umbau fertig sei, zwei Mark mehr Stundenlohn. Ob ich, wir saßen während der letzten Vorstellung zusammen, Nils mit Nähzeug im Schoß, etwas Besseres vorhabe?
Etwas Besseres als was?
Du könntest da auch anfangen.

Ich kann nicht vorführen.
Das bekäme man hin, sagte Nils, du guckst mir einfach zu.

Mit Hartwig und der Architektin war es aus, unvereinbare Lebensplanungen. Er schien darüber erleichtert zu sein. Sich nicht mehr rechtfertigen zu müssen, was man liest, hört, sich ansieht. Wann man zu Bett geht, wann man aufsteht, als sei man zu bestimmten Regeln von Natur aus verpflichtet. Gespräche, die er nicht führen wolle, nie führen wollte, Verständnis heischend.

Buckets of rain / Buckets of tears / Got all them buckets comin' out of my ears

Ein langer Abend nach einem Konzert, als hartnäckig gespielt wurde. Einer der Aufbauhelfer verlor Runde um Runde, bis er nichts mehr einzusetzen hatte. Das letzte Blatt, ein randvoller Topf, und niemand wollte ihm noch etwas leihen.
Receiver und Tonband, ob man die als Einsatz akzeptieren würde? Er zitterte am ganzen Körper, presste sein Blatt vor die Brust. Ich war nach der Arbeit geblieben, eine Schwerkraft, die mich gefangen hielt.
Die anderen blickten sich an, keiner sagte etwas, bis Carlo zur Tür wies. Wir warten.
Alle legten ihre Karten mit den Farben nach unten auf den kleinen Bistrotisch im Foyer, Carlo gab ihm einen Fünzig-Mark-Schein für das Taxi hin und zurück.
Und er gewann, ein Flush, der alles überbot. Völlig

bleich packte er das Geld ein, lehnte jedes Angebot weiterzuspielen ab (doppelt oder quitt, komm mal) und verschwand mit den Geräten, nachdem er sie wieder in die beiden Einkaufstüten gesteckt hatte.

Ich räumte meine Wohnung auf. Das Zimmer, die Küche. Papiere auf einen Haufen, Lehrbücher auf einen anderen. Spülte verschimmelte Teller und Tassen, sortierte Pfandflaschen aus, zog die Matratze auf den Paletten ab.
Die beiden letzten Prüfungen waren eine bessere Formalität, durch eine könnte ich durchfallen und hätte trotzdem bestanden. Angewandte Psychologie, Pädagogische Psychologie, die Entwicklung des moralischen Urteils beim Kinde. Bis es schließlich abstrakte Gesetze versteht, soziale Forderungen.

LACH NIT ES SEI DANN EIN STADT UNTERGEGANGEN

Jemandem Glauben schenken, weil man glauben will. Etwas nicht verstehen können, weil es auf einer anderen Ebene geschieht. Ein anderer Horizont, andere Ziele, ein anderes Leben.

Was wäre denn geworden? Oder gewesen? Hätte ich jemals eine fest umrissene Vorstellung von mir selbst gehabt. Als besäße ich sie heute … und sei nicht der Trödler, der ich wahrscheinlich schon immer war. Mit der Rechtfertigung heute, ich würde einen Roman schreiben, noch ein Jahr und noch eins, um dann wieder von vorn anzufangen. Tut nicht jeder und jede recht daran, mir nicht zu vertrauen? Ich mir selber, Wort für Wort, als könne keines meiner Worte so wahr sein, wie es die Wirklichkeit einmal gewesen ist.

Sie hatte sich doch wieder mit ihm getroffen, in einem Café. Um sich auszusprechen. Jetzt (ich muss dir etwas erzählen) sei für sie alles geklärt, sie wolle nichts mehr von ihm hören … weil … eine Unmöglichkeit, die sie ganz deutlich spüre.

Ein paar unbeschwerte Wochen, drei Wochen, vier Wochen. Ich hatte alle Prüfungen bestanden, wir gingen in den Dschungel, tanzten, tranken, schnupften auf der Frauentoilette, was ich von Wilfried gekauft hatte. Pink Rocks.

Ich schrieb schon Bewerbungen, dabei hatte ich noch kein Zeugnis bekommen. Würde ich nachreichen, Verwaltungswege, ich bäte um Verständnis. Aber die ausgeschriebene Stelle sei wie für mich zugeschnitten. Als jemand, der mit Kindern gearbeitet habe, in der Akutversorgung auf einer psychiatrischen Station. Elaborierte Wahnvorstellungen, Schuldfähigkeit ist höchstwahrscheinlich auszuschließen.

Wie um zu beweisen, dass ich Geld verdienen könne. Mach dir keine Sorgen, wir schaffen das, und in ein paar Jahren können wir alles von oben her betrachten, einen echten Schnitt machen.

Wie kann es denn besser sein? Als mit mir? Unsere Liebe.

Dagegen eine Angst, von der ich erst heute weiß. Die mir erst heute bewusst geworden ist …

Mich rettet vor dem Untergang immer der Gedanke, noch ein Buch schreiben zu können. Was alles sonst aufwiegt, die Sinnlosigkeit der leeren Zeiten. Die man nicht genutzt hat, verloren in Ablenkungen, denen man nichts entgegenzusetzen hatte. Im Griff einer anderen, unwiderstehlichen Macht, die von tief innen kommt. Und zugleich von außen, ganz nackte, sich herrisch aufführende Gebote. Die man, wie einem Zwang gehorchend, erfüllen … zu müssen glaubt. Du bist kein Versager, überflüssig.
Die Überstunden werden mir jetzt mit 50 Prozent bezahlt, sagte Leonore eines Sonntags, als wir im Botanischen Garten spazieren gingen. Wer das entschieden habe, fragte ich. Die Geschäftsführung, sagte sie, wer sonst?
Alle ihre Schulden waren bezahlt. Ein neu eröffnetes Konto, neue Eurocheques.
Aus Oberhausen kam ein Brief, man würde sich freuen, mich zu einem persönlichen Gespräch begrüßen zu dürfen … wohin immer es uns verschlägt.

Ob an dem Abend, als ich aus Oberhausen zurückkam, oder an irgendeinem anderem, ist ohne Bedeutung. Leonore war noch nicht zu Hause, niemand erwartete mich. Was ich zu erzählen hätte von dem Gespräch, dieser Stadt, toten Zechentürmen.

Aber das weiß ich noch genau. Weil es mich so überrascht hatte. Als Nils eines Nachmittags bei mir anrief und fragte, wie's aussehe, um acht in der Osteria? Für ihn habe Pino immer zwei Plätze frei.

La classe operaia va in paradiso … die Arbeiterklasse … kommt ins Paradies.

Als hätte das für ihn eine Rolle gespielt. Als hätten ihn politische Erwägungen je interessiert. Was jemand war, in welcher Partei, wie Pino, immer ein Küchenhandtuch um die Hüften gebunden, der zehn Prozent vom Umsatz seiner Pizzeria an den *PCI* überwies. Für Nils entschied sich alles persönlich, Loyalität, Verschwiegenheiten.

Lambert lebt schon lange in Kiel, zweimal im Jahr kommt er für eine Woche nach Berlin, wohnt bei einer gemeinsamen Freundin in der Kammer hinter der Küche, in der ein schmales Bett steht, ein Nachttisch mit einer Lampe darauf, einem Buch.

Die Empfindung, nicht mehr zu wissen, wo man gerade ist, außer in einer immer undeutlicher werdenden Erinnerung. Als sei vieles mit sicherem Strich übermalt worden, ohne das geringste Zögern.
Als ich in Neapel nach Jahren wieder vor dem verwitterten Haus stand, in dem das Café Egidio gewesen war. Das Spinnaker nicht mehr gefunden, und nicht das Sinsemilla, in das man unter der halb heruntergelassenen Metalljalousie mehr hineinkroch als hineinging, nachdem man seinen Mitgliedsausweis vorgezeigt hatte … *circolo privato*.
Oder Berlin. Wenn ich durch die Pariser Straße laufe, mich frage, wo Leonore und ich an unserem ersten Abend gewesen sind. Es fing an zu schneien, fast

mein letztes Geld für das Taxi, der Rest reichte gerade noch für ein Bier. Der vergebliche Versuch, etwas wiederzufinden, das sich nicht wiederfinden lässt … nach Schneeflocken zu schnappen und wie sie auf der Zunge schmelzen und vergehen, in ihrem Mund, in meinem.
Als würde ich mich durch eine Stadt bewegen, die ich nicht kenne. Die sich von mir entfernt hat, sie darunter, ich da. Selbst Lambert ist unwillig, mir Auskunft zu geben … ich lebe nicht in der Vergangenheit.

Aus allen Wolken … zerschmettert werden auf einem Pflaster, unter dem kein Strand liegt, kein feiner weißer Sand, der den Aufprall vielleicht abmildern würde.

So sei das, sagte Nils, verstehst du's endlich?

In Leonores Flur stand ein Holzregal mit Schuhen, Telefonbüchern, ein paar Aktenordnern, irgendwelchem Krimskrams.
Das ich umgerissen habe an jenem Abend, bevor ich ging. Bevor ich ihr den Schlüssel zu ihrer Wohnung zurückgab, nachdem sie wieder Stunde um Stunde ausgeblieben war. Als hätte es noch einer Erklärung bedurft, einer Entschuldigung, eines Bekenntnisses. Wie ausgelöscht das vergangene Jahr, die Jahre, die noch hätten kommen können.
Dieser Augenblick, wenn es nichts mehr zu deuten oder zu verleugnen gibt, zu verstehen, zu reden. Kein Brief, der noch etwas ändern würde, keine Post-

karte … wie die anderen, über Monate hinweg, dreißig, fünfzig.
Was willst du?
Ein Achselzucken, ein Blick ins Leere.
Jedes weitere Gespräch war sinnlos … ich werde zu Dolf ziehen, es tut mir leid. Es tut dir was? Glaub es mir, bitte.

Als ich wach wurde, lag ich auf der Couch in Nils' Wohnzimmer. Zum Frühstück machte er Toast Hawaii, Schinken, Käse, eine Ananasscheibe.
Er war noch im Kino gewesen, letzte Vorstellung, Birgit hatte ihn aus dem Vorführraum an den Apparat geholt.
Toast Hawaii … damit gewinnst du immer, steht bei keiner auf dem Plan.
Zuletzt hatten wir im Basement getrunken, einer Bar in einem Souterrain am Mehringdamm, wo er, Ecke Bergmannstraße, in der alten Wohnung seiner Schwester lebte. Die jetzt Ärztin in Saarbrücken sei und den Vertrag nie gekündigt habe. Du stehst aber nicht im Mietvertrag? Ist doch egal.
Er werde sich keine Geschichten anhören, hatte Nils gesagt, als ich neben ihm am Umrolltisch lehnte, es seien sowieso immer die gleichen. Nicht weiterzuwissen, glaube er niemandem, auch mir nicht. Als sei wegen irgendeiner Leonore das Leben zu Ende. Schluck's runter, vergiss es.
Nach dem Frühstück sah ich ihm zu, wie er, auf dem Boden kniend, die Beine einer Lederhose längs einer Kreidelinie aus einer Kuhhaut zuschnitt, während er

mir genau erklärte, worauf es ankam. Keine Mittelnaht, deshalb … er biss auf seine Zunge … zwei ganze Häute für eine Hose.
Im Zimmer stand eine große Nähmaschine, die man antrieb durch einen Druck des Kniegelenks gegen einen Hebel unter der Platte, auf der die zurechtgeschnittenen Lederstücke lagen. Habe er aus der Konkursmasse einer Fabrik gekauft, sagte Nils, ersteigert. Weil man mit normalen Singers für den Haushalt nicht vernünftig nähen könne, Leder.

Leonore ging nicht ans Telefon, mochte ich es auch zehn Minuten lang klingeln lassen. Keine Reaktion auf einen Brief, an dem ich lange gesessen hatte. Als sei sie verschwunden.
Ein Gesicht, das man ausgekreuzt hatte auf einem Fahndungsplakat.

In einem Computerschreiben rechnete mir die Bundeskasse Düsseldorf vor, was ich dem deutschen Staat schuldete, einige Wochen nach der offiziellen Bestätigung, mein Studium mit einem Prädikat abgeschlossen zu haben.

Als hätte man mir den Boden weggezogen, und niemand da, für den ich hätte etwas auf mich nehmen wollen. Wir können uns nicht treffen, sagte Leonore, nachdem sie endlich einmal abgehoben hatte, ich will … was willst du? Ich will mit Dolf zusammenleben. Das kann nicht dein Ernst sein. Ist mein Ernst.

Vor Äonen, eine andere Zeit, die so weit von mir entfernt ist wie eines der Fotos im Familienalbum. *Holland 1960*, eine Dünenlandschaft, ich als Dreijähriger an der Hand meiner jungen Mutter, die einen gestreiften Pulli trägt. *Frau mit Kind sucht Anschluss …* hatte sie weiß auf schwarz darunter geschrieben.

Ich hatte noch etwas Geld aus dem Erlös der Papiere, die mein Vater und mein Onkel gekauft hatten, für zwei, drei Monate würde es reichen. Oder für weniger, obwohl ich nie mehr als fünfzig Mark bei mir hatte, wenn ich loszog. Als Obergrenze, Hartwig und Nils gaben mir von ihren Beständen ab, Pulver, Pillen.
Oft verschlief ich die Tage, las, wenn ich nicht mehr schlafen konnte … *Erkundungen für die Präzisierung des Gefühls für einen Aufstand*, betrachtete die Bilder. Unfälle und Katastrophen und billiger Sex.
Wenn es dämmerte, ging ich auf die Straße, lief durch die halbe Stadt zum Schloss Charlottenburg (um ein Ziel zu haben), nach Steglitz, zu den französischen Kasernen im Quartier Napoléon (wo ich vorher nie war), kilometerlang in den Wedding hoch (das Drecksloch auf der Transvaalstraße).
Nachts landete ich im Basement, wenn ich wusste, dass Nils kommen würde. Am Tresen im ersten Raum nebeneinander Fritzchen und ihr Bruder. Die beiden stammten aus Nürnberg, sie der schönste Punk des Universums, er ein trübsinniger Kleinganove. Der für uns später die Surfbretter klauen würde.
Das hier war die Stadt, in der ich seit sechs, seit sieben Jahren lebte. Warum?

Don't be told what you want / Don't be told what you need

Wäre es eine Möglichkeit gewesen, an einem anderen Ort weiterzumachen? Frankfurt, Hamburg, Köln? Schon zu dem Gedanken war ich nicht fähig. Erst heute, zurückblickend, aber das heißt nichts. Als hätte ich damals etwas anderes gewollt, mir vorstellen können. Eine Entscheidung, die fiel, ohne dieses gegen jenes aufgewogen zu haben. Die eine Leere gegen die andere, was mir fehlte.

Nils nahm mich in seine Obhut, nahm mich mit in seine Wohnung, wenn ich fast nicht mehr stehen konnte, reden. Jedem, dem wir nachts begegneten, stellte er mich als seinen Freund vor, im Dschungel, im Mink.
Ich las *In Swanns Welt*, unterstrich Formulierungen und Sätze … *die Trunkenheit des Schmerzes … Swann spürte sie dann in sich wie eine ungeheure blockartige Masse, die gegen die Innenwände seines Wesens drückte, als wollte sie sie zersprengen.*
Ich begleitete Nils in ein Geschäft auf der Bergmannstraße, wo im Hinterraum an Haken eine Lederhaut neben der anderen hing, viele schon blau und schwarz und braun eingefärbt. Was gibst du mir für drei? Zehn Prozent. Zwanzig. Dreizehn. Abgemacht.
Der schwere silberne Ohrring, den er trug, hatte sein Ohrläppchen schon sichtbar nach unten gezogen. Das Loch habe er mit einer Nietenzange selbst ausgestanzt … Scheiße, wie das geblutet hat.
Für Fritzchen im Basement zahlten wir beide abwechselnd. Bier, Tequila. Sie hatte wasserstoffblond gefärbte

Haare, die hochtoupiert waren, eine Sicherheitsnadel in einem Nasenflügel, ein engelsgleiches Gesicht. Nie ließ sie sich auf mehr als einen Flirt ein, mit niemandem.

Es sei besser, schrieb mir Leonore in ihrer flüchtigen Schrift, wenn wir eine Zeitlang keinen Kontakt hätten. Ich möge sie nicht missverstehen, obwohl ich das wahrscheinlich täte. Sie scheue es sich, das zu sagen, aber sie liebe mich auch. Begreif doch.

Vor dem Spiegel in der Küche schnitt ich mir meine Haare wieder ganz kurz. Sieht schlimm aus, sagte Nils, mir egal, entgegnete ich, hattest du nicht etwas von einem Ohrring erzählt, den du für mich hättest?

Ein neues Wort, das eine neue Welt ist. Die Axt und das Eis, das Packeis in unserer Brust. Als könne man weiterleben wie bisher, nachdem man die Trauerklage von Denise Riley gelesen hat, ein kleines Gedicht von Mandelstam, oder nach einem Film von Terence Davies, tränenüberströmt im Dunkel eines Kinosaals.
In einem Schreibwarenladen auf der Uhlandstraße kaufte ich mir zwei karierte Schulhefte, einen Kuli von Parker mit dünner Mine. Ich hätte doch eine Geschichte zu erzählen, diese Geschichte.
Wo würde ich anfangen? Was wäre wichtig?

Basement. Durch eine Stahltür ein paar Stufen vom Bürgersteig hinunter ins Souterrain. Zwei langgestreckte, nicht sehr hohe Räume, vorne eine rechteckige Theke, um die man herumgehen konnte, hinten rechts eine kleine, von stabilem Maschendraht eingezäunte Tanzfläche. Wie so ein Schutzkäfig beim Hammerwerfen. Diskuswerfen. Unter den abgedichteten Fenstern zur Straße war eine podestartige Erhöhung mit ein paar Tischen und Stühlen (an der ich mir irgendwann im Gedränge das Schienbein hart gestoßen habe, Jahre sah man noch einen braunen Fleck auf der Haut), links neben der Tanzfläche die Toiletten und ein halbdunkler Gang, der auf die andere Seite der Theke führte.
Eines Nachts flackerndes Blaulicht vor der Tür, zwei Mannschaftswagen, Männer in Zivil, die weiße Armbinden trugen. Ich bog ab in die Friesenstraße, kam eine Stunde später zurück. Haben Sie etwas gefunden? Sicher, aber wem gehörte das Plastiktütchen auf der Tanzfläche, wem die Streichholzschachtel mit rotem Libanesen unter der Bar? Niemand war verhaftet worden, die Musik wurde wieder aufgedreht ... *You can crush us / You can bruise us / But you'd have to answer to / Oh, the guns of Brixton.*

Edoardo tauchte auf. Für ein Jahr in Berlin, um Deutsch zu lernen. Als er in Nils' Küche vor mir stand, klappte auf der Stelle eines meiner Vorurteile in sich zusammen. Einen Kopf größer als ich, sehr kräftig, mit hellbraunen Haaren, ein dünnes Drahtgestell als Brille, entsprach seine Erscheinung, sein flüssiges Englisch

für mich so wenig dem Begriff, dem Namen der Stadt, dass ich während der nächsten Stunde einige Male verstohlen zu ihm hinübersah. Wie jemand aus Neapel zu sein hätte, auszusehen hätte, Gesten, Witz.
Auf dem Tisch lag ein angebrochenes Sixpack, Nils hantierte am Herd, Edoardo erzählte von London. Wo er das letzte Jahr verbracht hatte, auf einer Dolmetscherschule. Aber mehr sei er auf Konzerten gewesen, Clash und Stranglers, Ramones und The Jam. Er spiele Bass, sagte er, das mit der Schule und dem Dolmetschen habe er seinem Vater zuliebe gemacht, jetzt noch Berlin, dann wäre es sowieso vorbei.
Im Sommer hatte er zwei alte Freundinnen von Nils auf Stromboli getroffen, er wohnte bei ihnen in Schöneberg, Referendarinnen, Edoardo schüttelte den Kopf, es sei ihm ein Rätsel, wie sie das jeden Morgen schafften. Ihm auch, sagte Nils, aber vielleicht könnten Frauen mehr vertragen. More discipline, sagte Edoardo, the future is female.

Nach und nach lernte ich die Stammgäste kennen. Fritzchen, Trafo, Dédé, Luise, Jürgen, die Tänzerin, Fritzchens Bruder und seine beiden Schatten, den zittrigen Andy, der gerade vorzeitig aus dem Gefängnis entlassen worden war. Räuberische Erpressung, noch in der Schalterhalle hatten sie ihn überwältigt, als er stolperte und fiel, völlig benebelt.
Manchmal notierte ich am nächsten Tag, was ich gehört hatte, an was ich mich erinnerte, auf einer Seite über mehrere Zeilen hinweg nur das Wort »schreiben«. Eines Morgens klingelte früh das Telefon, ein Polizist,

der sich nach meiner Identität erkundigte. Ja, ja, ich sei das, stammelte ich, und ja, das sei mein Auto. Wenn ich's gleich fortbewegen würde, sähe er davon ab, es abschleppen zu lassen, es stünde halb auf einer Baustelle, und ich wohnte doch ums Eck. Ich zog mich an und lief auf die Straße. Mir war schwindlig, in meinem Kopf hämmerte es. Welche Baustelle? Am Nikolsburger Platz?
Vielen Dank, rief ich ein paar Minuten später, bevor ich einstieg, dem Polizisten zu, schwer atmend, ich hätte die Absperrung in der Dunkelheit nicht gesehen. Was überhaupt?

Mirko. Mirko arbeitete als Kassierer und Süßwarenverkäufer in dem neuen Kino in Kreuzberg, in dem Nils jetzt auch angefangen hatte. Mirko kam aus Zürich, aber eigentlich aus Prag. Seine Mutter war mit ihm nach dem Einmarsch geflohen, erzählte er uns, zuerst waren sie in einem Lager in Österreich, dann Asyl in der Schweiz. Einbürgerung. In Zürich war er zur Schule gegangen, hatte ein bisschen studiert, Theaterstücke geschrieben. Schrieb ein neues, unter der Kasse lag immer eine dicke Kladde neben dem Buch, das er gerade las. Nietzsche rauf und runter, Tennessee Williams. Den ich nicht kannte, nur diesen Film mit Elizabeth Taylor, wo sich alle zerfetzen. Sehr guter Film, meinte Mirko, eine hysterische Familie. Entweder trinken oder essen, er zöge es vor zu essen. An seinen freien Abenden ging er ins Theater, anschließend in ein Restaurant, wo Schauspieler und Regisseure verkehrten, wie selbstverständlich. Jeden Morgen ein

kurzer innerer Kampf mit der Waage (ich muss langsam wirklich aufpassen), bevor er im Café Mitropa frühstückte. Eine Schale Milchkaffee, ein Croissant und die B. Z. Weil man in Berlin keine andere Zeitung lesen könne, von der reißerischen Schlagzeile an wäre die Stadt hier ganz bei sich, phantastisch. Wir hatten uns getroffen, um über sein neues Stück zu reden, ich hatte ihm erzählt, dass ich vorhätte, einen Roman zu schreiben, schon seit langem schriebe, und dass mir etwas vorschwebe wie *Keiner weiß mehr*, ich mir aber noch nicht sicher sei, stilistisch, ob diese Art von Sätzen für meine Geschichte tauge.
Mirko war nur wenig älter als ich, mir erschien er jedoch viel weiter zu sein, souveräner oder sagen wir, erwachsener, jemand, der sich auf einem Weg befand, von dem keiner ihn mehr abbringen könnte. Es gefiel mir, wie er redete, urteilte, austeilte, dabei stets freundlich, nie laut oder aufgeregt (außer einmal in Prag, als er in heftigen Streit mit einem Kellner im Café Europa geriet, sich kaum beruhigen ließ). Nachdem wir über sein Stück gesprochen hatten, in dem ein Dibbuk eine Rolle spielte, auf dem Zürichberg, und dessen Szenen zwischen verschiedenen Epochen hin und her sprangen, außerordentlich kunstfertig, wie ich fand, kamen wir auf Swann, seine Leidenschaft für Odette. Mirko hatte mich gefragt, ob ich durch den Roman mittlerweile durch sei, bei einem Besuch bei Nils im Kino hatte ich ihm davon berichtet … und was liest du? Während ich Swann zu verstehen glaubte, mich mit ihm identifizierte in seinem Kummer, stellte Mirko sich auf die Seite Odettes, die genau so handele, wie

es vernünftigerweise von einer Kurtisane zu erwarten sei. Den Preis hochtreiben, sagte er, zudem, wieso sollte sie? Nachgeben, in seine Arme fallen. Zur Liebe gehörten zwei, sie liebe ihn eben nicht, sofern man von Liebe in dem Milieu, das Proust schildere, überhaupt reden könne. Oder generell, Liebe ohne Geld, reine Liebe, ob man sich da nicht etwas vormache. Der dumme Werther, der sich in den Kopf schießt, anstatt ihn zu gebrauchen. Was Odette nämlich tue, Frauen tun müssten in einer Welt von Männern. Der Rest sei Illusion. Dass ich das nicht glaube, entgegnete ich ihm, verlange er auch nicht, sagte Mirko, man lerne, vergesse, lerne, und ein Ende habe es nie. Würde er vermuten, müsse man.

Nils nähte mir eine anthrazitfarbene Lederhose, die keine Taschen hatte. Auch keine Außennähte, zwei Dreiecke zwischen Bund und Leisten, an die die Beine angesetzt waren. Hot, sagte er, so geht's.

Die Tage werden mir leicht sein, die Reue wird mir erspart bleiben.

Der Herbst kam. Im Briefkasten ein fotokopierter Zettel mit Sonderangeboten für Kohlen und Briketts. Jeder Kontoauszug war eine Drohung, vier, drei, zwei, eins, null. Ich rief Berthold an, fragte ihn, was er jetzt mache, ob er einen Job habe. Bei der Adoptionszentrale, sagte er, er begutachte Kinder, die in eine Familie kommen sollten. Angestellt? Honorar, sagte Berthold, manchmal brauche man länger als gedacht … ein Kind

in der Spielgruppe beobachten, sich mit ihm ausführlich unterhalten, dann mit den Heimerziehern. Motorik, Sozialverhalten. Wie viel? Pro Gutachten etwa achthundert, sagte er, zwei Wochen müsse man aber immer einkalkulieren. Und darauf hoffen, dass sich der nächste Auftrag gleich anschließe. War das etwas für mich? Könnte ich das auch? Bereits während des Studiums, erinnerte ich mich, hatte Berthold sich damit beschäftigt, hatte dort hospitiert, eine Praxis in amtlichen Formulierungen. Die das Wichtigste seien, lehrbuchhaft.
Ich erzählte ihm, dass ich der Pleite entgegenschliddere, ob er was wisse? Umgehört, nein, umgehört hätte ich mich noch nicht, wo denn? Gerichtspsychiatrie, sagte Berthold, sei ich als Praktikant nicht mal für ein paar Wochen auf einer Station gewesen, Havelhöhe oder so? Was er genau vorschlage, fragte ich ihn, Pflegekraft im Maßregelvollzug? Quatsch.

Eine betagte, stattliche Villa hinter dem Botanischen Garten, in der das Institut für Forensische Psychiatrie untergebracht war. Mit einer Terrasse, an die sich eine ausgedehnte Rasenfläche anschloss, Blumenbeete am Rand, hohe Bäume. Ich hatte einen Termin mit dem stellvertretenden Institutsleiter, dem ich schon bei meinem Praktikum begegnet war, gewandt, schwul, eine Koryphäe. Seine ungemein freundliche Sekretärin hatte mich sofort durchgestellt, als ich in seinem Büro angerufen hatte … könnten Sie Dienstag vorbeischauen?
Ausreichend Testpraxis, er gab mir mein Zeugnis nach

einem nicht mehr als beiläufigen Blick darauf zurück, die hätte ich ja wohl. Sicher, sagte ich (war doch die Wahrheit), alle gängigen Verfahren. Man hätte im Institut Bedarf, sagte er, im Vorfeld von Begutachtungen, wissen Sie, die ganzen Alltagsfälle. Ein kleiner Monolog folgte, überlastete Gerichte, desolate Tatverdächtige und dazu noch fehlende Therapieplätze. Dann lud er mich fast übergangslos ein, am nächsten Institutsplenum teilzunehmen … Sie lernen die Kollegen kennen und die Kollegen Sie. Das hieß? Ich solle nicht so gucken, sagte er, wir versuchen's mal.

Ich musste auf Reisen gehen, die Zauber verscheuchen, die sich in meinem Gehirn versammelt hatten.

Ich wurde, Hilfskraft, die ich war, nach Stunden bezahlt, meine Probanden alle die, mit denen sich sonst niemand länger beschäftigen wollte. Die meisten waren einbestellt worden (zwei, drei vorgeführt aus der Untersuchungshaft), weil erhebliche Zweifel an ihrer Intelligenz bestanden. Verdacht auf neurologische Schäden, insgesamt retardierte Entwicklung. Und natürlich handelte es sich nie um kapitale Gesetzesbrüche, die man mir zuwies, es waren Männer des Augenblicks, die sich wegen fortgesetzten Betrugs, Unterschlagung, Körperverletzung mit Wiederholungsgefahr zu verantworten hatten.
Ich absolvierte mit ihnen eine Reihe von Tests, Persönlichkeit, IQ, Aggressionspotenzial, visuell-räumliche Merkfähigkeit, fasste das Ergebnis dann schriftlich zusammen. Im Anhang der Handbücher fanden sich

Formulierungshilfen, an die ich mich hielt, bald stellte sich Übung ein, und die vom Gericht beauftragten Institutspsychologen und Psychiater übernahmen das, was ich zu den einzelnen Fällen geschrieben hatte, wortwörtlich in ihre Gutachten.
Meine Befangenheit war schnell gewichen, eher war es Mitleid, das ich manchmal empfand, wenn einer vor mir saß und ich ihm erklärte, was wir machen würden, ein paar kleine Aufgaben, und genau spürte, es seiner Miene ablesen konnte, dass er nicht so richtig verstand, weshalb und wozu. Keiner, der sich weigerte, Auskunft zu geben, fast jeder unerwartet ehrlich bei bestimmten Fragen, die man auch positiver hätte beantworten können. Klar, ich rede erst mit dem anderen, der mir die Parklücke weggenommen hat. Und dann? Ein Schulterzucken … was soll man tun?
Angst hatte ich nie, ich ermutigte, lobte, bemühte mich, keinen Stress aufkommen zu lassen. Versuchen Sie's noch mal, kein Problem, ist gar nicht wichtig. Schmerzhaft zu beobachten, wie jemand daran scheiterte, ein einfaches geometrisches Muster nachzuzeichnen, die Geduld nicht zu verlieren war die Hauptsache. Nachmittags wertete ich die Tests aus, fing meinen Bericht an. So nüchtern und wissenschaftlich wie möglich, aber immer mit einem Auge auf die anstehende Verhandlung. Dass hier wenigstens auf verminderte Schuldfähigkeit plädiert werden könnte.

Hatte ich das gewollt? Hatte ich Bedenken? Die Fragwürdigkeit solcher Tests war mein Thema gewesen, war mir bekannt, bis in ihre statistischen Verästelun-

gen hinein. Ihr geschichtsloses Menschenbild, Projektionen und Vorurteile. Andererseits … waren sie nur die Grundlage, eine revisionsdichte Basis, von der aus die Gutachten argumentierten. Und nicht abzustreiten der Zusammenhang zwischen einem ermittelten Intelligenzquotienten und dem persönlichen Eindruck, den man von einem der armen Hunde gewann. Nicht zu fassen, dachte ich, das kann nicht sein, wenn jemand wieder das Allgemeinste nicht wusste … was passiert im Bundestag? Verstehen Sie, der Bundestag, nennt man auch Parlament … so dämlich die Frage, so irritierend die Unfähigkeit eines Mannes in einem Lacoste-Pullover zu antworten, und nicht, weil er sich als Idiot darstellen wollte. Um vielleicht das Strafmaß abzumildern.
Im ersten Monat verdiente ich 400 Mark, noch ein paar Schichten an der Konzertkasse, und es ließ sich davon unangestrengt leben.

Erneut kam ein Brief aus Düsseldorf, mit einem Termin für die erste Rate der Rückzahlung. Lambert half mir, ein Schreiben aufzusetzen … dass ich mich derzeit außerstande sähe, meinen Verpflichtungen nachzukommen. Beigelegt eine Bescheinigung des Arbeitsamts für Akademiker, ich sei als arbeitssuchend gemeldet. Akzeptierten sie prompt.

Anfälle von Eifersucht und Wut, die mich in unregelmäßigen Abständen nach dem Erwachen heimsuchten, stundenlang konnte ich an nichts anderes mehr denken, Leonore. Nichts half, außer ins Kino zu gehen, in die Nachmittagsvorstellung. Filmkunst 66, Kurbel, Gloria-Palast, Schlüter-Lichtspiele. Wenn die Fanfare des Filmverleihs ertönte, war ich erlöst, gleichgültig, was auf dem Programm stand.

»Große Niedergeschlagenheit plötzlich bei dem Gedanken, L. könnte aus Berlin wegziehen. Siehe Swann, dessen Existenz, sein Leben, von Odette bestimmt wird. Lust, mich zu betrinken.
Auf dem Bett gelegen. Ferngesehen.«
»Das Zeitalter der Schachtel & des Lärms. Lift, Auto, Zimmer, Büro, Einzelzelle, Verkaufsmusik, das Schreien eines Verrückten in einem fensterlosen Raum, das Keuchen zweier Liebender.«

Zuerst waren wir in der Osteria gewesen, Nils, Edoardo, Jutta und Iris, die im zweiten Jahr an einer Realschule unterrichteten. Jutta ganz in Schwarz, einen Patronengürtel um die Hüften, Iris mit zahlreichen Badges am Kragen ihrer Lederjacke, PiL, Crass. Sie hatte ein Blister Captagon dabei, nach dem Essen für jeden eine, mit Grappa runtergespült.
Die Gespräche wurden zerfahrener, aufgedrehter. Jutta und Iris erzählten von Stromboli, das Grollen des Vulkans, Edoardos Schwestern, eine Betonfläche am Strand als Disco. Keine Autos und Stoff ohne Ende, der mit der Fähre aus Neapel kam. Auch Junk und so weiter.
Nachdem wir die Rechnung geteilt hatten, zogen wir weiter ins Basement. Der Käfig im zweiten Raum war voll mit Tanzenden, Jutta und Iris drängten sich sofort

dazwischen, Nils machte Edoardo mit Fritzchen bekannt. Unbelievable, flüsterte (schrie) er mir ins Ohr, no chance, sagte ich, don't waste your money.
Ein Stück weiter an der Bar unterhielt sich der zittrige Andy mit Trafo, der irgendwo in der Nähe wohnte und meist gegen elf, zwölf aufbrach. Als er mich sah, glitt er von seinem Hocker und trat zu mir, wie geht's? Gut, gut, meinte ich, mit dem ganzen Körper wippend ... *One Step Beyond*. Ob wir mal kurz vor die Türe könnten?
Ich kam allein zurück, Trafo war zu seinem Auto gegangen und weggefahren. Wie viel er gewollt habe, fragte Nils. Ich hätte ihm nichts geliehen, sagte ich, wovon denn? Nils nickte und bestellte vier Tequila. Edoardo stieß mit Fritzchen an, hast du Lust zu tanzen? I never dance.

Tequila, Bier, Wodka, mit den Tabletten kam es einem vor, als würde man nicht betrunken werden. Gesteigerte Aufmerksamkeit, man durchdrang alles, Erkenntnisse. Edoardo tanzte für sich, sprang gegen den Maschendraht ... *She's Lost Control* ...

Eine Schwelle, die man unmerklich überschreitet. Als gleite man dahin, immer schneller, man fühlt sich unbesiegbar. Nirgends Gefahr, absolute Wachheit. Fritzchen hatte ihre Hände auf Nils' Schultern gelegt, während er auf sie einredete. Sie schüttelte den Kopf, lachte, trank. Nils wandte sich zu mir und hob mich kurz hoch, und jetzt?
Für den Dschungel war es schon zu spät, ab drei Uhr

kam keiner mehr rein. Jemand umarmte mich von hinten, Jutta, von vorn dann Iris, sie küssten sich und ließen mich stehen. Ihre Gesichter waren verschwitzt, Iris' Haare klebten an ihrer Stirn, den Schläfen.
Nils ging zu Dédé, vielleicht hatte er etwas zu verkaufen. Die beiden verschwanden auf der Toilette. Nichts, nur eine Line für ihn, aus Freundschaft.
Edoardo sprach mit Iris, ich konnte die Musik sehen, man kann das, elektrische Strahlung.
This is for you, sagte Edoardo fünf Sekunden (oder fünf Minuten) später und legte eine halbe Captagon in meine Handfläche. Du auch noch ein Bier? Yes, yes, yes ... *My Sharona ...*
Auf der Erhöhung unter den Fenstern fielen Stühle um, ein Tisch mit Gläsern, zwei waren aneinandergeraten, wurden getrennt, einer lief raus auf die Straße, ein Punk hinterher.
Jutta hatte sich auf einem Barhocker niedergelassen und bewegte Arme und Oberkörper in einer Art Sitztanz, schob Nils, der sie zu küssen versuchte, so schien es, schien doch so, abgeklärt beiseite. Wohin gehen wir?

Eine winzige Bar auf der Hauptstraße, die Schneecafé hieß, das Bild zersplittert.
Edoardo sitzt mit heruntergelassenen Hosen auf einer Kloschlüssel und hat den Kopf in die Hände gestützt. Vor der geöffneten Tür der Kabine Jutta und ich (wo ist Edoardo geblieben?), tänzelnd deutet sie mit einem Zeigefinger auf ihn ... *Don't push me ... Don't push me 'cause I'm close to the edge,* wiederholt die Zeile dreimal,

zehnmal, ein Weinglas in der Hand. Ich wende mich lachend ab.
Eine mit hellblauem Plexiglas verkleidete Theke, wie das Geländer eines Balkons, hier und da schon gesprungen. An der Decke hingen Plastikplanen, glühendes Neonlicht.
Ein paar andere Gäste saßen an der Bar und den Wandtischen, eine Frau mit knallrot geschminktem Mund.
Habe ich mit ihr geredet?
Das waren … waren The Cars … *Gimme Some Slack* …
Wo steckte Nils? Iris?
Mach uns einen Shooter. Zwei Shooter.
Dann wird alles weiß, die Welt löst sich auf.

Am Abend schleppte ich mich zu Nils ins Kino. Wohin er verschwunden sei, Iris, Jutta, warum? Seien sie nicht, sagte er, trank einen Schluck Bier, sondern ohne mich gegangen, weil ich von dieser Frau nicht loszueisen gewesen wäre, klickt's?
Und ihr?
Nach Hause, in die Schule.
Ich war gegen Mittag aufgewacht, zerschlagen, allein. Neben dem Bett stand eine Büchse Tuborg, aus dem Kühlschrank? Aschenbecher und Zigaretten, nicht meine Marke.
Nach kurzer Zeit überfiel mich Panik … um zehn Uhr hatte ich einen Termin im Institut, hatte ich doch gehabt, eine Begutachtung. Ich kroch zum Schreibtisch, auf dem mein Faltkalender lag. Freitag, zehn Uhr, gefährliche Körperverletzung.
Jeder Herzschlag war eine Explosion im Gehirn, ich

sank flach auf den Boden. Montag, dann Dienstag, Mittwoch ... Mittwoch war immer Plenum, ein Fall von Kindstötung, den sie heftig diskutiert hatten, das war ... war gestern gewesen, richtig, also müsste heute Donnerstag sein. Mehr konnte ich nicht denken, ich drehte mich unter dem Schreibtisch auf die Seite. Spürte, dass die Explosionen so besser zu ertragen waren.

Ich solle mir unten an der Kasse ein Bier holen, sagte Nils, das sei homöopathisch. Er wuchtete eine große Filmspule von der Achse des Umrollers und trug sie zu einem Projektor. Bevor er den Film einlegte, drückte er einen Knopf an einem Gerät mit einer grün blinkenden Diode, und man hörte den Ton aus dem Saal. Eine Frauenstimme, eine Männerstimme, Musik. Die Spule auf dem anderen Projektor war schon fast leer, die letzten Meter Film liefen durch die Maschine. Blende, sagte Nils, ich trat neben ihn. Guck mal durch das Fenster, rechts oben siehst du gleich das Blendzeichen auf der Leinwand ... ein flackernder Punkt, und er schmiss den Projektor an, legte nach ein paar Sekunden einen Schalter um. Jetzt kam der Lichtstrahl von hier, die zweite Hälfte des Films, aus dem Lautsprecher im Vorführraum drang das Geräusch eines Automotors, quietschende Reifen. Nils schaltete den Ton wieder aus, dann die andere Maschine.
Ob ich ins Kino wolle, fragte er, um elf fange die nächste Vorstellung an. Hinterher könnten wir noch ein Stündchen ins Basement. Ich müsse morgen früh

arbeiten, sagte ich, er wisse doch. Bei den Verrückten, ja? Schwachkopf.
Wie es mit einem Bier sei, ich könne ihm eins mitbringen, wenn ich runterginge. Gehst du? Ich nickte, genau eins.

Wir verabredeten, nach Frankfurt zu fahren, eine Schulfreundin von Nils studierte dort Malerei. Ein Wochenende. Als ich mein Bier ausgetrunken hatte, sprang ich vom Umrolltisch, auf dem ich gesessen hatte, und zog mir meinen Schal wieder an. Du haust ab?
Definitiv.
Wann sehen wir uns?
Bald.

Der Tod der Familie. Fand ich wieder, als ich die Bücher längs der Wände meines Zimmers neu sortierte, Literatur, anderes. Das andere kam auf drei, vier Stapel in eine Ecke hinter der Tür, Romane und Gedichte alphabetisch aufgereiht vom Ofen bis zu den Fenstern.
Ich hatte David Cooper, den Autor, einmal gesehen, Jahre her, bei einem Kongress in einem überfüllten Hörsaal, er war dick, mit einem langen weißen Bart in einem geröteten Gesicht, trank Bier, und wenn er sich zu Wort meldete, redete er so schnell, dass es schwierig war, ihm zu folgen. Enttäuschend … aber was erwartet man von einem Idol?
Paranoia und Metanoia, spirituelle Umkehr. *Alle Metaphern einer »Paranoia« sind ein poetischer Protest* hatte ich im ersten Kapitel unterstrichen, und: *In der Praxis*

ähnelt das »Aufziehen« eines Kindes eher dem Abbau seiner Persönlichkeit. Eine Revolution der Liebe und des Wahnsinns war der Plan, den Cooper offenbarte, die Familie ein Störfaktor, ein Verteidigungswall gegen jegliches Streben nach Unabhängigkeit. Die kleine Macht der großen Macht der kleinen Macht.
Ich hatte das Buch schon länger nicht mehr aufgeschlagen, was sagte es mir jetzt? Alles richtig, alles falsch, dachte ich, von einem Satz zum andern. Es las sich immer noch mitreißend, wie in einem Schwung geschrieben, ja, ja, nein, nein. Alltagssprache und wissenschaftlicher Jargon in fliegendem Wechsel, und nie von oben herab. Um eine Wiedergeburt handelte es sich, um einen Akt der Rettung, wie es in der Zueignung auf der letzten Seite stand. Uncool, aber war das ein Problem? Das Bekenntnishafte, die Suche nach Sinn, ohne den zu leben unmöglich sei. Und sei es der, eine Aufgabe, die man für notwendig hält, zu erfüllen. Zu scheitern und erneut anzufangen in der Hoffnung, sich zu befreien. Von was? Sich selbst?
Ich gab das Buch auf einen der Stapel in der Ecke, ich würde es vielleicht noch einmal lesen. Zufällig, als begegnete man jemandem auf der Straße, den man von früher kennt. Zu kennen glaubt. Nach ein paar Worten jedoch beginnt man sich zu wundern, fragt sich, mit wem man es hier zu tun hat, was passiert ist ... Ich bin das nicht mehr, ich weiß wirklich nicht, wovon du redest. Oder man erschrickt, weil sich nichts verändert zu haben scheint. Dinge, die man nicht loswird.

Don Juanismus, sagte Nils, so würde er's nennen. Ein unaustilgbares Leiden, das sich immer wieder melde. Dieses Lokal werde ich nicht allein verlassen. Mit der schönsten Frau, die da sei. Ausgenommen Fritzchen, im Basement, what's wrong with her?

Hör mal das, Nils legte eine Platte von Johnny Thunders auf, nachdem er mir das Cover gezeigt hatte, eines Abends … *It doesn't pay to try / All the smart boys know why / It doesn't mean I didn't try / I just never know why …*

Vor dem Raum, in dem das Testmaterial aufbewahrt wurde, war ein schmales Durchgangszimmer, das ich als Büro nutzen konnte. Ein Tisch mit einer weißen Kunststoffplatte, ein Stuhl, ein Regal mit Prozessakten. Hier schrieb ich meine Berichte, heftete die Testbögen sauber ab. In der Strafsache gegen … die Vorwürfe der Staatsanwaltschaft. Mir gefielen die geschraubten Wendungen der Schriftsätze, die Anstrengung einer leidenschaftslosen Sprache für jedes Delikt … *wird angeklagt, versucht zu haben, durch Vortäuschung eines Versicherungsfalls einen Vermögensverlust größeren Ausmaßes herbeizuführen, nachdem er zu diesem Zweck eine Sache von bedeutendem Wert in Brand gesetzt hatte.*
Besoffen gewesen, Feuer gelegt, kein Gedanke daran, ob Menschen geschädigt werden könnten.
Oft saß ich nach der Arbeit noch ein, zwei Stunden am Tisch und las in einem Aktenordner, den ich aufs Geratewohl aus dem Regal gezogen hatte. Beweisaufnahme, Zeugen, Gutachten, Plädoyers, das Urteil. In

manchen Fällen grauenerregende psychische Krater, in die man blickte (unter Ausschluss der Öffentlichkeit), dann wieder die reine Banalität, Fehleinschätzungen und Dummheit, Ehegeschichten, eine Frau, die zum Schluss dreißig Schlaftabletten am Tag eingenommen hatte. Was vom Gericht bei der Bestrafung zu berücksichtigen war, Sozialprognose gut oder eher düster.
Eine Kunstsprache, dachte ich, die sich die Justiz ersonnen hat, um Unparteilichkeit zu demonstrieren, diese ziselierten, sich um Substantive herumschlingenden Satzkonstruktionen, die einen ans Barock erinnerten, barocke Dichtungen. Im Kontrast zu den Taten, die verhandelt wurden, der Wortwahl von Angeklagten und Zeugen. Jede Akte ein eigener Roman, als säße man in einer Bibliothek, in der es schwarz auf weiß nur die Wirklichkeit gab, wirkliche Menschen mit wirklichen Schicksalen. War das Literatur? Was ist denn der Unterschied?

Ich hatte eine Geschichte begonnen, in der ein junger Mann im Mittelpunkt stand, der durch die Nächte trieb, stundenweise in einem Café arbeitete, Musik, Drogen, ein Deal, der natürlich platzt. Nach dreißig Seiten wusste ich nicht weiter. Im letzten Abschnitt war er von einem Detektiv gestellt worden, als er bei Woolworth auf dem Kottbusser Damm T-Shirts (Unterhosen?) zu klauen versuchte, ich hatte ihn Stefan genannt.
Durch das Schulheft blätternd, fragte ich mich, ob es nicht besser wäre, zuerst aufzulisten, was ich erzählen

könnte, verschiedene Episoden, jede Figur, die für ihn Bedeutung besäße. Dass er in einem Café arbeitete und nicht in einer Konzerthalle, war Verschleierungstaktik (auch mir selbst gegenüber), man sollte nicht glauben, er sei ich. Nicht ich.
Die Geschichte war jetzt schon länger als alles, was ich vorher an einem Stück geschrieben hatte, mir schwebte ein Schnitt durch die Zeit vor, einige Wochen (eine Woche) reine Gegenwart. Keine Vergangenheit und keine Zukunftspläne, kein Psychologisieren. Nur wie? Wie kam man ohne »hatte er immer geglaubt«, »nahm er sich vor«, »er fühlte sich schlecht (einsam, verlassen etc.)« aus? Noch einmal von vorn anfangen?
Habe ich dann nicht, sondern von einem Tag zum andern aufgehört. Den Text auch nie mehr gelesen, auch nicht später, auf der Suche nach Stoff. Als dürfe ich davon nichts mehr wissen wollen, wie von einer unverzeihlichen Schwäche. Trotzdem besitze ich das Heft noch, irgendwo in einem Karton liegt es zwischen Entwürfen und Korrekturen begraben. Warum hab ich das verwahrt?

Ein zweites Mal, dass einem etwas Bestimmtes widerfährt. Mit dergleichen Wirkung, erneut dauert es Jahre, bis man darüber hinweg ist. Auch wenn man weiß, dass jedes zweite Mal die Züge einer Farce trägt, zum eigenen Hohn. Als hätte sich nichts verändert, man selber nicht, Grund genug, um zu erschrecken.

Plötzlich fiel mir der Film ein, *La seconda volta*, gestern in der Bahn von Köln zurück nach Berlin. Valeria Bruni Tedeschi wird als Freigängerin von ihrem ehemaligen Opfer auf der Straße erkannt, Nanni Moretti, ein Wirtschaftsprofessor. Sie hatte auf ihn geschossen, die Kugel steckt noch immer in seinem Körper.
Welche Versöhnung kann es geben, wann ist das Bedürfnis nach Vergeltung gestillt? Sie ist sich ihrer Schuld bewusst, sie hat zehn Jahre abgesessen, er will ihre Unterwerfung. Doch was soll sie tun, mehr tun, als zu sagen, es war falsch? Das Wort Buße fällt nie, beider Leben zerrissen in einer bleiernen Zeit, die gar nicht mehr erwähnt werden muss.
Ob es hilft, sich in den anderen hineinzuversetzen? Aber vielleicht ist das zu viel verlangt, der Film gab keine Antwort, man träumt, wie man lebt, allein.

Der Kunde war nicht gekommen, ich schrieb einen Vermerk und meldete sein Nichterscheinen im Sekretariat. Um elf hatte ich einen zweiten Termin, das Testmaterial konnte im Besucherraum bleiben.
Als ich in dem Zimmer mit dem Aktenregal am Tisch saß, sehr müde, bemerkte ich einige dunkle Flecken auf dem Rautenmuster meines Pullovers. Das war … Nils' Blut, nichts anderes, Scheiße. Edoardo und ich hatten ihn weggezerrt, er trat und schlug auf jemanden ein, der auf dem Boden lag. Im Mink, weiße Fliesen, alles weiß gefliest, die Wände, die Decke, die Theke, wie in einem hell erleuchteten Schwimmbad. Nils riss sich von uns los, Blut strömte über ein Auge, seine Wange, außer sich. Die Frau, der er beigestan-

den hatte, schmiss sich dann dazwischen, du bringst ihn um, schrie sie, stopp … stopp … Nils wischte sich keuchend mit einem Handballen Blut aus dem Gesicht, der andere reglos, Arme um den Kopf.
Lass die Frau mal in Ruhe, damit hatte es angefangen.
Bist du taub?
Was geht dich das an?
Zieh Leine, lass sie in Ruhe.
Verpiss dich, sagte die Frau zu dem Mann, fass mich nicht noch einmal an.
Hast du gehört?
Es ging so schnell, dass man nicht sofort begriff, was geschehen war. Nils' Beine knickten ein, ein Schmerzenslaut. Er tastete über seine Augenbraue, ein Bierglas … Blut lief aus der Wunde … der hatte ihm sein Glas ins Gesicht gehauen.
Schlag ein Kreuz, sagte der Arzt in der Notaufnahme des Sankt-Gertrauden-Krankenhauses, der den Schnitt nähte, einen Zentimeter tiefer, und wir hätten ein Problem gehabt. Nils hatte darauf bestanden, dass ich mit ins Behandlungszimmer kommen darf, mein Freund, und der auch, Edoardo.
Wir fuhren ins Mink zurück, Nils ließ sich nicht davon abbringen. Stay calm, sagte Edoardo, this sucker isn't worth it.
Kanntest du den?
Der Drecksack ist hier schon öfter rumgeschlichen, sagte die Frau, nachdem wir sie beim Tanzen entdeckt hatten, was wollt ihr trinken?
I pay, sagte Edoardo, beer?
Für mich einen Sekt, sagte die Frau.

Der kommt nicht wieder, ich legte einen Arm um Nils' Schultern, der hat genug.
Er betastete vorsichtig das Pflaster über seinem Auge, wie sieht das aus?
Sexy.
I knew it, sagte Edoardo, you are gay bastards.

Die Sache war ziemlich eindeutig, man musste nach dem Benton-Test von einer neurologischen Schädigung ausgehen. Wofür die Medizin zuständig war. Ich brach die Testreihe ab, redete mit dem Mann noch ein paar Minuten, um die Form zu wahren, entließ ihn dann mit der Aussicht, dass er (sein Anwalt) bald vom Gericht hören würde.

Später ein Mittagessen im Klinikum Steglitz, in der Belegschaftskantine … schön, dass du mal mit dabei bist. Man sprach über einen Exi, der bei uns in Therapie war, ein Arzt, der hier im Krankenhaus gearbeitet hatte, jetzt in einem Gesundheitsamt. Als Frau Wiegand flapsig fragte, ob er sich inzwischen am Riemen reiße, vorstellungsmäßig, lachten alle, sie schaute verdutzt, hatte sich nichts dabei gedacht.

Ein Abend, eine Nacht, bei Iris und Jutta. In Iris' Zimmer stand ein hoher Spiegel, vor dem jemand mit freiem Oberkörper ein und denselben Ballettschritt manisch wiederholte. Wer ist das? Der liebe Rico, sagte Jutta und tippte an ihre Stirn.

Edoardos Schwestern waren zu Besuch gekommen, Amelia und Fabiana, deshalb auch die Party, auf der Rico (zu viele Trips) seinen Tanz vor dem Spiegel aufgeführt hatte. Amelia studierte in Urbino Design, etwas in der Richtung, Fabiana lebte noch in Neapel. Am Unterarm hatte sie eine blaue Tätowierung, einen Salamander ... a friend did it. Wenn man genauer hinsah, erkannte man den leicht verwaschenen Umriss, Füllertinte und Stecknadel.

Es waren nicht viele Gäste da, Amelia und Fabiana hatten Spaghetti gekocht, einen Topf Bolognese, Nils und ich hatten eine große Schüssel Obstsalat mitgebracht. Im nächsten Sommer, oder schon in den Osterferien, wollten Jutta und Iris wieder nach Stromboli, it's magic, sagte Fabiana, you can live in the ruins, there are a lot of empty houses. Wenn man, Iris sah zu Jutta, nicht einen Süßen findet. Sie solle mit der Sprache rausrücken, verlangte Nils, wer es gewesen sei. Ginge ihn nichts an, sagte Jutta, fahr selber hin.

Rico verschwand (der ist doch lustig, meinte Iris, man müsse ihm nur mal zuhören), dann verabschiedeten sich die drei, vier anderen, die sie noch eingeladen hatten, eine Kollegin aus der Realschule, ein Ronald, der angeblich als Schmied auf der Trabrennbahn in Mariendorf arbeitete, bis wir unter uns waren. Ich lag auf Juttas Bett, mit ihr und Edoardo und Amelia, es lief eine Kassette von Cherry Vanilla, die mir gehörte. Ich muss schlafen, sagte Jutta und zog sich ihren Rock aus. You sleep now, fragte Amelia, me too. Schick deine Schwester nach nebenan, sagte ich leise zu Edoardo, hast du verstanden? Hatte er bestimmt nicht, aber ich hörte, wie er mit ihr redete. Jutta löschte die Stehlampe am Kopfende des Bettes und kroch unter die Decke, ich auch, Amelia. Then let's sleep, sagte Edoardo, ich schmiegte mich an Jutta, streichelte ihre Hüften, ihren Hintern, doch nichts weiter, keine Reaktion. Ich schloss meine Arme um sie, legte meine Stirn in ihren Nacken.

Nils, Iris, Fabiana im Zimmer gegenüber, sollte ich Nils glauben?

Fabiana hatte die Opiumkugel in Haushaltsfolie eingewickelt, sah aus wie grünliches Knetgummi, so groß wie eine Kaugummikugel aus einem Automaten für zwanzig Pfennig. Die sie, sagte sie mit einem Augenaufschlag, den verführerisch zu nennen schamhaft untertrieben wäre, inside my body durch alle Grenzkontrollen transportiert hätte. Sie steckte die Kugel, nachdem sie die Hülle abgelöst hatte, auf eine Nähnadel, entzündete sie mit einem Feuerzeug, Iris hielt ein Pfeifchen darunter, durch das man den Rauch einsog. Wir fuhren längs der Hochbahn am Landwehrkanal entlang, Nils am Steuer, aus dem Recorder wehte italienische Musik durchs Auto (Who is it? Franco Battiato). Amelia sang jedes Lied von der ersten bis zur letzten Zeile mit ... *mare mare mare voglio annegare* ... manchmal auch Fabiana.
Die Fahrt (wohin wollten wir?) dauerte ewig, es gab keine Zeit mehr. Nur noch einen grenzenlosen Raum, in dem ich ohne Gewicht schwebte, eine Sekunde wie ein Jahr, wie ein Jahrhundert, Unsterblichkeit. Wir

waren höchstens eine halbe Stunde unterwegs (in die O-Bar, glaube ich), mir schien es aber unaufhörlich zu sein. Ich war nicht mehr in einer Welt, die man messen konnte, mit einer Uhr oder einem Maßband, als gäbe es ein Universum ohne Schranken, ohne Anfang oder Ende. In dem alles zugleich war, Geburt, Jugend, Alter, Tod, man konnte alles wieder erleben, nie würde etwas abgeschlossen sein.

Ich versenkte mich einige Tage Paragraph für Paragraph in die Gedanken Pascals (ein Reclambändchen, das ich beim Aufräumen gefunden hatte), wünschte mir diese Ruhe. Glauben zu können, beten zu können, vor dem Göttlichen zu erschaudern. Die Nacht, in der einem die Wahrheit offenbart wird, um sie dann immer auf einem Blatt Papier bei sich zu tragen.

Hätte es schon Handys gegeben, hätte ich Amelia und Fabiana sicher fotografiert. Fabianas immer leicht verschleierter Blick, Amelias Lippen, wie sie lachte.
Amelia glich Edoardo, nie hätte man geglaubt, dass sie aus dem Süden Italiens kam, anders als bei Fabiana mit ihren schwarzen (schwarz gefärbten) Haaren, ihrem bleichen Teint, ihren dunklen Augen. Wenn die drei neapolitanisch sprachen, hörte es sich wie von einem anderen Kontinent an, die Zischlaute, ihre Gesten. Sehr, sehr fremd und sehr, sehr schön.

Ich notierte in Stichworten die Abende, versuchte, einzelne Personen zu beschreiben. Selten, eigentlich nie meine Begegnungen während der Arbeit, die Kollegen, die Klienten. Nichts als eine Erinnerung, eine Stimmung, heute. Frau Wiegand, die sich mit jugendlichen Straftätern beschäftigte, wie sah sie genau aus, wie alt mag sie gewesen sein, vierzig? Ich muss alles erfinden.

In Frankfurt Frühstück mit einer Captagon und einem Sixpack, das Nils aus dem Kühlschrank holt. Wie gescheit du bist! In einem Billardsalon spiele ich kniend, weil ich nicht mehr stehen kann. Carlotta legt sich auf den Tisch, spielt um mich rum … dann werden wir rausgeschmissen.
Sie malt Szenen aus der Vorstadt, die sie uns in ihrem Atelier zeigt, Bilder von Reihenhaussiedlungen, Garagen, Straßenkreuzungen. Wer ist noch dabei? Einer ihrer Mitstudenten, der wegen einer Schuppenflechte nur lange Ärmel trägt, einen Schal um den Hals, eine Freundin, die Kunstkritiken schreibt … mir auf dem Parkplatz vor einer Discothek die Hose aufreißt.

Als würden die Schneeflocken aus der Dunkelheit wie Geschosse auf uns zufliegen, laute Musik, um die nächsten Stunden wach zu bleiben, es war anstrengend. Nicht lange nach unserer Abfahrt begann der Wagen zu schliddern, wir fuhren auf den Seitenstreifen. Ein Reifen war fast platt, und der Reservereifen des Audi hatte zu wenig Luft, um nach Berlin zu kommen.
Vielleicht Hanau, vielleicht Gießen, Nils fuhr von der Autobahn ab und begann Ausschau zu halten. Dein Ernst? Mein heiliger Ernst.

Als er das passende Modell entdeckt hatte, irgendwo zwischen einem Gewerbegebiet und Neubaublöcken, hielt er an und sagte zu mir, ich solle mich umgucken. Zwei arme Seelen, die auch nicht weiterwissen.
Er bockte mit dem Wagenheber ein in einer Auffahrt parkendes Audi Coupé auf, montierte ein Rad ab und setzte es bei uns ein. Den halbplatten Reservereifen lehnte er gegen das andere Auto, gab mir ein Zeichen, wieder einzusteigen.
Der wird sich morgen früh wundern, sagte Nils. Wird er, sagte ich.

Wir strichen zusammen auf dem Mittelstreifen des Mehringdamms einen Opel Rekord Kombi um, den Nils sich bei einem Händler auf der Kreuzbergstraße gekauft hatte. Den Lack anschmirgeln, Staub wegstreichen, dann mit Schaumstoffrollen die neue Farbe auftragen, Schwarz. Mit Spraydosen auf die Vordertüren drei Schrägstriche in Gelb, Grün und Rot, zur Not könnte man auf der Ladefläche auch schlafen.

Das Malteserkreuz, Nils stützte sich mit ausgestrecktem Arm gegen die Wand zum Kinosaal, sei das Wichtigste ... weil es den Film ruckweise vorwärts bewege. So dass jedes Bild für genau eine vierundzwanzigstel Sekunde vor dem Objektiv stillstehe. Sonst würde man nämlich auf der Leinwand nur Verwischtes sehen, eine Sache der menschlichen Wahrnehmung. Wie sich das Auge die Eindrücke zusammensetze.
Weil ich das nicht genau verstand, zeichnete er mir am Umrolltisch auf, wie die Arme des Malteserkreuzes

mit Verzögerung in die Aussparungen der Rolle griffen, die mit anderen Zahnrädern den Zelluloidstreifen durch den Projektionsapparat zog.
Die gezackte weiße Spur neben den Bildern sei der Ton, den eine starke Birne unterhalb des Xenonstrahls abtaste, die Tonlampe. Hier unten die Verstärker, wie bei einer Stereoanlage, Dolby Stereo, Surround.
Der Stundenlohn für Vorführer war zwei Mark höher als für die Arbeit bei Carlo an der Kasse. Du bringst mir das bei? Einen Monat, und du kannst das wie ich.

Ob ich jetzt Film vorführen lerne, fragte mich Mirko, oder ob wir da oben ficken würden. Ohne ihn.

Leonore antwortete nicht. Tag für Tag die Enttäuschung am Briefkasten, nur Werbezettel für Einkaufsfahrten und einmal ein Schreiben von der nächsten Kirchengemeinde, eine Einladung zu einem persönlichen Gespräch mit dem Pfarrer. Um mich von Christi Botschaft zu überzeugen, als hätte ich nur darauf gewartet. Der Kelch des Heils.

»Gestern im Basement, Edoardo torkelte den Gang entlang, D. – wer war das? – lag wie tot zwischen den Tischen auf der Erde.«
»In der letzten Woche habe ich mich zweimal in die Besinnungslosigkeit getrunken (& Cap. & Cocain).«
»M. Foucault: Der Fall Rivière. Es ist kurz vor fünf Uhr morgens.«

Trafo. Er trank wenig, eine Cola, einen Weinbrand, war immer gut angezogen, hatte kurze, schon schütter werdende Haare. Man kannte seine Stimme aus dem Radio, mehrmals in der Woche moderierte er im Jugendprogramm eine Sendung mit neuester Musik und politischen Berichten, gelegentlich in der Nacht eine Stunde oder zwei nur seine Favoriten, John Cale, Mott the Hoople, Tuxedomoon.

Bei Konzerten stand er hinten neben dem Eingang bei Carlo, sie waren in Neukölln auf dieselbe Schule gegangen, vor dem Mauerbau und danach.

Man nannte ihn Trafo (die, die das durften) wegen seiner Redeweise, oft wie unter Strom, voll aufgedreht. In der Öffentlichkeit war er hervorgetreten als Sprecher der Redaktion, die sich Vorwürfen der Einseitigkeit ausgesetzt sah, es hatte Anfragen im Abgeordnetenhaus gegeben, Rotfunk, Ostpropaganda. Jeder wusste, dass Trafo dauernd Geld brauchte, er spielte in den Casinos auf der Potsdamer Straße und am Stuttgarter Platz. Oder wo auch immer. Nachdem sich die betörende Barfrau im Brisk in ihn verliebt hatte (und er sich in sie), hatte Trafo nichts Besseres zu tun, als die Olympus-Kamera, ihr Geburtstagsgeschenk, sofort zu versetzen und in einer Zockerhöhle abzutauchen, bis er wieder blank war. Und Ende.

Sein Angebot war Folgendes gewesen: Ich leihe ihm dreihundert Mark, er überlässt mir zum Pfand eine Nagra, ein professionelles Aufnahmegerät, das man für Reportagen verwendete. Er war überzeugend gewesen, wie ein Geschäftsmann, der gerade eine kleine Liquiditätslücke zu überbrücken hat. Kommt vor, ist kein großes Ding. Auf dem Lederfutteral des Recorders klebte ein Sticker – ich gehöre dem SFB –, ein Händler auf der Augsburger Straße sagte mir am Telefon, dass er vier- bis fünfhundert zahlen würde, wenn die Nagra noch wirklich o. k. sei, ich solle vorbeikommen. Würde ich, sagte ich, Ende des Monats. Keinem hatte ich davon erzählt, außerdem hatte ich ja einen Gegenwert, den ich beim Verstreichen des Termins für die Geldrückgabe einlösen könnte. Bei Trafo hob niemand ab, zu keiner Tages- oder Nachtzeit. Als wir uns bei einem Konzert von Killing Joke im Kino sahen, erinnerte ich Trafo an unsere Abmachung. Ich würde die Nagra jetzt verticken müssen, ich hätte selber nichts. Wenig später trafen wir uns, Trafo überreichte mir einen Briefumschlag, ich ihm das Aufnahmegerät. Leih mir nix mehr, sagte er, in dem Umschlag waren sechzig Fünf-Mark-Scheine.

Die Tänzerin. Wie fesselnd ich ihre dunklen Augenbrauen fand zu ihren ganz kurzen blonden Haaren. Und wie sie sich in dem Maschendrahtkäfig bewegte, den ganzen Abend. Ich kam nie auf die Idee, sie anzusprechen, auch Nils oder Fritzchen wussten nicht einmal ihren Namen. Ich himmelte sie an, und ich war nicht der Einzige, Nils, Dédé, Jürgen. Sie hatte etwas Unberührbares an sich, eine Eleganz, für die es keine einfachen Worte gab.

Ein Traumbild, die Andeutung eines Lächelns, das einen entwaffnete. Zum Niedersinken.

Auf welche Weise ich es erfahren habe, wäre eine zu lange, zu verwickelte Geschichte, sie hatte sich bei einem Junkie, mit dem sie zusammen gewesen war, angesteckt. Ich kenne jemanden, der sie noch im Krankenhaus besucht hat, bevor sie qualvoll gestorben ist. Wie soll man das verstehen können?

Sie freue sich, schrieb mir meine Mutter, dass ich eine Arbeit gefunden hätte, die mir Spaß mache. Selbstverständlich sei das nicht. Wenn daraus eine Festanstellung würde, dann käme ich ja praktisch in den öffentlichen Dienst.

Wo wollte ich sein? Als wer, mit welcher Aufgabe oder Verpflichtung? Einer Überzeugung, die ich verteidigt hätte gegen jeden Vorwurf, jeden Spott.
Ein Buch, auf dem mein Name gedruckt war … alles, was ich im Augenblick zu sagen hätte.
Keine Frage, schrieb ich ihr zurück, der öffentliche Dienst sei schon erstrebenswert. Nur zielten meine Pläne nicht exakt auf so eine Laufbahn ab. Mich jetzt schon festzulegen, ich sähe mich beruflich gerade weiter um. Viele Grüße.

»Das Geräusch des Windes in den letzten Blättern und Ästen der Bäume auf dem Hof erinnert mich an das Rauschen des Meeres, nachts, vor den Dünen am leeren Strand.«
»Der erste Schnee, viel zu früh.«
»Ein merkwürdiges Gefühl von Sentimentalität, wenn ich jemanden bayrisch reden höre.«

Was war das Entscheidende? Dass die Figuren einer Erzählung ungewöhnlich sind? Oder die Lage, in der sie sich befinden? Inwiefern könnte das eine mit dem anderen zusammenhängen, als ein Beispiel … wofür? Als sei ich eine Aufzeichnungsmaschine, Kamera oder Tonband, die nur anspringt, wenn jemand sich außerhalb des Zentrums bewegt, an den Rändern der Vernunft. Meine Schwäche, meine Stärke.
Eine Verurteilung, für die einem nie die Gründe mitgeteilt werden, von unsichtbaren Geschworenen.
Zieh die Jacke mal an, sagte Nils, schenk ich dir.
Fast eine Schlägerei mit Hartwig frühmorgens in einer Kaschemme auf der Maaßenstraße, als er jede Kunstanstrengung einen affirmativen Blödsinn nannte. Ich ihm und er mir an den Kragen ging … warum bastelst du dann an deinem Synthesizer rum?
Ich rechnete nach, wie alt jemand gewesen war, als sein (oder ihr) erster Roman erschien. Henry Miller schon dreiundvierzig, Virginia Woolf dreiunddreißig, Camus neunundzwanzig. Noch vier Jahre Zeit.
Eine Sprache, eine Form suchen als Ausdruck meiner selbst. Wer ist das?

Das Zittern in meinen Händen (Speed in der Hauptsache) war nicht zu unterdrücken, als ich einem Mann, der aus der Untersuchungshaft vorgeführt worden war, die Würfel mit den rot-weißen Aufdrucken vorlegte, die er zu einer symmetrischen Form anordnen sollte.
Ein Thermometer? Wenn man krank ist.
Jetzt sprechen Sie mir die Zahlen rückwärts nach …

ich lese Ihnen die Zahlen vor, und Sie fangen von hinten an, die letzte zuerst.
Was mache ich hier?

Der Film stehe auf dem Kopf, sagte Nils, das Objektiv drehe ihn von unten nach oben um. In den Projektoren befänden sich Xenon-Kolben mit 1500 Watt, die silbrigen Röhren obendrauf saugten die Hitze ab. Das Licht müsse stark sein, damit man das Bild auf der Leinwand deutlich sehe, der Ton werde ein Stück weiter unten abgenommen, unterhalb der Maske, dieser rechteckigen Öffnung, vor der die einzelnen Frames für genau eine vierundzwanzigstel Sekunde angehalten würden.
Samtbänder, über die das Zelluloid laufe, um es bei der ruckartigen Bewegung nicht zu beschädigen, auf der anderen Seite gekontert durch glattgeschliffene Holzkufen, die man mit Hilfe von kleinen Schrauben oben und unten anziehen könne … der Druck, den sie ausübten. Weil es wesentlich sei, dass der Film glatt, ohne die geringste Wölbung, vor dem Lichtstrahl zu stehen komme, sonst ergäben sich Unschärfen.

»Erst wenn ich lese, beginne ich zu schreiben.«

Ob ich's langsam könne, fragte mich Mirko. Einlegen und auf den Knopf drücken.

Nein, vorwärtsfliegen.

Andere Winter, andere Sommer, die noch kommen würden. Andere Wohnungen, Zimmer für kurze Zeit, Liebschaften, deren Namen ich vergessen habe. Gesichter, Körper.
Als spräche man in einer Sprache zu mir, die ich nie zuvor gehört habe.

Ein von Zuckertütchen und wertlosen Lotteriescheinen übersäter Boden, war das das Leben?

Oder Venedig? Als wir zu dritt auf dem Ausstellungsgelände erschöpft nebeneinander auf einem Fleck Rasen lagen, am Abend in einer Pizzeria darüber sprachen, was das Beste sei für Luna. Mama, sagte sie, das will ich nicht, ich bin nicht gut genug dafür, ein Stipendium, die Juilliard School. Und das weißt du genau, schau nicht so, ich hab seit Wochen das Cello nicht mehr angerührt.
Jeder Überredungsversuch war umsonst, ungezählte Stunden des Übens im Wäschekeller des Hauses in Vinegar Hill, wo sie lange gewohnt hatten. Während Lunas Zwillingsschwester Rhea oben in der Küche ihre Hausaufgaben erledigte, die Amerikanische und die Französische Revolution, explain the difference.

Versuche, das erste Mal zu verstehen, zu begreifen, wie überflüssig man sein kann. Und was daraus folgt. Meine Unfähigkeit, bestimmte Zeichen lesen zu können. Ohne die ich ein anderer wäre.

Die Sonne fiel fast senkrecht auf den Strand, und ihr Glanz auf dem Meer war fast unerträglich.

An den Maschinen waren ein Dutzend Rollen, durch die (über die) man den Film fädeln musste, irgendwann (was weniger lange dauerte, als ich gedacht hatte) verstand man das Prinzip.

Il vento caldo dell' estate (der heiße Wind, der im Sommer aus Afrika übers Meer weht).

Ich war dreizehn Jahre in der Schule gewesen, hatte sechs Jahre studiert, es war genug, ich wollte nicht mehr. Wie fremd mir das auf einmal alles war, die Wissenschaft mit ihren Untersuchungen, ihren Behauptungen und aussortierten Zielgruppen. Urteilsvalidität, die Relation zwischen IQ und Einsicht in das Tatgeschehen. Berthold, Harry, Babette, die alten Genossen. Als könne man ewig dem eigenen Schmerz entfliehen … wie man untergeht, wie man überleben kann.
Das Innerste, von dem sie nichts wussten, niemand von ihnen, nichts wissen durften, frei von Logik oder Verantwortung. Sich nicht zu verhalten wie der Rest, wie die anderen.

Mirko las *Zur Geneaologie der Moral,* ich stand vor dem Tresen im Kino, er saß dahinter auf einem Barhocker. Ich hatte ihm ein paar Eintrittskarten heruntergebracht, die Nils eingesammelt (und nicht abgerissen) hatte, man konnte sie noch einmal verkaufen. Ums Abendessen zu bezahlen aus dem gediegenen Res-

taurant, das praktisch nebenan aufgemacht hatte. Für Mirko Kalbsbries, das der Kellner auf einem großen Tablett unter einer Haube servierte, für Nils und mich Gewöhnlicheres (auch unter Hauben), Fisch oder Fleisch.
Zehn doppelt verkaufte Tickets gleich achtzig Mark, niemand zählte je die Besucher nach, die im Saal saßen (Becks Bier zum Einkaufspreis aus dem Supermarkt, das waren pro Flasche knapp zwei Mark Gewinn).
Wie das sei, fragte ich Mirko, ob man Nietzsche lesen müsse. Müsse jeder, sagte Mirko, der sich dazu imstande sehe, schlug das Buch zu und reichte es mir (mit seinen Anmerkungen, Frage- und Ausrufezeichen) über den Tresen hinweg.

Ein Gespräch, dem nicht mehr auszuweichen war, mit Herrn Professor Doktor Schaerbeck, dem stellvertretenden Direktor des Instituts für Gerichtspsychiatrie. Warum? Ich hob die Schultern.
Es sind immer die Zartesten, sagte er, welche Pläne haben Sie denn?
Ich würde, sagte ich, einen Roman schreiben wollen, könne das eine mit dem anderen nicht zusammenbringen.
Das sei schwer, sagte er, sich von den alltäglichen Dingen frei zu halten.
Ich nickte.
Ob ich Vorbilder hätte, fragte er, wem ich nacheifere. Kennen Sie Genet?
Nur vom Namen her, sagte ich, und wegen Fassbinder. Der jetzt etwas von ihm verfilme.

Querelle de Brest, Professor Schaerbeck legte seine Hände auf die Lehnen des Freischwingers, auf dem er zurückgelehnt saß, das Buch habe ihn über die Maßen beeindruckt. Als er jung (ein Jüngling) gewesen sei.
Ich lächelte ihn an, er lächelte auch.
Ich wünsche Ihnen Glück.

November, Dezember, Silvester. Jutta verliert auf dem Kreuzberg einen Absatz, zieht sich den anderen Pumps aus, um nicht zu humpeln, läuft auf Strümpfen weiter ... Nils packt mich am Kragen, bevor ich vom Denkmal für die Befreiungskriege (beim Pinkeln) in die Tiefe auf das Brauereigelände stürze. Schultheiss.

Ich kaufe mir ein kleines Notizbuch mit festem Einband, das genau in die Innentasche der Lederjacke passt, die mir Nils geschenkt hatte. *What are you fighting for*?

Seit einiger Zeit hatte Mirko (allein, über Mittelsleute?) eine Wohnung in Prag gemietet. Oder mit Freunden aus Zürich, die nach dem August (als Kinder, als Jugendliche) die Stadt und das Land auch hatten verlassen müssen. Svoboda, Freiheit.
Mirkos Freund, sein Geliebter, arbeitete als Bar-Pianist in Devisenhotels, seitdem er vom Konservatorium verwiesen worden war. Ein falsches Wort, ein falscher Ton, der lässige Dušan. Immer noch besser als U-Bahn-Bau, sagte er später zu mir, das erledigt dich.
Fünftausend oder achttausend war der Preis für eine Heirat, die Bürgern der ČSSR nach einem Jahr oder

zwei ein Ausreisevisum bescherte, eine Reisebewilligung (Busreise) in den Westen. Achttausend Mark (von Freunden bezahlt, von Gönnern) für die Braut oder den Bräutigam mit dem richtigen Pass, BRD, République française, Repubblica Italiana.
Lenka, die als Fotografin aus dem Künstlerverband ausgeschlossen worden war, schlug sich als Sprachlehrerin durch, in den Baracken am Stadtrand für die vietnamesischen Gastarbeiter, eine enge Freundin von Dušan und Mirko.
Würde ich machen, sagte Nils, aber das Geld muss im Voraus kommen.
Ihr müsstet euch kennenlernen, sagte Mirko, rein formal.
Sieht sie gut aus?
Ich glaube, sagte Mirko, nein, gehe ich fest von aus, dass Lenka in ihrem Leben nie mehr mit einem Mann ins Bett gehen wird, selbst mit einem Süßen wie dir nicht.
Und mit mir?
Auch nicht mit dir, sagte Mirko, wie wäre es mit uns beiden?
Kein Bedarf, sagte ich, lass dich in der nächsten Klappe blasen.
Willst du zugucken?

Ich schrieb drei Zeilen, strich sie aus, begann von vorn. Ein Klang, den man von Anfang an im Kopf haben muss … bis zum letzten Satz, den man überhaupt noch nicht kennt. Was man zu erzählen hätte.

Ob ich mich mit Ernemann-Maschinen auskenne, fragte mich der Geschäftsführer des Kinos. Ernemann, klar, sagte ich, und auch mit den älteren Modellen von Bauer … wie sie oben im Vorführraum für den großen und den kleinen Saal standen. Was nicht die Unwahrheit war, Nils hatte sich in den Wochen zuvor als geduldiger Lehrer erwiesen, ich konnte und wusste schon mehr, als nur den Film einzulegen. Wie man die einzelnen Akte zusammenklebt, wie man überblendet, wie man mit etwas Spucke Flusen aus dem Bild entfernt. Die tupfe man oberhalb des Objektivs auf den durchlaufenden Filmstreifen, denn die Viskosität von Spucke sei groß genug, um den Samtfaden, der da vor der Maske rumzittere, beim Abwickeln mit sich auf die untere Rolle zu ziehen.
Nils machte nie den Eindruck, es koste ihn Mühe, mir alles zu erklären, oder es nerve ihn, dass ich technisch unbeschlagen war. Was man lernen wolle, könne man lernen, vom Kuchenbacken bis zum Vögeln, die Übung mache den Meister. Schwätzer. No, this is the truth, plain and clear.
Sei in Ordnung, sagte Gregor, der Geschäftsführer, der mit Mirko einmal ein paar Wochen zusammen gewesen war, trag dich doch an den Tagen, die im Februar noch frei geblieben sind, in den Arbeitsplan ein. Gerne, sagte ich, ist perfekt.

Wenn man Geld brauchte, nahm man es sich aus der Kasse und vermerkte die Summe in einem Kalender, der an der Wand neben dem Süßwarenregal hing. Als sich Juliana, Gregors Buchhalterin, die mit ihrem polnischen Mann auf ein Haus auf dem Frischen Haff sparte, über die Unordnung beschwerte, wurde beschlossen, Quittungen mit zwei Unterschriften auszustellen, Kassierer und Geldentnehmer. Als das Finanzamt später, Jahre später, Scherereien machte, besorgte ich mir eine Lohnsteuerkarte, unverheiratet, keine Kinder (von denen man wusste), geringfügig beschäftigt.

»Einschreibungen: Jemand geht am Rand einer Autobahn entlang, neben den Leitplanken, die in regelmäßigen Abständen in den Asphalt eingegossen sind. Gesäumt von Schlackehalden, auf denen verlorenes Grün wuchert. Ein Fahrradrahmen in einer von Unkraut zersetzten Wiese im Neubaugebiet/Kindheitserinnerung.«

»Visa für Prag beantragt & bezahlt. 35 M. Was ist das, Eintritt bezahlen?«

Vladi (über Mirko) hatte uns mitgeteilt, dass er Digitaluhren gut absetzen könne, Kassetten von Depeche Mode, BAP (ich weiß auch nicht, sagte Mirko, ist so) und Stiefel von Doc Martens. Letzteres müsse man aber besprechen, die Bestellungen, die er hätte, spezifizieren.
Mit Nils kaufte ich bei Karstadt am Hermannplatz acht oder zehn Digitaluhren, beim Zensor die Kassetten von Depeche Mode, die er auf Lager hatte, in dem Laden am Savignyplatz (Belletristik, Musik, Trikont) etwas von BAP. Wie sich herausstellte, kannte Vladi *Verdamp lang her* auswendig, sang es inbrünstig mit,

als wir eines Nachts zu einer Disco fuhren, die angeblich Karel Gott gehörte.

»Ein Transparent über einem Sportgeschäft im vermoderten Dresden: *Die Lehre von Marx ist allmächtig, weil sie wahr ist.*«

»Endloses Warten an der Grenze, Transitzettel ausfüllen, Devisendeklaration, wer ist der Halter dieses Wagens?«
Als hätten sie den Fahrzeugschein nicht lesen können, Nils Berling, die Uhren (o Gott, was für eine Idiotie, sie vorzuzeigen) seien doch nur Geschenke.

»Morgens verkatert in einer Wohnung an der Moldau wach geworden. Heller Himmel, Aprilsonne, wir fahren mit Mirko und Dušan durch die Stadt, an den öffentlichen Gebäuden rote Spruchbänder, an vielen Fenstern links und rechts Fähnchen, ein tschechisches, ein sowjetisches.
Die Stadt ist grau, schmutzig und schön, sie hat schon mehr gesehen, als wir auch nur ahnen können. Überall fangen die Bäume an zu blühen, ein grünliches Dach im Innenhof eines Brauhauses, durch das die schon warme Sonne fällt. Bier und Schweinebraten, Dušan singt/summt *Volare.*«

»Vernissage in Dobris (?, etwa eine halbe Stunde Fahrt), Fotos von Lenka aus den Vietnamesen-Baracken, viele Gäste mit Nickelbrillen, Bärten. Wir spazieren zu viert durch einen Schlosspark, Nils fängt geschickt eine kleine Natter ein, die vor uns über den Weg gekrochen ist, hält sie hoch, ich mache ein Polaroid. Dušan erzählt (übersetzt Mirko), dass Lenkas Ex-Ehemann tagelang allein durch den Wald läuft, von Wurzeln und Beeren und Kleingetier lebt. Es müsse möglichst kalt sein.«

»Sonntag. Schlecht gegessen in einem teuren Restaurant – der Name in meinem Notizbuch nach dem Komma ist unleserlich. Tanzlokal Narziß, Polizei, wir müssen das Auto stehenlassen (Nils ist betrunken, Mirko zahlt schimpfend die Strafe). Bar Bibita ... kein Einlass. Taxifahrt an die Peripherie, Musik dröhnt aus einem Pavillon ... kein Einlass. Privat-Taxi zum Hotel Palace, in der Bar bulgarische Zuhälter und ihre Nutten. Michele: Ich bin von Prima Linea. Zu Fuß zurück durch die regnerische Stadt. Sechs Uhr morgens erschöpft wieder in der Wohnung ... wo haben die uns das Auto abgenommen?«

»Im Haus ist der Strom ausgefallen. Wir stolpern durch die dunklen Zimmer – zwei Kerzen / das Telefon schellt. 20 ×, hell, wie ein mit der Hand aufgezogenes Kindertelefon. Ein Telefon aus glänzendem roten Plastik.«

»Joan Armatrading: *When I get it right*.«

Daniel war Rechtsanwalt in einer großen Schweizer Kanzlei, etwas älter schon, sein Vater ein Studienkollege von Alexander Dubček an der Parteihochschule in Moskau. Wie ich seine roten Schuhe fände, fragte er

mich, nachdem er drei Tage nach Nils und mir aus Zürich angekommen war. Ob man hier überhaupt etwas anderes tragen könne als rote Schuhe? Wie der Papst, sagte ich, sei das nicht ein Privileg Seiner Heiligkeit?
Er sei heilig, sagte Daniel, raucht ihr was mit mir?
Als Mirko im Café Europa am Wenzelsplatz in einen Streit mit dem Kellner geriet, während das kleine Orchester (laut meinen Notizen) *Ja, ja, der Chiantiwein* spielte (du verdammter Domestik, schrie Mirko durchs Lokal, du Knecht), klärte Daniel die Lage, indem er aufstand und dem Kellner zwanzig Schweizer Franken in die Hand drückte, wir bleiben alle ruhig, immer.
Eine Bar (ein paar der Gäste waren in Fummeln, künstliche Wimpern, Plateausohlen) im Untergeschoss eines Verwaltungsgebäudes, wohin Daniel an jenem Abend unbedingt noch wollte, alles klar? Nils und ich aßen an der Theke Schnitzel mit Paprikagemüse, Dušan und Mirko hatten Krimsekt bestellt. Und jetzt Polonäse, rief Daniel (auf Deutsch, das andere wird dasselbe auf Tschechisch gewesen sein), jeder schloss sich an.
Und es ging über Tische und Stühle, mittendrin Nils und ich, über die Clubsessel, die Sofas, am Disc-Jockey vorbei ... *Rosamunde, ich bin ja schon seit Tagen, seit Tagen, verliebt in Rosamunde ...* bis die Ersten aus der Schlange das Gleichgewicht verloren und übereinanderfielen, auf dem Boden lagen.
Was machst du, als Rechtsanwalt?
Ist etwas kompliziert.
Und du meinst, ich könne das nicht verstehen?

»Mittags in einer Snack-Bar mit weißen Plastikwänden, ich habe das Gefühl, in einer Außerwirklichkeit zu sein. Wie im Narziß.«

Die Herrscherin dort war eine ältere Frau (unbestimmbaren Alters, sicher aber jenseits der siebzig), die Herzogin genannt wurde. Mit einer blonden, hoch aufgetürmten Perücke, dürren Beinen unter einem zu kurzen Kleid, einem anmaßenden Blick. Was *ich* schon gesehen habe, das könnt *ihr* nicht ermessen, nicht im Ansatz.
Eine Art Swingband spielte auf, jemand fiel ins Schlagzeug, es schepperte durch das Kellergewölbe.
Ich tanze mit jemandem, mit einer anderen Frau, einer dritten.
»Man wird von seinen Träumen eingeholt (Julia und die Geister), es ist wahnsinnig.«

An was könne man denn glauben, fragte mich Daniel, an was solle Dušan glauben, ob ich einen Hinweis hätte?
Muss ich?
Daniel schüttelte den Kopf (wir beide waren schon wach, saßen in der Küche, ich las in dem Nietzscheband), lasst uns alle einfach ein bisschen Spaß haben.
Und das ist genug?
Was verlangst du, eine Rechtfertigung?

»Rückreise, endlose Durchsuchungen an der Grenze, Schmuggel. Wo das Kassettengerät aus dem Auto geblieben sei?«

Das habe er, sagte Nils dem Beamten, der uns auf deutscher Seite zum Aussteigen aufgefordert hatte, einem Bekannten geschenkt (Vladimir, was die Wahrheit und nichts als die Wahrheit war).
Wie dieser Bekannte heiße, wo er in der sozialistischen tschechischen Republik wohne?
Bekannter würde schon zu viel gesagt sein.
Und die Uhren?
Was für Uhren?
Die wir deklariert hätten, bei der Einreise.
Geburtstagsgeschenke, sagte ich.
Sie hatten aber alles aufgeschrieben, die Deutschen und die Tschechen, verlangten jetzt doppelte Zollgebühren. Für technische Gerätschaften.

Nils hatte einen Teil unserer Barschaft (auch den Rest der bei Vladi schwarz getauschten Kronen) in einem Stiefel stecken, was war zu bezahlen?
Wir sitzen lange in einer Baracke mit Blümchentapete, mit heruntergelassenen Jalousien. Die DDR-Beamten nehmen uns das Geld ab, das wir noch besitzen (filzen unsere Jacken und Hosen), dann lassen sie uns weiterfahren. Und wovon sollen wir tanken?
Fahren Sie, gute Reise.

In den Schulferien, über Ostern, waren Jutta und Iris wieder auf Stromboli gewesen, mit Fabiana. Sie hatten bei Salvo gewohnt, den jeder (der dazugehörte, seine Freunde, Nils, ich, Edoardo und seine Schwestern) nur Trottolone, Brummkreisel, nannte. Arschloch, sagte Jutta zu Nils, bist du so primitiv?

Ich bin realistisch, erwiderte er, Männer und Frauen.
Du überschätzt das.
War's schön?
Wunderschön, sagte Jutta, phantastisch, sagte Iris, der Vulkan, der ständig ausbreche, der schwarze Strand, Carmelo und die anderen. Zorro, Francesco.
Die würde er alle kennen, sagte Edoardo, really good guys.

Wenn der Film reißen sollte, dann halt sofort die Maschine an, schließ die Klappe vor der Optik, zieh das Licht im Saal auf halbe Höhe. Danach nimmst du eine leere Spule (die alte mit dem kaputten Film erst mal raus der Maschine), legst neu ein, startest wieder. Licht im Saal dimmen, Sound geben, Projektion.
Wie es dazu gekommen sein könnte?
Erstens, und schnell zu reparieren, eine unsaubere Klebestelle, zweitens siehst du dir die Enden der einzelnen Akte an, mögliche Schäden an der Perforation, drittens ORWO, diese mürben Scheißkopien aus der DDR. Hauptsächlich seien das Kinderfilme, bei *Der kleine Muck* im Nachmittagsprogramm müsse man eigentlich immer daneben sitzenbleiben, das Material habe jede Biegsamkeit verloren.

Ich hatte seit Monaten, seit November, nichts mehr von Leonore gehört, als sie mich anrief. Wir trafen uns vormittags in einem neuen Café auf der Leonhardtstraße (das sie vorgeschlagen hatte, Camarillo), sie hielt Abstand, Hände, Beine, Hals. Ich wusste nicht, was ich ihr zu sagen gehabt hätte, was ich ihr hätte sagen können.

Warum treffen wir uns?
Ich möchte …
Was?
Nein, bitte, berühr mich nicht.
Sie sah mich lange an, dann blickte sie in den Raum.
Wir haben …
Wer ist wir?

Ich sei ein Spinner, sagte Nils, was ich denn erwartet hätte? Dass sie auf die Knie falle, mich um Verzeihung bitte?
Wo, er strich vor seinem Küchenspiegel Heilsalbe auf die fast schon ganz verheilte Naht über seinem Auge, ich eigentlich lebe …
Für dich ist das normal, ja?
Soll sie doch heiraten, wen sie will, Nils schraubte eine Espressokanne auf, rutsch mir den Buckel runter.

Edoardo (I don't understand a single word) schlug vor, Surfbretter zu vermieten, davon könne man den ganzen Sommer leben, es gäbe da auf der Insel keine Konkurrenz. Weil? Weil man da mit dem Auto nicht hinkäme.

Ich wachte auf und ging ins Nebenzimmer, wo Nils noch schlief. Was für ein schöner Mann er war, er hatte keine Angst.

Ich muss an Renata denken, die für Jahre mit ihrer Heroinsucht kämpfte, an Claudio (der Chinese), dessen Bruder, er spuckte aus, ein Handkantenschlag, bei den Faschisten von Almirante war, Irene, die als Goldschmiedin in Mailand arbeitete, Matteo aus Florenz, der eine Tätowierung von Mickey Mouse auf seinem Unterarm mit einem Bimsstein wegzuschaben versuchte, Dario und Marina.

Sciopero, rief Edoardo, fahr zu. Ein Streik der Kassierer an den Mautstellen der Autobahn, als wir im dämmernden Morgen über den Brenner nach Süden fuhren, vier Surfbretter auf dem Dach von Nils' Opel Rekord Kombi (von Fritzchens Bruder und seinen beiden Schatten organisiert, für 100 Mark das Stück). In der Nacht hatte es ein gewaltiges Gewitter mit Sturzbächen von Regen gegeben, Blitze hatten die Berge erhellt, wie auf einer Radierung. Dunkelheit, die Straße im Licht der Scheinwerfer, plötzlich in gleißender Helligkeit die Gegend um uns herum, Bergflanken, Täler, einzelne Häuser, dann der Donnnerschlag. Ich saß am Steuer, auf der Rückbank schlief Nils, der von Berlin aus bis zur Grenze nach Österreich gefahren war, Edoardo legte die Musik ein. Was wollen wir hören? Was hast du anzubieten? *Rock the Casbah* …

»Urbino: Besuch bei Edoardos Schwester Amelia. Nach der Ankunft Bad in einem kleinen Fluss, Traubenmost getrunken, der randalierende Marcello (ihr Ex-Freund, steigt aus Liebeskummer vor Amelias Haus auf mehrere Autos), vorsichtshalber wurden wir gleich alle verhaftet, Schreierei auf der Polizeiwache, war doch nur ein Missverständnis.
Telefondrähte sind über die Straße gespannt, eine Hü-

gelkette in der Ferne, Schrebergärten. 1 Mann mit einem blauen Hütchen gießt sein Gemüse, Hundegebell, durch grüne Fensterläden dringt Musik auf die Straße. ›Birra Wührer‹. Der Geburtsort Raffaels.«

All die verschwundenen Menschen und Dinge, ist es immer das, warum man erzählt? Ist es Wut, ist es Trotz, Verzweiflung? In dem Wissen, wie unüberwindlich weit sie jetzt von uns entfernt sind, außer in Träumen, Träumen von sich selbst.

Ein Zwischenstopp in Rom, auf der Via dei Volsci in San Lorenzo, der bis zum nächsten Morgen dauerte. Mit Filippo, einem Schulfreund Edoardos, der bei Radio Onda Rossa mitmachte, sind wir in eine Sportsbar gegangen, wo wir das Mädchen mit den Pilzen trafen. Dann weiter in ein Café hinter der Stazione Termini, das die ganze Nacht geöffnet hatte. Der Mann ohne Schneidezähne. Und wie das zerkaute Tramezzino durch die Öffnung quoll. Fast hätte es noch Ärger gegeben, oder es gab Ärger, und wir vier (auch Nils) sind schleunigst weggerannt.
Am nächsten Tag, es war nachmittags, kamen wir an. Edoardo fuhr, er hatte darauf bestanden, der Verkehr und so weiter. Man musste geschmeidig sein, kleinste Lücken nutzen, hinnehmen, wenn man abgedrängt wurde, sich vom Rand wieder einfädeln auf der breiten mehrspurigen Straße, die der Biegung der Bucht gleich am Meer entlang folgte. Auf der anderen Seite erstreckte sich die Stadt im Halbkreis den Hang hoch, what a beauty, sagte Nils, ja, unbeschreiblich.

Wir blieben eine Woche, wohnten bei Edoardos Eltern, Abende und Nächte in einem Gewirr von Straßen und Gassen, in dem ich mich nie zurechtgefunden habe. Schwarze Müllsäcke überall (wer streikt?), funzliges gelbes Licht, ein Kosmos aus geheimnisvollen Gesten und Blicken und einer Sprache, die nicht italienisch war.

»Vor dem Spinnaker (Snack-Bar mit festgeschraubten Tischen und Bänken) sitzen Dario und Marina auf der Kühlerhaube eines Autos, sie (eigentlich ist sie Französin, erst siebzehn) in schwarz gemusterten Strümpfen voller Laufmaschen, er in einer Art Umhang. Ihre Stimme klingt völlig zerraucht, Dario ist zugeschossen.«

Dario hatte ein Vorhängeschloss an der Tür seines Zimmers angebracht, damit seine Mutter nicht hineinkonnte ... wenn ich nicht zu Hause bin. Dann fragt er uns, Feuerzeug und Löffel in der Hand, ob wir auch etwas wollten, danke, wir nicht, nicht das.

Zigaretten kaufte man nachts bei einem älteren Mann, der Gennaro hieß und die Päckchen in einem kleinen Korb aus dem zweiten oder dritten Stock herabließ, gegen Vorkasse, versteht sich. Als hätte man Zeit ohne Ende, reine Gegenwart.

»Party in der großen Wohnung einer Theaterregisseurin, eine dunkel gekachelte Küche, Laura – ihre Tochter Lavinia hat die leuchtendsten grünen Augen, die ich je gesehen habe.«

»Gestern Abend: die Fähre verlässt den Golf von Neapel, passiert einen riesigen amerikanischen Flugzeugträger, der auf Reede liegt, Tausende von Lichtpunkten ziehen sich den Hang der Bucht hoch, das Rot und Blau von Neonreklamen auf einigen Hausdächern. Capri, Sorrent, dann sind wir auf dem offenen Meer.
Im Hafen: Ein düsterer Macho von der Drogenpolizei ließ uns 2 × filzen, das 2. Mal, als Dario auf seinem Mofa angerauscht kam, um uns zu verabschieden, in seinem Umhang. Er selbst hatte irgendein amtliches Papier, das ihn als rechtmäßigen Empfänger einer wöchentlichen (?) Ration M. auswies, vom städt. Gesundheitsamt (?).
Anaïs Nin & Celine: Leben oder Schreiben.«

Eines Tages lief uns ein Hund zu, den Edoardo Pelé nannte. Um genau zu sein, nahm er einen der herumstreunenden Hunde mit in unser Haus, befreite ihn unter heftiger Gegenwehr und Gejaule von einem Dutzend Zecken, gab ihm ein halbes Weißbrot zu fressen. Abends noch eins, was für das Tier das Zeichen war, ab jetzt zu uns zu gehören. Nicht weggejagt zu werden.
Das Haus hieß bei allen Casa Rosa, wegen seines Anstrichs, der aber kaum noch zu erkennen war, ganz verblichen. Die Fenster hatten keine Scheiben mehr, man konnte die Blenden schließen, für den Sommer reichte das. Kein Strom, kein Licht, Wasser zog man aus einer Zisterne hoch, eine runde Öffnung in dem Mäuerchen auf der Terrasse, durch die man einen Blecheimer an einem dünnen Seil ins Dunkle hinabließ.

Zwei Räume im Obergeschoss, die wunderschöne, blau-weiß gekachelte Böden hatten, drei Matratzen, Kerzen in Flaschenhälsen. Im Untergeschoss war eine zugerümpelte Vorratskammer und eine Küche mit einem gemauerten Herd, halb Herd, halb Kamin, der allerdings außer Betrieb war. Macht den bloß nicht an, hatte uns Francescos Bruder gewarnt, ihr brennt sonst alles ab. Umgerechnet zehn Mark am Tag wollte er für die Miete haben, irgendwann einmal, wenn er Geld genug hätte, würde er alles renovieren, die Casa Rosa sollte etwas Besonderes werden.
Es war seltsam, nicht zu erklären, dass Pelé wie verrückt bellte und zurückgehalten werden musste, wenn ihm ein Carabiniere begegnete. Am Hafen hatten sie ihre Unterkunft, sechs oder acht Beamte und ein Capo. Vor allem, sagte Carmelo, wegen dieses Bonzen, den sie zu schützen hätten. Der Polizeipräfekt von Turin (war es der?), im Sommer, vor den Brigadisten. Manchmal kontrollierten sie am Anleger der Fähre Ausweise oder fragten nach Steuermarken, uns, als wir Zettel angeklebt hatten mit Werbung für unseren Surfbrettverleih. Und beäugten misstrauisch die Szene im Café Il Canneto, ein paar Punks aus Neapel, Carmelo und seine Freundin Renata, Matteo aus Florenz, Claudio, den Chinesen, Carmelos Schwester Salvatrice, Fabiana und Brummkreisel.
Hohes Schilfgras und Ginsterbüsche, die fast bis zur halben Höhe den Vulkankegel hinaufwuchsen, Feigenkakteen, die meisten Wege nur schwarzer Sand … und immer wieder das Grollen des Berges, das manchmal die Fensterläden vibrieren ließ.

Nach ein oder zwei Wochen lief ich wie die anderen barfuß, ohne Sorge, ich könnte im Gestrüpp auf eine Schlange oder einen Skorpion treten.

»Gestern nacht beim Essen auf Renatas Terrasse: Zwei große Käfer mit glänzenden grünen Panzern, ein lauernder Gecko oben der Wand.«

Ich hatte den Filmbetrachter und die Super-8-Kamera verkauft, mein Konto geleert, trotzdem ging das Geld langsam aus. Nils und Edoardo hatten auch nicht mehr viel, und die Saison würde erst im Juli beginnen. Was tun? Einige Häuser müssten noch von außen getüncht werden, sagte Francescos Bruder (wie hieß er?), für die Vermietung in den nächsten beiden Monaten, er höre sich um.
Kalk und Wasser in einem Eimer verrühren, dann mit einer Quaste auf die Wände. Nach kurzer Zeit war man selber weiß, weiß gesprenkelt, Leiter rauf, Leiter runter. Die Häuser waren nicht groß, zu dritt schaffte man eins am Tag.
Nils rief seine Schwester in Saarbrücken an, ob sie ihm poste restante etwas schicken könne, ich stand daneben und fütterte den Apparat mit Gettoni.
Salvo brachte zwei Tintenfische mit, die wir auf der Terrasse rösteten.
Rent-A-Sail malten Edoardo und ich auf ein weißes Segel, Una-Vela-Per-Te.
Renatas Mutter lud uns zum Essen im Hof ihres Hauses ein, es gab Krebse, einen Berg Muscheln.

»Tage wie in Watte. Eine dumpfe Hitze liegt über der Insel.«

Dann war Irene da, mit ihrer Freundin Clara, die noch zur Schule ging, Liceo Linguistico, das letzte Jahr. Andere Gäste kamen, die in den beiden kleinen Hotels in Ficogrande wohnten, brieflich oder per Telefon Häuser gemietet hatten. Wer nicht windsurfen wollte oder konnte, lieh sich unsere Bretter, um darauf im Wasser zu treiben.

»Vollmond neben der Spitze des Vulkans. Ein warmes nächtliches Licht auf den Wegen zwischen den Häusern und dem Schilf. Das phosphoreszierende Wasser des Meeres, der Felsen von Strombolicchio vor dem Horizont.«

Was wir tagsüber verdienten, gaben wir abends wieder aus. Eine von Schilfmatten umschlossene Betonfläche, die als Disco diente (Eintritt, Getränke), ein, zwei Bars, das war alles. Mit Streichholzziehen zu beantwortende Frage: Wer geht am nächsten Morgen als Erster zum Strand und vermietet die Bretter?

Das unfassliche Rot einer Hibiskusblüte, die über eine weiße Mauer herabhängt.

Wochen vergingen, ich hatte kein Zeitgefühl mehr. Als hätte es kein Vorher gegeben, als sei die Zukunft ein immerwährendes Jetzt. Ohne Jahreszeiten, ohne Winter, ohne Leonore. War ich glücklich? Könnte es nicht ewig so weitergehen?

Mit einem Psychologen aus Berlin (ein paar Jahre älter, allein unterwegs von Insel zu Insel) tauschte ich im Il Canneto die Bücher, die wir gerade lasen, Nietzsche gegen Flaubert, *Bouvard und Pécuchet*. Das wäre irgendwie nicht seins, hatte er gesagt, was liest du denn? (In Berlin sind wir uns noch einmal auf der Straße begegnet, einige Monate später, dann nie mehr.) Kerzenwachs tropft auf die Seiten, durch die scheibenlosen Fenster höre ich das Meer rauschen.
Was will ich?

Es ist Ende August, ich sitze am Umrolltisch, blättere durch mein Notizbuch. In meinem Rücken rattern die Maschinen, noch eine halbe Stunde bis zur nächsten Blende. Seit gestern Abend frage ich mich, ob man die ganze Geschichte schon im Kopf haben muss, bevor man zu erzählen beginnt, oder ob alles vom ersten Satz abhängt. Aus dem dann der zweite folgt, der dritte, bis es zu Ende ist … der Roman, den ich schreiben werde, ich kann das … du kannst das, fang einfach an.

Mit großem Dank an Sophie, Kathrin und Leopold für ihre Unterstützung.